河出文庫

ゆるく考える

東浩紀

河出書房新社

ゆるく考える　目次

i 2018

ii 2008-2010

ゆるく考える

i

2018

坂のまち、東京

東京都の大田区に住んで一〇年以上になる。娘ができ、杉並区のマンションが手狭になり引っ越した。あまり考えないで選んだのだが、いまはけっこう気に入っている。

東京は坂のまちである。東京の市街地は、西部の武蔵野台地から削り出された舌状台地と東部の沖積平野の境界に発展しており、あちこちで坂に出会うことになる。ただ、東京は大きいので、住む場所によってはそのことをほとんど意識しない。ぼくも杉並にいたときは坂を意識しなかった。実際、杉並は全体が台地のうえなので、神田川や善福寺川が作り出す小さな谷を除くと、あまり坂はない。

それが、大田区に来てからは坂のことばかり考えるようになった。ぼくがいま住む馬込周辺は、まさに台地と低地の境界に位置し、坂だらけの土地である。家を出て右に行っても坂、左に行っても坂で、坂になっていない道を探すのがむずかしいくらいだ。自転車は電動アシスト付きでないと役に立たない。歩くだけで疲れる。

けれども、そんな上下移動の存在は、ぼくたちが住んでいるのが、抽象的な「都市空間」ではなく、多様な表情に彩られた「土地」のモザイクであることをあらためて思い出させてくれる。

馬込の主要な坂にはひとつひとつ名前がついている。けれども坂のほとんどは、いまでは住所の境界として機能していない。坂をおりてものぼっても、同じ町の番地が続く。風景も一戸建てと小さなマンションとコンビニが並ぶだけで、いっけん坂の意味なんてもはや存在しないように思える。

けれどもゆっくりと自分の足で歩いてみると、そんな単調な風景のなかにも、台地のうえは近代まで森や畑で、住宅地の歴史もそれほど古くはなく、他方で低地部分はかつて水田で、台地の縁をたどるように街道が走っていたといった歴史的な差異が、かすかに刻まれていることがわかる。

単調に見える風景をひとかわはがせば、坂の力はいまも機能している。ぼくはかつて、大田区の世帯別収入の推計値を町丁目ごとに図示した地図を見たことがある。じつは大田区ではその分布はみごとに等高線と重なっている。坂のうえは一般に収入が高く、坂のしたは収入が低い。大田区は土地の高低差が大きい区で、収入の格差も大きい。それが風景と住民の多様性を生み出してもいる。田園調布と蒲田（かまた）では、まるで別の区のようだ。

台地（山の手）が収入が高く、低地（下町）が収入が低いというこの分布は、東京区部全体についてもあてはまる。それはときに東京の東西問題とも呼ばれたりする。東京は坂が多い。それはつまり、格差の場所が多く、歴史の多様性が大きい都市だということなのだ。

ぼくたちはふだん東京を地下鉄や車で移動している。だから東京の地図を思い浮かべるとき、坂を意識しない。秋葉原からお茶の水への移動が台地への上昇だとか、目黒から五反田(ごたんだ)への移動が谷への下降だとか思わない。

けれどもそれは「現実」を見ないことなのだ。坂は見える。格差は見えない。そのふたつはほんとうはつながっているのに、ぼくたちはそのどちらも見ていない。スマホの地図ばかり睨(にら)んでいる。坂だらけの馬込は、そんな盲点に気づかせてくれるので気に入っている。

（「日本経済新聞」夕刊、二〇一八年一月五日）

休暇とアクシデント

毎年正月休みに、家族で北海道にスキーに出かけている。定宿はルスツリゾートで、もう八年ほどになる。

とはいえ、生活の場としての留寿都村(るすつむら)についてはほとんどなにも知らない。ホテルはスキー場に隣接していて、滞在中リゾートの外に出る必要はまったくないからだ。羽田から新千歳(しんちとせ)まで一時間半、空港からホテルへもバスで直行するので、体感的には自宅を出て、そのままスキー場までまっすぐ運ばれていく感じである。そして帰りもまっすぐ戻ってくる。

ところが数年前、帰宅日に悪天候で新千歳空港が閉鎖されるアクシデントが起きた。滑走路は雪に埋まり、復旧の見込みはなし。閉鎖は夕方に始まり、乗るはずの便は夜一〇時発。空港到着時にはすでに何便もキャンセルになっており、カウンターには羽田便の振り替えを求める客が長蛇の列をなしていた。このままでは帰京が何日後になるかわからない。空路は諦め陸路で帰ることにした。

まだ北海道新幹線が開業するまえで、札幌から東京までの陸路はじつに遠かった。吹雪のなかなんとか札幌まで出て、小さなホテルに一泊。朝食を食べてすぐ札幌駅で特急をつかまえるが、そこから函館まででまず三時間半。続いて新青森までが二時間。そこでようやく新幹線に接続し、三時間以上はやぶさに揺られ、東京駅に到着することになる。乗り換えや食事含めて一〇時間を超える旅となり、家にたどりつくころには一家三人疲れ果てていた。

けれどもその旅が妙に楽しかった。新千歳への着陸便は苫小牧（とまこまい）上空を通過し、ルスツのゲレンデからは洞爺湖（とうやこ）と内浦湾が望める。けれどもそれらは、飛行機の窓やスキーウエアのゴーグルを通して望む、いわば「きれいな壁紙」でしかなかった。札幌から函館へ至る鉄道の旅は、そこに立体感を与えてくれた。特急北斗は苫小牧も洞爺湖も通過する。ああ、そうか、千歳と苫小牧のあいだはこんな風景なのか、ゲレンデから見えたあの山はこれだったのかと、スマホの地図アプリと車窓を往復し続けた三時間半は、ぼくの北海道への共感をぐんと深めてくれた。

多少抽象化して言えば、そこでぼくが経験したのは「経路の再発見」である。ふだんぼくたちは旅をするとき、なるべく経路を抹消しようとしている。できるだけ早く、ストレスなく目的地に着くのが善だということになっている。

それは物理的な旅にかぎらない。なにかを知りたいとき、かつては他人に尋ねたり図書館を訪れたりしていた。いまではスマホにキーワードを打ち込むだけで、目的の情報が一瞬で表示される。検索技術を支えるのも経路の抹消を善とする価値観である。

けれども、それは本当に善なのだろうか。現代人はみな忙しい。だから経路の抹消が理想とされるのは当然である。リゾートに向かう心とネットを便利だと感じる心は、経路の抹消を求める点で相通じている。

しかし同時に、それは人生からある種の豊かさを奪うものでもあるのだ。とりわけ休暇においてはそうだ。休暇とはそもそもが、効率から離れ、アクシデント（思わぬ事故や出会い）を楽しむための時間なのではないか。だから今年もぼくは、新千歳空港を通過するとき、どこかで欠航を心待ちにしていた。

（「日本経済新聞」夕刊、二〇一八年一月一二日）

よそものが作る地域アート

友人の美術評論家、黒瀬陽平がキュレイターとなって、いま福島県いわき市で「百五〇年の孤独」といういっぷう変わった美術展が行なわれている。常磐線泉駅近くの喫茶店で手紙をわたされ、指示どおりに町を歩くと、一五〇年前、明治維新時に日本全土で吹き荒れた「廃仏毀釈」の傷跡が見えてくるというしかけだ。

去る六日、ぼくも同地を訪れた。泉駅周辺のいわき市南東部は、かつて泉藩と呼ばれる小藩だった。同藩は廃仏毀釈がとくに激しく、すべての寺院が破壊された。いまも同地にはほとんど寺院がなく、葬儀も独特だという。黒瀬はその状況を「復興の失敗」と形容する。東日本大震災が念頭に置かれているのだろう。

美術展である同展がその「失敗」にどのような答えを出したのか、そこはネタバレになるので書くことができない。とりあえずは、なるほど、アートにはこういう役割もあったかと感心したとだけ記しておく。興味のある読者はぜひ現地を訪れてほしいが、それに劣らずぼくが感銘を受けたのは、同展が、いま話題の「地域アート」の新たな可能性を示している点に対してである。

いまは地域アートの時代である。全国各地で、自治体名を冠した芸術祭が毎月のように行なわれている。今年はその代表格である「大地の芸術祭」（越後妻有アートトリエンナーレ）も開催される。現代美術の集客力や問題発見力が評価されたかたちだが、問題もある。地域アートは行政や住民の支援を受けて成立するものなので、表現にどうしても制約が出る。自然や食などの魅力を強調した優等生的な作品が並びがちだ。

そんななか黒瀬の試みはきわだっている。彼は定期的にいわきで美術展を開催していて、今回で三回目となる。しかし彼自身は福島出身ではないし、在住でもない。招かれたわけでもない。制作費も自分で調達している。つまりは、完全な「よそもの」が「勝手」にやっている地域アートなのである。それゆえ当初は警戒され、住民との衝突もあったという。

けれども今回の展示では、そんな彼の「よそもの」ならではの視点こそが、忘れられた郷土史を発掘し、一五〇年前と現在をつなげることを可能にしている。廃仏毀釈は郷土史で好まれる話題ではないし、「復興の失敗」などと言われては住民もいい気分はしまい。もし本展が行政の支援を前提に構想されていたのなら、企画書の段階でいろいろ表現を変えられていたことだろう。けれども、結果として展示ができてみれば、住民にも広く関心をもたれ、支持を得ている。大晦日のイベントは地方紙で報道もされた。企画の段階では不必要な挑発にしか見えないものも、表現が完成すればふっと腑に落ちる、芸術ではそういうことがありうるのだ。

現代は地域アートの時代であるとともに、「当事者」の時代でもある。うちの村で展示をするならまずは村の住人の要望を聞け、とあたりまえのように言われる時代である。けれども、ときにひとは、自分が本当に必要としているものを自分でもわかっていないことがあり、本来芸術とはまさにそのような逆説に関わるものなのだ。「よそもの」に「勝手」にさせないと、出てこない表現というのもあるのである。

（「日本経済新聞」夕刊、二〇一八年一月一九日）

仮想通貨とゲーム

ビットコインを二〇万円ほど買ってみた。最近乱高下で話題のあの仮想通貨である。通貨は信頼によって成立している。「このお金をだれかが受け取る」との信頼がなくなってしまえば、紙幣はただの紙切れにすぎない。従来の通貨においては、その信頼は各国の中央銀行が支えていた。ところが仮想通貨を生み出した「ブロックチェーン」という技術は、その信頼を、中央銀行なしに匿名のコンピューターの集合で生み出してしまう。これはじつに画期的な技術で、人類社会のありかたを根底から変える可能性を秘めている。ぼくもその点で関心を抱いてきた。

とはいえ、では投資として仮想通貨を買うかといえば、それはないと思っていた。ご存じの読者も多いと思うが、この数ヶ月、仮想通貨の相場はたいへんな熱狂を見せている。しかしバブルは必ず弾ける。人生は堅実がいちばん。SNSでだれかが大金を手にした手にしないと浮ついた噂(うわさ)が流れ、そのなかに知人の顔が見え隠れしても、自分は巻き込まれないでいようと固く誓っていたのだった。

にもかかわらず、今回ビットコインに手を出したのは、そもそもなんでみなそんなに仮想通貨に「ハマっている」のか、その理由のほうに関心が出てきたからだ。ビットコインの世界的高騰は、じつは日本人の個人投資家が支えていると言われている。投資経験のないネットユーザーが、高騰の噂に惹かれてつぎつぎに市場に押し寄せ、取引価格を吊り上げているらしいのだ。しかし、仮想通貨のなにがそれほど楽しいのか？　こればかりはやってみないとわからない。というわけで、やってみたのである。

　冒頭に記したように、購入金額は二〇万円。全損しても惜しくはないが、それなりに緊張感を与える金額を用意した。購入は一月一七日の午前一〇時。今年最大の暴落がまさに進行中のときである。

　購入後、仕事をしながら業者のウェブサイトを開けたままにしておいた。資産の日本円表示が、なんと一〇秒ごとに更新される。それが数百円単位でどんどん落ちていく。いま一九万三二〇〇円、あ、いまはもう一九万二六〇〇円という感じで、あっというまに一九万円になる。

　なるほど、これはハマると感じた。一〇秒ごとに変動する数字からは、文字どおり目が離せない。おまけに仮想通貨市場には祝日も昼休みもない。二四時間三六五日取引可能だ。購入者は当然、少しでも暇があればスマホを覗き、数字を確かめることになる。

　ぼくも多少の株はもっているが、これは株の通常の運用とはかなりちがう経験だ。そもそもいまの仮想通貨バブルにおいては、経済の知識はあまり役に立たない。数字が上がるか下がるか、それだけなのだ。操作はおそろしくシンプルで、結果はすぐに出る。しかもいつでもどこでもできる。それはハマるゲームの条件を満たしている。仮想通貨の取引は、投資よりもソーシャルゲームのプレイに近い。

仮想通貨取引はゲームとしてはよくできている。中毒性もある。しかしだからこそ、投資するなら遊びの範囲にしておくのがよいだろう。仮想通貨への投資は、ゲームに見えてゲームではない。そこをまちがえると悲劇が待っている。ぼくは三日ほどスマホに張りついたあと、無事二〇万六〇〇〇円で売り抜けて日常に帰還した。

（「日本経済新聞」夕刊、二〇一八年一月二六日）

制限時間のないトークショー

この二月で、「ゲンロンカフェ」が五周年を迎える。ぼくの会社（ゲンロン）が東京五反田に作ったトークイベントスペースである。

ぼくの店は、政治社会系や人文系の「硬い」話題を中心にすることに特徴がある。登壇者も学者やジャーナリストなど、いわゆる「論客」が多い。開店当初はそんな店が続くわけないと言われたが、幸いなことに収益をあげ続けている。成功の理由はふたつある。

ひとつは議論の有料放送を行なったことである。ゲンロンカフェは一〇〇ほどの客席を用意できるが、人気の登壇者だと入場券が売り切れることがある。地方在住の観覧希望者もいる。そのような方々のため、入場券の半額ほどの価格で、在宅でもトークショーを鑑賞することができるようにした。

しかしそれ以上にラジカルな改革は、壇上の議論から制限時間をなくしたことである。一般にトークショーは二時間が限界で、書店では一時間という場合も多い。講演や学会ならそれで十分だろう。けれども対話はちがう。見知らぬ他人がたがいに心を開くまでには、どうしても時間がかかる。結果としてたいていのトークショーでは、ようやく話が動き出したと思ったら打ち切りといった、不満が残る結果になっている。

そこでうちの店では、思い切って制限時間を取っ払うことにした。むろん目安の終了時間はある。けれども、興がのり登壇者が望むのであれば、基本的にはどこまでも延長できる。実際過去には、アルコールを入れながら翌朝未明まで（！）議論が続いたこともあった。

このふたつの新方針については、導入当初は社内でも戸惑いがあった。放送など行なったら入場者が減るのではないか。出演料固定で時間を延長するのは登壇者に不満を与えないか。終電が早い来場者にはどう対応するのか。

ふたを開けてみれば、多くの心配は杞憂だった。放送はＳＮＳの呟きを通して潜在的顧客を増やし、逆に来場者増につながった。終電問題も放送が解決した。途中退場を自由にし、どうしても続きが見たいお客さまは放送に誘導した。そして登壇者からの時間延長への不満については、これが拍子抜けするほど出なかった。

そもそもうちの登壇者は学者やジャーナリストである。出演料など気にせず、話したいことを話せる環境を歓迎する方が多数派なのだ。最近は時間延長を前提に膨大な資料を持ち込まれることもめずらしくない。そして来場者もそれを楽しみにしている。「ゲンロンカフェは特別」との認識が広がりつつある。

経営者としてじつにありがたい話だが、同時に痛感するのは、従来のトークショーの運営がいかにずさんで、また人的資源を無駄にしてきたのかという思いである。日本には豊かな座談会文化がある。「朝まで生テレビ！」のような番組も存在し、堅苦しい講演ではない、本音ベースでの対話を聞きたいというニーズは根強くある。そしてなによりも魅力的な人物がたくさんいる。

ところが出版社や大学やイベンターがそれを拾いあげ切れていない。高名な作家や学者を集め、名ばかりの「対談」を企画し、高額の宣伝費をかけて集客し成功とする虚しいビジネスモデルが横行しているのだ。ゲンロンはそこに楔を打ち込んでいる。

（「日本経済新聞」夕刊、二〇一八年二月二日）

リゾートと安楽

娘が小学校にあがるまえ、家族でカリブ海クルーズに参加したことがある。発着はアメリカのフロリダ州。乗船したのは世界最大の客船で、全長三六二メートル、高さ七二メートル、客室だけで一六層もあるという化物のような船だった。

船もこの大きさになるとひとつの町である。船内にはレストランやプールや各種店舗があるだけでなく、映画館もあればカジノもナイトクラブもあり、おまけにアイススケート場まで存在した。日本ではクルーズというと老夫婦が優雅に世界一周といったイメージが強いが、カリブ海クルーズはむしろ大衆路線を売りにしている。そもそも一六層もあるので、安い部屋は驚くほど安い。船内は家族連れや団体客で賑(にぎ)わい、毎日がお祭りのようだった。

ところで、この参加でぼくが痛感したのは、「安楽」を追求するアメリカのリゾートビジネスの徹底性である。

たとえば乗船。船に乗るというと、日本人なら港までは自分で行くのだろうと考える。

実際ぼくもトランクを引きずり港にたどり着いたのだが、到着して驚いたのは、アメリカの客はだれもそんなことをしていないことである。みな空港から船に荷物を直送し、手ぶらでチェックインしている。下船時にも似たサービスがあり、部屋に荷物を置いておけば、自動で指定の航空便に積まれ、自宅最寄りの空港で引き取ればよいようになっていた。

客は手ぶらで来て、手ぶらで帰る。頭にも体にもできるだけ負担をかけない。一消費者の個人的な感想にすぎないが、アメリカのビジネスは、この点で日本旅館の「おもてなし」などよりもはるかに徹底しているように感じられた。船室に入ると、テレビ画面でエンターテインメントプログラムが起動している。それをクリックすると映画やショーやレストランの予約ができる。船内を歩いているとスタッフが勝手に写真を撮ってくる。それらは顔認証で自動でまとめられ、専用端末で好きなだけ購入できる。クルーズ料金には乗船期間内の基本食事代もすべて含まれているから、スタンドでいくら軽食を食べても無料だ。財布を持ち歩く必要はいっさいない。なにを買うべきか考える必要すらない。

なかでももっとも度肝を抜かれたのは、異国の地に降り立つのにパスポートが必要なかったことである。船はフロリダを出発し、ハイチとジャマイカとメキシコに停泊した。ところが入国審査がない。なんとルームキーを機械にかざすだけで、乗下船の手続きが済んでしまったのである。おそらくアメリカ人客の多くは、そこが「国外」であることすらほとんど意識しなかったのではないか。

このような旅が「よい旅」なのかどうか、意見が分かれるところだろう。そんな旅には驚きもないし発見もないと批判するのはたやすい。実際読者の多くにとっては好みではないかもしれない。

けれども、現実にうちの幼い娘はたいへん喜んでいたし、また高齢者や障害者など社会的弱者の乗客が多かったことも印象的だった。頭にも体にも負担をかけない旅は、堕落かもしれないが、同時に弱者にとっては救いにもなる。日本の温泉旅館はこれに比べるとなんとハードルの高いことかと、ぼくは、カリブの陽に曝(さら)されたプールデッキでカクテルをすすりながら考えたのだった。

（「日本経済新聞」夕刊、二〇一八年二月九日）

選択肢は無限である

入試の季節である。我が家でも一二歳の娘が私立中学を受験した。

中学受験なので、合格発表は終わっている。娘はいま嬉々として友人と遊び歩き、参考書を束ねてゴミに出して、羽を伸ばしているようだ。そのすがたを見てぼくはいま、あらためて受験とは「残酷」なものだなと感じている。

なにをいまさらと言われるかもしれないが、若いころはそう感じなかった。ぼく自身、中学も大学も受験している。予備校で働いたこともあり、受験産業との付き合いは長い。にもかかわらず上記のような素朴な思いを抱いたのは、今回受験生の親になってみて、受験の本質についていろいろ考えたからである。

本質とはなんだろうか。受験とは要は試験を受けることである。試験を受けるのは合否の結果を得るためである。そして発表があったら、そのあとは「合格した自分」と「合格しなかった自分」のどちらかしかいなくなる。ぼくの考えでは受験の本質はここにある。受験生になるということは、まずは数年後の自分に対して、合格か不合格かの単純な対立で想像することを受け入れることなのだ。

ぼくたちはつねに未来を想像しながら生きている。そして未来はたいてい期限があいまいなものである。イエスかノーかの判定日が決まっていることはほとんどない。たとえば数年後の自分を想像し、独身か既婚かどちらかだと問うことはできる。けれどもそれはなにも深刻な対立にならない。独身でもそれからあとに結婚する可能性はあるし、すでに離婚している可能性もある。そもそも結婚など望まなくなっている可能性もある。未来にはさまざまな可能性が重なっていて、どれがベストかは簡単に決定できない。人生はそういうものである。とくに子どもができると、そのあいまいさについて考える。子どもの人生について、なにがベストか決定できると信じている親はいまい。

ところが受験は、未来からまさにそのあいまいさを奪ってしまう。受験を始めた瞬間に、未来の娘は「合格した娘」と「合格しなかった娘」に分岐してしまう。来年、再来年の計画について話すときに、娘もぼくも妻もつねにその分岐を意識せねばならなくなる。実際、資金計画から旅行の日程まであらゆることが変わってくるので、意識せざるをえないのである。

ぼくは今回、受験生の親になってみて、それこそが受験の本質的な残酷さだと感じた。入試が残酷なのは、それが受験生を合格と不合格に振り分けるからなのではない。ほんとうに残酷なのは、それが、数年にわたって、受験生や家族に対し「おまえの未来は合格か不合格かどちらかだ」と単純な対立を押しつけてくることにあるのだ。

大学入試はこれからが本番である。本稿の読者にも、受験生やその家族がいらっしゃるだろう。みなさんはおそらく、いま運命の分かれ道にいると感じているはずだ。

けれど、ほんとうはそんな単純な分岐など存在しない。むろん志望校に合格したらそれに越したことはない。けれども数年後には、そんな志望校だって退学しているかもしれない。起業したり外国に行ったりしているのかもしれない。人生の選択肢は無限である。そのことを頭の片隅において、入試会場に向かってほしい。

（「日本経済新聞」夕刊、二〇一八年二月一六日）

ペットと家族

家にハムスターが二匹やってきた。娘が同級生からもらってきたのだ。

先月までは別のハムスターを一匹だけ飼っていた。そちらが寿命で死んだので、新しいのがやってきたのである。晩年の老ハムスターは寝てばかりだったが、こちらはまだ生まれて間がなく、好奇心も旺盛で差し出した手にすぐ乗ってくる。これからまた二年（ハムスターの寿命はだいたい二年なのだ）、この二匹が新しい家族になる。

小動物が群れて遊んでいるのを見るのは無条件に楽しいものだが、それにしても、あらためてペットとはふしぎなものだと思う。

ぼくはいまハムスターが家族になると記した。実際、多くのひとがペットは家族だという。しかし、家族とは本来は血縁集団を指す言葉である。種を超えればとうぜん血のつながりもない。それなのに「家族」とは、そもそもどういうことなのか。

ぼくは大学で哲学を研究していた。だから主体や他者やコミュニケーションについて、むずかしい理論をいろいろと学んでいる。

ところがそれらの理論は、人間とペットの関係を考えるうえでまるで役に立たない。哲学の理論は人間と人間の関係について考えるものばかりだからだ。人間と動物の関係を考える理論すらほとんどなく（動物の権利などを論じる応用倫理学が数少ない例外だ）、まして「人間と動物の人間的な関係」について考えるものなどまったく存在しない。ペットの意味について考えるなんてあまりにもくだらない、多くの哲学者はそう考えてきたのかもしれない。

けれどもぼくは最近、ペットの存在は、じつは哲学にとってきわめて重要なものなのではないかと思い始めている。ペットは動物であり人間ではない。だれもがそれを知っている。にもかかわらず、人間はペットとはなぜか人間的な関係を結ぼうとする。それこそがペットの謎なのだが、そのような感情はじつは、人間関係を「拡張」して得られる錯覚なのではなく、むしろそちらこそが人間関係の基礎にあり、起源にあるものなのではないか。そんなふうに思うからである。

たとえば、ぼくはさきほど家族とは血縁集団のことだと記した。けれども現実には、血のつながらない家族は無数に存在する。というよりむしろ、そのような非血縁的な、それでも家族的な紐帯こそが、社会にダイナミズムを与えている。そもそも国民国家自体が「血のつながらない家族」の典型である。人間は、さまざまな存在を家族だと思うことができる。ペットどころか、機械や虚構の存在すら家族だと信じることができる。家族の概念にはそのような強い拡張性があり、むしろ血のつながった家族のほうが特殊な例でしかない。ペットについての思考は、ぼくたちをそのような広い認識に導いてくれる。

いずれにせよ、うちにはまた人間以外の家族が増えた。ペットと飼い主のあいだにはしばしば「顔が似る」という現象が起こる。これもまた変な話で、骨格も筋肉もすべてちがっているところで「似る」とはなにか、そもそも動物の顔とはなにかと思うのだが、しかし人間はそのようなことを感じる。ハムスターは孤独を好み、単頭飼いが基本だという。けれどうちの二匹はいつまでも仲良く、妻と娘にそれぞれ似てくれるといいなと思っている。

（「日本経済新聞」夕刊、二〇一八年二月二三日）

アマゾンとコンビニ

オフィスが手狭になってきた。社員が増えたためである。昨年末に追加の部屋を借りたが、内装工事が終わるまえにさらに社員が増えた。

ぼくは狭い空間がどうも苦手である。みなそうだと思われるかもしれないが、じつはそうでもない。狭い空間が好きなひとはけっこういる。

そもそも日本人は狭い空間が好きである。日本文化は、狭い空間を工夫して使うことに高い価値を置いている。茶室や弁当が典型だが、その伝統はいまも生きている。建築界には「狭小住宅」なるふしぎな言葉があるし、現代日本を象徴する建物といえばコンビニである。そしてホームセンターに行けば、どこでもアイデア収納商品が山と積まれている。

よく言われるのは、日本は土地がないからしかたないとの理由である。しかし、ぼくはそれは疑わしく思っている。地方のロードサイドに行くと、だだっ広い駐車場の真ん中にぽつんと小さなコンビニが建っている光景によく出くわす。ワンルームマンションも全国どこにでもある。うまいラーメン屋はたいてい狭い。いくら広大な土地があっても、コンビニや1DKやひとりひとりすれ違えないような狭いカウンター席が好んで作られているのだ。日本人は「工夫された狭い空間」が積極的に好きなのではないか。

ぼくも日本で育ったので、その美学が理解できないわけではない。けれども、会社をはじめてからすこし考えが変わってきた。狭さはそれなりのコストを伴っている。

そのなかでも最たるものが収納コストである。狭い空間を工夫するというのは、つまりは工夫するコストをかけるということだ。なにをどこに置くかに頭を使い、なにをどこに置いたかを思い出すのに頭を使い、取り出すのにも頭を使う。日本人はその工夫こそが効率的だと捉えているふしがある。たしかにコンビニの商品配置はある種芸術的だ。

けれどもみながコンビニをまねる必要もない。空間コストと収納コストのトレードオフを考えるとき、ぼくがよく思い出すのはかつて見たアマゾンの倉庫映像である。端末に送られる配送指示にしたがい、従業員とロボットが連携し二四時間商品を取り出し続けるその棚は、驚くぐらいスカスカで、それまで見たことのあるどの倉庫ともちがっていた。同じ商品が複数の場所にあり、ひとつの棚には数個しか商品が置かれていない。おそらくアマゾンは、商品の探索や取り出しにかかる時間をかぎりなくゼロにしたいと考え、そのためには空間はいくら犠牲になってもいいと判断している。アマゾンの考える効率性は、コンビニの効率性とはまったく異なっているのだ。

アマゾンとコンビニ、どちらが「美しい」かは判断のわかれるところだろう。倉庫ならともかく、自室や自社の空間設計となれば、最終的には趣味によるとしかいいようがないかもしれない。コンビニ型の迷宮的空間が安心するというひとも多いにちがいない。

けれども、ぼくはいまはアマゾン型に憧れている。どーんと広い場所で仕事をしたい。しかし現状は理想からほど遠い。それどころか、追加賃貸でオフィスはたこ足になり、理想からますます遠ざかっている。いつか一発あたり、無駄に広大なオフィスが手に入ったらいいなと夢見ている。

（「日本経済新聞」夕刊、二〇一八年三月二日）

天才をひとりにしないこと

ぼくの会社「ゲンロン」は出版とイベントスペース運営のほか、市民講座（ゲンロンスクール）の開催も手がけている。批評、現代美術、ＳＦ小説、マンガの四つのコースがあり、先日そのひとつ「新芸術校」第三期の修了成果展が行なわれた。

事業を手がけて三年だが、すでに成果が出始めている。新芸術校第一期金賞受賞者は、先日岡本太郎現代芸術賞の次点（敏子賞）を受賞した。ＳＦ講座第二期の受講生は、卒業を待たずして日経星新一賞のグランプリを受賞している。自社宣伝のようで気が引けるが、ゲンロンスクールは、いま日本でもっともプロデビューに近い講座ではないかと思う。

けれども、ぼくがこの事業に乗り出したのは、そのような才能発掘だけが目的ではない。むろん新たな才能が出てくるのは喜ばしい。でもやはり、それだけではないのだ。なぜか。それは、才能発掘を目的とするなら、市民講座などやらないでいまやネットを巡回したほうが効率がよいからである。実際、若者向け娯楽小説の世界はそうなっている。ネットには有力な投稿サイトがいくつかあり、編集者は鵜の目鷹の目でヒット作を探している。いまの若い作家は読者と勝手に交流し、勝手に育つ。新人を手間暇かけて育てる必要などない。

考えてみれば、これはいまに始まったことでもない。そもそも文壇でも美術界でも、芸術分野では伝統的に天才待望論が強い。天才は育てられない。教育と関係なく現れる。編集者やギャラリストにできることはといえば、天才が現れるのを待つことだけだ。そういうことはしばしば言われるし、この考えからすれば弊社講座の試みは無駄だということになる。

にもかかわらず、ぼくが講座を開いているのは、天才はたしかにひとりで現れるが、ひとりのままでは生きられないと信じるからである。たしかに天才は育てられない。しかし天才もずっと天才であり続けるわけではない。人生は長い。才能が涸れるときもあれば、作風が変わることもある。それを許す環境がなければ、創作を続けることはむずかしい。才能は、才能を支える「目利き」の共同体を必ず必要とするのだ。

だからぼくは、弊社講座の目的を、才能を輩出するだけでなく、その才能を支える共同体を育てることにも置いている。実際、そうでなければ教育には意味がない。そもそもどんなにプログラムを充実させても、受講生全員が夢を摑みデビューすることはありえない。

ではデビューできなかった小説家志望者や美術家志望者たちは「負け組」なのだろう

か。そうではない。芸術とはそもそもそういうものではない。彼らプロになれなかったアマチュアたちこそが、次世代の才能を見抜き育てていく、その循環がなければ芸術は存続しない。その点で彼らも、芸術の立派なプレイヤーなのである。ぼくはそのような「懐（ふところ）の深い」業界を、なんとか再構築したいと考えている。ゲンロンスクールはその挑戦の第一歩だ。

天才待望論は資本主義の論理である。才能を買い付け、売り抜ける。編集者もギャラリストも、いつからかそんなひとばかりになってしまった。でもそれではだめなのだ。天才を理解し許す聴衆を育てなければ、文化は育たないのだ。いま日本に欠けているのは、その聴衆のほうである。

（「日本経済新聞」夕刊、二〇一八年三月九日）

震災と無気力

震災から七年が過ぎた。東京では震災はあまり話題にならなくなった。時が過ぎるとはこういうものなのだろう。

とはいえ、時間が経ち傷も癒えた、では済まされない現実もある。福島第一原発の事故処理はその一例である。記憶が消えても放射能は消えない。溶融した三基の原子炉を解体し、除染を終えるまでにどれほどの時間と費用がかかるのか、まったくさきが見えない。

東京の住民として、もうひとつ気にかかるのは首都直下地震の可能性である。二〇一三年の末、政府は衝撃的な数字を発表した。三〇年以内にＭ７クラスの首都直下地震が起こる可能性は七〇パーセントで、最悪の想定では死者は二万人以上、被害は九五兆円にのぼるという。ところがその後報告は更新されず、いまではたいして話題にならない。そして二〇年の五輪に向け、東京では着々と関連工事が進められている。

これはいったいどういうことなのだろう、とときどき考える。七〇パーセントはけっして小さい数字ではない。三〇年もそれほど長くない。想定発表から五年経っているので、いま二五年ローンで家やマンションを買うと、返済が終わるまえに巨大地震が来る可能性が七割以上もあるということになる。これはたいへんな問題だ。にもかかわらず、みな気にせず不動産を買っている。

福島でも東京でも、みな厄介な現実から目を逸らして日常を送っている。ぼくは震災後ずっと、そんな状況に苛立ちを覚えてきた。けれども最近、少し諦め始めてもいる。

日本は地震国である。火山も多く台風もやってくる。高確率で災害が襲うのは首都だけではない。日本中がそうなのだ。そして人間にできることなどたかがしれている。たとえば五輪開催中に巨大地震が来たら、壊滅的状況になることはまちがいない。それはみな知っている。でもどうしようもない。真剣に考え出したら、五輪は中止にするほかない。だからみな知らないふりをして、粛々と準備だけを進めている。

これはおそらく、災害に溢れるこの列島の長い歴史で培われた、一種の生活の知恵であり文化なのだろう。高度成長期からバブル期まで、日本ではたまたま巨大地震がない時期が続いた。だからそのあいだ、みなその条件を忘れていた。ところが三・一一以降、その文化がふたたびまえに出始めている。震災後の日本が、どこか投げやりで、無気力感漂う国になっているのはそのためだ。ぼく自身、なにも考えず東京に住み続けている。

大きな問題から目を逸らすことで、はじめて現実に対処する力を得る。それはけっして誇れる話ではない。世界的には異常でもある。けれど日本人は、その感性を身につけなければ、この災害の島で生き残ることができなかった。日本とはそういう国なのだ。

ただぼくとしては、そのなかでもせめて「考えてもしかたがない」こととそうでないことの区別ぐらいは訴えていきたいと思う。たしかに巨大地震については、考えてもしかたがないのかもしれない。けれども原発事故の処理については、逆に考えなければどうしようもない。同じことは高齢化や米軍基地問題についても言える。すべてを災害をモデルにして捉えては無気力になるだけだ。いまの日本は、あまりにも多くのことを「しかたがない」で片付けてしまっているように見える。

(「日本経済新聞」夕刊、二〇一八年三月一六日)

アフタートークの功罪

演劇業界や映画業界には「アフタートーク」と呼ばれるものがある。演劇の公演や映画の上映のあと、演出家や監督や俳優が舞台のうえにあがり、特別ゲストと短い対談を行なう時間のことである。ぼくが若いころはほとんどなかったように思うが、いつごろからか普及してきた。観客からすれば、いま見たばかりの作品について、クリエイターと専門家が語ってくれるありがたい時間なのかもしれない。

ぼくは職業柄、その対談のゲストに呼ばれることがある。友人関係で頼まれやむをえない場合は引き受けるが、しかしぼくは、このアフタートークなるものがたいへん苦手である。

アフタートークのおそろしいところは、ゲストが、いま見たばかりの、しかも多くの場合初見の演劇や映画について、その制作者とともに、制作者が集めた客のまえで語らなければならないということである。トークはたいてい公演や上映の終了直後に行なわれる。打ち合わせの時間はまったくないし、そもそも五分や一〇分でまともな感想などまとまるわけがない。それでも作品がおもしろいのならばなんとかなるが、理解が困難だったり退屈だったりする場合もある。その感想をいきなりクリエイターにぶつけるのは、かなり勇気のいることだ。

加えて決定的なのは、そこでの聴衆がクリエイターのファンだということである。彼らは公演や上映を楽しみにして、劇場に足を運びお金を払った人たちである。いくら辛口が身上の批評家でも、そんな人々をまえにして、いまみなさんが見たものはつまらないものでしたねと言えるわけがない。つまりはアフタートークの内容は、最初から肯定に決まっているのである。

いや、それでもまだ、クリエイターが対談相手のゲストに多少関心をもっているのならばなんとかなる。公演と無関係な話題に移ればいいからだ。本当に話が行き詰まるのは、ゲストが作品に関心をもてなかっただけでなく、登壇したクリエイターのほうもゲストに関心をもっていない場合である。そんなことがあるのかと思うかもしれないが、スタッフが乱暴に人選を行なうとそういうことが起きる。ぼくも最近経験した。こうなってくると、壇上ではほんとうになにも話すことがない。ゲストとしては、せめてクリエイターやファンを不愉快にさせないように、冷や汗をかきながら定刻まで空虚な相槌（あいづち）で時間を埋めていくだけだ。

しかし、それにしても、アフタートークはなんのためにあるのだろうか。スタッフの負担は確実に増えている。集客もさほど増えるとは思えない。さきほどは観客にとってありがたい時間だと記したが、よく考えてみればそれも疑わしい。観客が劇場に期待するのは公演や上映であって批評ではないし、かりに話が聞きたいとしても求められるのはクリエイターの言葉であり、よくわからないゲストの感想ではないはずだ。

そもそも作品の感想というのは、鑑賞後すぐに固まるものではなく、あるていど孤独な振り返りの時間があってはじめて熟成するものである。アフタートークの設定は、中途半端な批評の言葉を与えることで、その熟成の時間を逆に断ち切っているようにも見える。昨今のトークの乱立がほんとうに観客のためになっているのか、関係者はいちど真剣に考えたほうがいいように思う。

（「日本経済新聞」夕刊、二〇一八年三月二三日）

哲学者と批評家

ぼくはこの欄では批評家と名乗っている。けれども哲学者と名乗ることもある。

ぼくは同時代の政治や社会現象について語ることが多い。だから批評家といったほうが通りがいい。けれども関心は抽象的で、著作もジャーナリスティックではない。その点では哲学者と呼んだほうが正確だということになる。いずれにせよ、自分としては批評と哲学は明確に区別できない。

この混乱はじつはぼく個人のものではなく、より一般的な問題である。日本では「哲学」なる言葉は、大学の研究分野を意味することが多い。カントやニーチェといった、特定の哲学者の特定のスタイルでの研究が哲学と呼ばれる。けれども哲学そのものは哲学者の研究より広い。そのような「哲学研究の外にある哲学」は、日本では、歴史的に文芸評論と結びつき「批評」と呼ばれてきた。だから批評と哲学は明確には区別できないのだ。

似た問題は国外でも起きている。じつは英語圏では、哲学とはもっぱら、多様な哲学のうち特定の一派（分析哲学）を指す言葉になっている。だからそれ以外の潮流の研究は、あいまいに「理論（セオリー）」と呼ばれていたりする。たとえば、デリダやドゥルーズといった、日本でもよく知られたフランスの二〇世紀後半の哲学者がいる。彼らの仕事は哲学そのものだが、英語圏では哲学ではなく理論と呼ばれる。日本では大学外の哲学が批評と呼ばれるが、北米では大学の内に、哲学と呼ばれないもうひとつの哲学（理論）があるかたちだ。

本来は哲学と呼ばれるべきものが哲学と呼ばれず、批評や理論と呼ばれる。逆に哲学科に進んでも、最先端の哲学が学べるとはかぎらない。この混乱は、よく言えば哲学の多様性や拡張性を表しているということになるが、弊害も大きい。

なかでも問題なのは、初学者にとって、どこのだれに師事し、どの本を読んだら最先端の哲学を学ぶことができるのか、さっぱりわからなくなってしまうということだ。

実際、四半世紀前、学生時代のぼくがそうだった。ぼくはシンプルに最先端の現代思想を学びたかったのだが、これが混迷を極めた。学部では科学史と科学哲学を学んだが、修士では表象文化論なる歴史の浅い専攻に移動した。しかも博士号を取るときには、専攻名そのものが超域文化科学専攻という奇妙な名前に変わっていた。加えてぼくは『批評空間』という名の批評誌や関連業界にも顔を出していて、博士論文の執筆はそこで編集委員から受けた刺激と切り離せなかった。

つまりは、一九九〇年代の日本においては、大学内で複数の専攻を横断し、加えて大学の外でも仕事をして情報を集めるといった複雑な動きをして、ようやく最先端の思想シーンに触れることができたのである。一方で批評家と名乗り、他方で哲学者と名乗るいまの混乱は、じつはそのような学生時代の苦労の残滓でもある。

いま振り返れば、そんな苦労もまたよい修業になったと言えないことはない。けれどもやはり、そのせいで批評家＝哲学者としていろいろ遠回りしたこともたしかだ。最先端の哲学がどこにあるのか、自力で探すのはじつにたいへんだ。後輩にはなるべくそのような苦労をさせたくないと思って、本を書いている。

（「日本経済新聞」夕刊、二〇一八年三月三〇日）

水俣病と博物館

二〇一一年の福島での原発事故のあと、水俣病について考えるようになった。

むろん両者の事件は本質が異なる。水俣病の成立過程は解明されているが、福島で健康被害は確認されていない。他方で福島には広大な立ち入り禁止地域が設定されたが、水俣にはない。そもそも有機水銀の害と放射能の害はまったく性格が異なる。

けれども両者には共通点も多い。豊かな自然と経済的に恵まれない農村。僻地に集中する高度成長の歪みと裏返しの環境破壊。健康被害の有無をめぐる長い論争。被害者への無理解と風評被害。そして特定企業に依存せざるをえない地方経済。水俣病の出現は、水俣市民を加害企業の支持者と被害者の支持者に分断したと言われるが、そこもまた福島と似ている。水俣病発生から半世紀が過ぎたが、日本はいまだ「公害国家」のままなのかもしれない。

そんなぼくは、昨年夏はじめて水俣を訪れる機会をもつことができた。水銀で汚染された水俣湾は、いまは埋め立てられ緑の公園に変わっている。訪問の目的は、その一角に建つ水俣市立の水俣病資料館だった。豊富な展示で知られ、近くには美術作家による記念碑も建てられている。

ちなみに、この資料館の横には国立と県立の施設も建てられており、国県市三つの主体の水俣病への関わりが比較できる場所になっている。私見では、市がもっとも積極的に苦しみを未来につなごうとしており、国はあくまでも「科学的な説明」に終始、県は全般的に消極的なように見えたが、一観光客の無責任な感想にすぎない。いずれにせよ、公園から望む不知火海はじつに美しく、この海がかつて死の海と呼ばれていたのかと思うと胸が痛くなった。

資料館ではさまざまな学びがあった。けれどもその訪問でもっとも印象に残ったのは、じつはまた別の施設だった。

それは、公園から南東に一キロほど離れた丘にある、「水俣病センター相思社」が運営する水俣病歴史考証館である。水俣病発生のため、多くの漁民が廃業を強いられ、共同体から切り離された。相思社は彼らの生活を支えるため一九七四年に作られた市民団体で、いまも患者の健康相談に乗るほか、市民向けの啓蒙(けいもう)活動や転業農家の支援を行なっている。歴史考証館も、もとは患者自立支援のためのキノコ工場で、八八年に改修され博物館になったという。

そのような経緯のある施設なので、内部はけっして広くはない。展示もかなりごちゃごちゃしている。けれども、長年患者に寄り添い、またいまも寄り添い続けている市民組織の集めた資料には、公共の博物館にはない生々しさがある。居合わせた職員の方に、いま水俣に患者は何人ほどいるのですかと問いかけたところ、ある年齢以上の方はみな基本的に患者です、食物が汚染されるとはそういうことなのですと答えられ、胸を衝かれた。埋め立て地の公園で記念碑を訪れたときには、どこかで水俣病はもう「終わったこと」で、だから歴史の継承が必要なのだと考えていた。でも本当は被害は続いている。まだ歴史ではないのだ。

帰宅して相思社の維持会員に申し込むと、柑橘類のパンフレットが送られてきた。試しにジュースを頼んでみたところ、これがじつにおいしい。再訪の機会を願いながら、この原稿を書いている。

（「日本経済新聞」夕刊、二〇一八年四月六日）

匿名と責任と年齢

日本の代表的ネット企業の創業者で、現在は巨大コンテンツグループを束ねる要職を担っている四〇代の実業家がいる。ネットに限らず近年のアニメやゲーム産業を考えるうえでも欠かせない人物であり、ぼくは一方的に尊敬してきた。

そんな実業家氏とSNSで論争になった。きっかけは氏が最近ブログで提起したある政策論にあったのだが、話はすぐに横に逸れ、論点は匿名アカウントでの発言の是非に移ることになった。なぜそんな論争が起きたのか。

じつはこの実業家氏は、ネットでの奇妙な露出で知られている。氏は公式のブログやSNSをもたないが、匿名のアカウントはもっている。それらはいつも似たIDの文字列を含み、だれもが氏のものだとわかる状況になっている。氏はそこでときおり重要な発言を行なうので、フォロワーも多い。けれども形式的には匿名なので、責任を問うのはむずかしい（本稿で実名を挙げていないのもこの事情による）。このような状況が長いあいだ続いているのだが、おかしいのではないか。そう問題提起したところ、氏より長文の反論をもらったのである。

さて、その反論で氏が主張しているのは、要約すれば、ネットの本来のよさはだれもが肩書なく自由に意見を交換できるところにある、実際かつてはそうだった、ところがいまはそれが困難になり、公人や著名人の揚げ足とりばかりが横行している、しかし自分はネットの本来のよさを守りたいので匿名という形式にこだわるというものである。ぼくはこのネット観と状況認識には完全に同意する。

しかし、そのうえで疑問に思うのは、そもそも氏は、匿名を装うことで本当に肩書から逃れることができているのだろうかということである。実際には氏のアカウントはだれもが氏のものだと知っており、反応もみなそれを前提にしている。氏ほどの重責にある人物が、多少の仕掛けで肩書から逃れられるはずもない。氏の願いは結局叶えられていない。

そしてそれは、ネットの変質云々以前に、単純に氏の立場が変わったからである。氏はむかしのネットはちがったと記しているが、そのころは氏自身が無名で若かった。いまはちがう。無名のネットユーザーとしてふるまう自由は、残念ながらいまの氏にはない。それは氏が手にした成功の代償である。

いや、それは成功とも関係ないかもしれない。より広く年齢の問題なのかもしれない。

アカウントの正体がいつもあきらかであることからわかるように、氏は本当の匿名を望んではいない。氏が氏として認められたまま、しかし同時に無名の一個人として扱われることを望んでいる。それはじつは多くの中高年が抱く願いである。自分は若いときと同じようにふるまっている。同じ話をしている。でも周囲の反応がちがう。みな忖度する。反論すると萎縮する。やめてくれと叫びたくなる。負う責任こそ比べものにならないけれど、氏と同年代のぼくには、その願いの切実さが痛いほどにわかる。

けれども、その願いはもう叶うことがないのだ。若者と同じように話をすれば無責任だと言われ、議論すればハラスメントだと言われるのだ。それが年齢を重ねるということであり、ぼくたちはそれを受け入れて生きていくほかないのである。

（「日本経済新聞」夕刊、二〇一八年四月一三日）

育児と反復可能性

娘が中学生になった。小学生の娘はもういない。

凡庸（ぼんよう）な表現になるが、娘の誕生からここまで、ほんとうにあっというまだった。あっというまだとは聞いていたが、予想以上に短かった。娘が生まれてすでに一二年が過ぎた。あと一二年すれば二四歳で、そのころ娘がどうなっているか想像もつかない。結婚しているかもしれないし、国外に出ているかもしれない。娘と同居できる時間は早くも残り少ない。

それにしても、なぜこんなに早く感じるのか。ぼくの考えでは、答えは「取り返しのつかなさ」にある。

大人の世界は反復可能性に満ちている。みなが、今回だめならばべつの機会にという発想で生きている。それは心の健康の証（あかし）でもある。夏に休暇が取れなければ冬に取ればいいし、今年花見に行けなければ来年行けばいい。友人と別れたらべつの友人とつきあえばいいし、職場があわなければ移ればいい。そのように考えるのがまともな大人というものだ。

　けれども本当のところはそれは欺瞞（ぎまん）である。夏の休暇と冬の休暇はちがうし、今年の花見と来年の花見もちがう。友人も職場も一期一会で、取り返しがつかない。そもそもひとはいつ死ぬかわからない。今日も明日もすべて反復不可能なのだ。にもかかわらず反復可能だと感じているのは、日常を深く考えずに送るための生活の知恵のようなものである。

　ところが、子どもができるとまさにその欺瞞が暴かれる。大人同士ならば今年がだめなら来年にという話になるが、子ども相手には通用しない。三歳の海と四歳の海はちがうし、小学三年の休暇と小学四年の休暇もちがう。幼馴染（おさななじ）みはつくりなおせないし、小学校も転校はできても再入学はできない。一二歳の娘はこの春にしか存在せず、中学の入学式もいちどしか出席できない。あらゆる瞬間が唯一のもので、取り返しがつかないというこの切迫感こそが、育児のめまぐるしさの原因であり、「あっというま」の感覚の源なのではないかとぼくは考えている。その切迫感をうまく処理できないと、育児ノイローゼを病んでしまうのだろう。

　人生は短い。そして取り返しがつかない。ぼくたちはふだんその真実を忘れている。ところが子どもと暮らすと、否応（いやおう）なくその真実を突きつけられることになる。それが子育ての喜びであり、辛さでもある。

　ところでこのように書いてきて疑問に思ったのだが、複数のお子さんがいる親御さんも、同じように感じているものなのだろうか。

じつはぼくには子どもがひとりしかいない。以上の妙にロマンティックな（そしてどこか中二病的な——と自分で言うのもなんだが）育児観は、たぶんにその条件に規定されている可能性がある。

ぼくは冒頭で、娘が中学になった、小学生の娘はもういないと記した。しかしもし妹がいれば、娘が中学にあがったところで、小学生の妹はまだ存在することになる。三歳の海も小学三年の休暇も、それぞれ唯一だが反復可能なことになる。そのときに親は、人生と子どもの取り返しのつかなさについて、どう感じるものなのだろうか。そして子どもが三人四人と増えていったら、その感覚はどう変わるのだろうか。単独性と反復と類似の関係。これはじつに哲学的な問題である。

（「日本経済新聞」夕刊、二〇一八年四月二〇日）

演技とアンドロイド

新作の宣伝のため来日した大物ゲームクリエイターにインタビューする機会を得た。クアンティック・ドリーム創業者のデイビッド・ケージ氏である。

ケージ氏の新作はデトロイトが舞台で、労働者として酷使されているアンドロイドが反乱を起こす物語。人間ではなくアンドロイドの視点でプレイするところに制作者の工夫がある。インタビューでは、今年がキング牧師暗殺五〇周年であることを意識したとの言葉も出た。実際、主人公のひとりは黒人のアンドロイドに設定されている。日本では娯楽の面ばかりが強調されるが、ゲームはいまや、社会問題を問う重要なメディアに成長している。

メッセージ性に加えて、インタビューであらためて印象を深めたのが、演技の複雑さである。ゲームではキャラクターはCGだから俳優は要らないと思うかもしれないが、ケージ氏の作品はちがう。主要人物には俳優が割り当てられ、実際に演技が行なわれている。俳優の表情や動きは特殊なソフトを使ってCGに取り込まれ、衣装や背景が加えられることで画面が完成する。演技をＣＧに変える技術はモーションキャプチャーと呼ばれ、映画でもよく使われている。

　ドキュメンタリーなどで見たことのある読者もいるかもしれないが、モーションキャプチャーの撮影現場はじつに奇妙なものである。衣装や背景は撮影後にＣＧで乗せるので、現場には完成画面を想像させるものはなにもない。場面が屋内だろうと屋外だろうと、昼だろうと夜だろうと、撮影するのはからっぽのスタジオである。おまけに俳優は、取り込みを正確にするため特殊なボディスーツを着させられ、顔には無数の銀色のマーカーがつけられる。

　さらにゲームの場合、シナリオが複数に分岐するという問題もある。ゲームでは、ひとつの会話がひとつの結末に収斂（しゅうれん）するとは限らない。発言にどのような答えが続くのか、選択はときにプレイヤーに任される。俳優はそのいずれにおいても、唐突でないように見える演技を行なわなければならない。

　つまりゲームの俳優は、衣装も舞台装置もなく、物語の一貫性もないまま、状況説明と断片的な台詞（せりふ）だけを頼りに、感情を高め説得力のある表情を作りださなければならないのだ。これは、従来の舞台や映画における演技とは質的に異なった、おそろしくむずかしい作業なのではないだろうか。ケージ氏は、撮影だけで二年の時間がかかったと苦笑していた。

　このように考えていくと、新作がアンドロイドを主人公にしているということには、批評的にとても重要な意味があるように思えてくる。俳優の演技をＣＧに変える、物語を選択肢でばらばらに切り刻む、それはじつは、ぼくたちがすでに「人間的なもの」をアンドロイドの視点で再構成していることを意味しているのではないか。つまりケージ氏は、ゲームをプレイし、ＣＧの演技に感動しているぼくたちは、実際にはすでにアンドロイドだと言いたいのではないか。今回はそこまで踏み込むことはできなかったが、また話す機会があればぜひとも切り込みたい。

ケージ氏はぼくの二歳上。同世代に彼のように、商業的に成功を収め、かつ批評的なクリエイターがいるのは大きな刺激になる。ぼくも精進せねばとあらためて思った。

（「日本経済新聞」夕刊、二〇一八年四月二七日）

連休のヘイトタクシー

連休はいかが過ごされただろうか。ぼくも久しぶりの休暇を楽しんだが、ひとつ不愉快な経験をした。ある地方都市で、ヘイトを語るタクシーに乗り合わせたのである。

不名誉な話なので名を挙げるのを控えるが、言えばだれでも知っている有名な町である。ほかの観光地と同じく、その町もまた多くのアジア系外国人観光客で賑(にぎ)わっていた。拾ったタクシーでなにげなくその話題を出したところ、突然ヘイトが始まったのだ。

いわく「あいつら」が来るせいで町が荒れる、言葉が通じない、マナーが悪い、金払いもよくない云々(うんぬん)。内容を紹介するとそれそのものがヘイトになりかねないので、あえて詳細は記さない。しかし口汚い言葉が続いた。運転手は乗車拒否も行なっていると誇らしげに語った。ヘイト対象の国から来た観光客は乗せない、いちど車が止まってもそうとわかったら乗せないで走り出すらしい。

ヘイトの対象になっていたのは、韓国人と中国人である。運転手は両者をほとんど区別していなかった。たぶんどちらでもかまわないのだろう。驚いたのは、なぜそこまで憎むのか理由を尋ねたところ、「愛国者」という表現が出てきたことだ。こういうのは口幅ったいんだけどね、おれは愛国者だからと、国際情勢への憤りを木訥(ぼくとつ)と方言で語り始めたのである。

運転手は男性。後部座席から眺めただけなので、正確な年齢はわからない。印象では六〇代から七〇代だが、愛国者という言葉にはネットスラングの響きが感じられる。実際その後の会話では、中国の乱獲のせいでマグロが食べられなくなっているといった、ネットでよく流れている話題も話された（実際には日本の乱獲こそ大問題）。ネトウヨといえば二〇代や三〇代の若者という印象が強いが、過激な「ネット愛国」は高齢者にも広がり始めているということだろう。

さて、読者にはさまざまな政治信条の方がいるだろう。中国や韓国の対日外交に好意をもてず、運転手に一定の共感を抱く読者もいるかもしれない。

しかし、読者の政治信条がなんであれ、この運転手の行動は正当化できない。乗車拒否は道路運送法違反だし、特定の民族への憎しみを不特定の乗客に吐露するというのは、公共交通機関に従事するものの職業倫理として許されることではない。彼は、ぼくがもし中国人や韓国人だったらどうするつもりだったのだろう。日本語を母語として育ち、流暢(りゅうちょう)に話す外国籍の方はたくさんいる。

この運転手の誤りは、そもそも国家と個人をきちんと区別していないことにある。中国や韓国の外交に憤るのはいい。日本が正しいと思うのもいい。それは政治信条の問題だ。しかしその怒りを個人ひとりひとりへの憎しみに転化するのはまちがっている。観光客は外交官ではない。国家を代表して来日しているわけではない。だから観光客は、人種からも民族からも国家からも離れた、ひとりの自由な個人として遇されねばならないのだ。それが「おもてなし」の基礎の基礎である。

あまりにも強いヘイトに動揺して、ぼくは降車時に領収書をもらい忘れてしまった。だからいまさらタクシー会社に抗議することもできないが、二〇二〇年の東京五輪までには、似た事例がなくなることを切に願っている。

（「日本経済新聞」夕刊、二〇一八年五月一一日）

ソクラテスとポピュリズム

最近プラトン全集を読んでいる。古代ギリシアの哲学者のあのプラトンである。なにをいまさらと思われるかもしれないが、かねてよりいつかは読まねばと思っていた。ぼくの学生時代の専攻は二〇世紀のフランス哲学だが、西洋思想の半分はプラトンに戻っていくところがある（残りの半分はキリスト教）。起源の議論にじかにあたらないと、どうしても理解の及ばないところがあるのだ。

というわけで読み始めてみたのだが、四〇代後半になるとこれほど読みが変わるものかと驚いた。学生時代は抽象的な空理空論や前近代的な迷信にしか見えなかった言葉が、人生経験に照らして突き刺さる。このような読み直しができるのが、哲学書の魅力でもある。

とりわけ、あらためて深く感じいったのが、「ソクラテスの死」の意味である。ご存じのかたも多いと思うが、プラトンはソクラテスの弟子で、著作の多くは師の言行録（対話編）として書かれている。そしてその師は老年になって起訴され、死刑になった。

プラトンは当時二〇代の若者で、師の刑死に衝撃を受けて執筆を始めたと言われる。実際、プラトン全集の配列はローマ時代から決まっているが、第一巻には刑死をまえにした四つの対話編が収められている。ソクラテスの死から始まる構成になっているのだ。

西洋では哲学の半分は、ソクラテスの死のうえに築かれている（さらにいえば残りの半分もイエスの死のうえに築かれている）。この事実は東西比較思想史的にたいへん大きな意味をもつが、今回読み直して思ったのは、加えて、その死がまたじつに現代的な意味をもっているということである。

というのも、彼の死は、いま風に言えば、まさにポピュリズムによる死そのものだと言えるからである。ソクラテスが活躍した紀元前五世紀半ばのアテネは、古代民主制を確立し豊かな文化を誇っていた。ところが同世紀後半になると、大きな戦争に巻き込まれ、混乱と衰退が始まる。ソクラテスの裁判はそんななか行なわれるが、彼はけっして独裁者による秘密裁判で処刑されたのではない。訴えたのは市民であり、刑を言い渡したのも市民である。

同裁判については多くの記録が残っており、プラトンも『ソクラテスの弁明』という有名な対話編を記している。同書はたいへん短く、文庫でも手に入るのでぜひいちど読んでみてほしいが、ソクラテスにむけられた非難は要は、おまえはなんかあやしい、嫌なことをいう、みんなの空気に水を差す、だから死ねというものである。犯罪の具体例はなく、噂（うわさ）による感情の暴走だけがある。それは、現代のＳＮＳで頻発するリンチとまったく変わらない。対するソクラテスの法廷弁論はじつに論理的なのだが、もっとも心を打つのは、彼が、論理では勝てないことをよく承知し、それについてもはっきり語っていることである。彼は、人々が論理を選ばないことをよく知っていた。しかしそれでも論理を選び、死刑を受け入れるのだ。

プラトンはこの「失敗」から出発し、晩年に壮大な理想国家論に取り組むことになる。その試みの意味は、二四〇〇年を経たいまもまったく色褪（いろあ）せていない。人間は論理的ではない。話し合えば正しさが実現するわけではない。すべての政治と哲学は、この前提から始まらねばならない。

（「日本経済新聞」夕刊、二〇一八年五月一八日）

ハラスメントと社会の変化

某大学アメフト部の反則行為が話題になっている。ぼくはアメフトを知らないので、ルールのことはわからない。ただ報道を見るかぎり、反則の有無以前に、部員に反則を指示したとされる監督の抑圧的態度が問題となっているようだ。監督は六〇代の男性である。

連想したのは、最近相次ぐセクハラ事件だ。米国発の「ミートゥー」運動の影響もあり、このところセクハラの告発が相次いでいる。先月は財務省事務次官が辞任したし、最近は東京都狛江市の市長も辞任に追いこまれた。二人はともにアメフト部監督と近い世代で、前財務次官は五〇代、狛江市長は六〇代である。

アメフトの反則強要とセクハラ。事件の性格は異なるが、共通するのは男性の社会常識とのズレが問題となっていることだろう。

パワハラやセクハラは、つい数年前まで、あくまでも個人間の話とされ、公的に問題とされることは少なかった。それがいまは状況がちがう。問題の男性たちは、その変化にまったく適応できていないように見える。実際、三人とも当初は問題の自覚に乏しく、その鈍さが事態を悪化させた。中高年男性の無自覚な行動がハラスメントとして非難され、思わず漏らす「むかしならあたりまえのことだったのに」とのぼやきがますます世間の反発を呼び寄せる、そんな事例が最近増えている。

さて、ぼくは四七歳で、彼らのひとまわり下にあたる。だから彼らの不適合も少し「理解」できる気がする。

誤解してほしくないが、これは加害者に同情できるという意味ではない。パワハラやセクハラは卑劣な行為であり、そんな犯罪を行なう人物にはなにも共感を抱かない。それなのに「理解できる」と書いたのは、ぼくの世代は、彼らのようなハラスメント男性を生み出した時代のことを、まだ鮮明に記憶しているからだ。つまり、カンチガイが生まれた背景を理解できるのである。

たとえば、ぼくの世代では体罰はあたりまえだった。ぼくは小学生のころ毎日のように体罰を受けていたし、親もとくに問題視しなかった。他の学校の児童からは、もっとひどい性虐待に近いような破廉恥な事例も聞いたことがある。いまならば決して許されないことだが、当時は許されていた。それから三五年しか経(た)っていない。当時大人だった人々は、まだ現役で活躍している。実際、ぼくを殴っていた小学校教師は、いま問題のアメフト部監督とほぼ同じ年齢のはずである。

社会の意識は変えることができる。けれども個人の意識を変えるのはむずかしい。その点ではぼくの世代も危ない。ぼくの高校時代には、ドラマやマンガのなかで、男性社員はあたりまえのように女性パートの尻を触っていた。飲酒は強要するものだったし、部下や後輩には怒鳴るものだった。セクハラという言葉自体、九〇年代までほぼ知られていなかった。DV防止法が制定されたのは、ようやく二〇〇一年のことだ。ぼくたちの世代でさえ、男性はそんな環境のもとで三〇代まで育ってしまっているのである。

日本は長いあいだハラスメント国家だった。その負債が完全に解消されるには、まだまだ長い時間がかかることだろう。ハラスメント事件が報道されるたびに、自分の心のなかを覗(のぞ)き込んでいる。

（「日本経済新聞」夕刊、二〇一八年五月二五日）

美術とマネーゲーム

政府が「先進美術館」の創設を検討しているというニュースが、人々を驚かせている。いままで美術館の役割は、価値の定まった作品の収集、保存、研究などに限られてきた。これからはそこに投資も加えようという提案である。若手作家の作品を安値で買って高値で売る、そんな売り抜けを可能にしようということらしい。

美術は市場と切り離せず、作品売買にはむかしから投資の側面がある。いまでは数十億円で取引されるゴッホの名作も、生前は金にならなかった。隠れた名作の発見には高い価値があるし、それで利益を得るのも正当な行為だ。

だから投資そのものが悪いわけではない。とはいえ、公共の使命を帯びた美術館が、税金を使って美術投資に乗り出すことに正当性があるだろうか。ぼくは美術は専門外なので、判断は専門家に委ねるほかない。けれど、素人の目からはそれはいかにも危うげな提案に思える。

なぜなら、いまの美術市場はいささか異常だからである。日本ではあまり意識されていないが、世界の美術市場は今世紀に入って急成長を遂げている。二〇一七年の市場規模は約六四〇億ドル（約六・七五兆円）と言われ、これは二〇〇一年の三倍以上にあたる。現代美術のオークションに限れば、売り上げ規模が一〇倍以上になったとの報告もある。国際展やアートフェアも増える一方だ。先進美術館の提案は、日本がそんなバブルに乗り遅れたとの危機感から出されている。実際、一七年の日本の市場規模は二五〇〇億円弱と言われ、世界の四パーセント弱でしかない。

しかし、その巨大美術市場の内実となると、いささか虚しいものがある。今世紀の美術市場の成長、とくにリーマン・ショック以降の成長を支えたのは、中国を中心とした新興国マネーだと言われる。そして取引の中心は、評価の定まらない現代美術だ。ざっくり言えば、美術について知識のほとんどない新興富裕層が、よくわからない作品を金に物を言わせて買い漁り（買い漁りさせられ）相場を吊りあげる、あまり褒められたものではない光景がそこには広がっている。むろん、金持ちがなにを買っても自由だし、金持ちになにを買わせても自由だ。けれども、そのゲームに税金を投じて参入すべきかといえば、答えは否だろう。

現代美術はマネーゲームと化している。美術史を多少知るものとして、この光景は残念と言うしかない。けれどもそれはまた歴史的な必然だったのかもしれない。

二〇世紀の美術は、普遍的な美の存在を疑うところから始まった。マルセル・デュシャン以降、美術の定義はかぎりなく自由になった。なんでも作品になりなんでもアートになるという開放的な構えは、ぎりぎり二〇世紀が終わるまでは、まだ美術業界や美術館制度への批判として機能していた。そのころの現代美術は公共的使命を果たすことができていたように思う。

ところが二一世紀に入ると、金融資本主義の奔流がそんな公共性を吹き飛ばしてしまった。なんでも作品になるということは、なんでも高値で売りつけられるということであり、実際そうやって巨額のマネーが動いている。しかし、美術とはそもそもそういうものだっただろうか。先進美術館創設のまえに、関係者は一歩立ち止まって考えてほしいと思う。

（「日本経済新聞」夕刊、二〇一八年六月一日）

歴史とアイデンティティ

『タクシー運転手』という韓国映画を観た。韓国では、一九八〇年五月に光州(クワンジュ)で大規模な民衆蜂起(ほうき)が起き、一〇〇人を超える犠牲者が出た。当時は暴動と表現されたが、いまでは民主化運動の起点として高く評価されている。その事件を描いた作品で、韓国では一二〇〇万人を動員したという。

とはいえ、この光州事件は日本でどれほど知られているのだろうか。かくいうぼくも、最近まで名前ぐらいしか知らなかった。

その認識を改めたのは、昨年光州を出張で訪れてからのことである。光州ではじつは、政治主導による事件の記念碑化が大々的に進められている。衝突の舞台は公園になっており、巨大な現代美術センターが建てられている。博物館や記念碑が複数あり、郊外には犠牲者を追悼する広大な国立墓地も設けられている。市内には史跡をめぐる観光ルートが設けられ、地下鉄の駅には事件を描いた浮彫(うきぼり)が刻まれている。現地の学生に尋ねたところ、多くの高校生が修学旅行で光州を訪れるという。つまり光州事件は、いまや現代韓国のアイデンティティの欠かせない一部になっているのだ。だからこそ、上記映画も大ヒットしたのである。

おそらく、日本人の多くはこの背景を知らないだろう。学校で現代韓国史は習わない。歴史教育で現代史が手薄になるのはしばしば嘆かれるが、他国の現代史となると、韓国に限らずほぼ手つかずである。

けれども、グローバル社会ではその無知のデメリットも大きい。外交にせよ交易にせよ、賢い選択のためには相手のアイデンティティを理解する必要がある。そしてアイデンティティは歴史と不可分だ。

たとえば多くの日本人は、同じ日本といっても戦前と戦後はほぼちがう国だと感じている。だから隣国から戦争犯罪を追及されると戸惑うし、戦前を肯定するか否定するかが政治的な態度表明になったりする。けれどその感覚が無前提に国外で共有されるかといえば、必ずしもそうではない。世界は、一九四五年に断層が走っている国ばかりではないからである。

似たことが韓国についても言える。韓国は、光州事件の七年後、一九八七年に民主化を果たし現在の体制に移行する。韓国の知識人は、ときに八七年以前の自国をまるで別の国であるかのように語る。だからこそ独裁時代の犯罪を容赦なく弾劾できる。それはまさに日本人の戦前への態度と同じなのだが、多くの日本人は八七年にそんな大きな断層があるとは想像もしていない。私見では、日韓の齟齬（そご）の少なからぬ部分がこの無知から来ている。

いずれにせよ、隣国の現代史を学ぶことは重要である。とはいえ、教育の時間が限られていることもたしかだ。

ポップカルチャーはそのようなときに力を発揮する。ケネディ暗殺や六八年パリ革命について聞いたことがあるひとは多いだろうが、いずれも学校で習ったわけではあるまい。みな映画や音楽や文学を通して知ったのではないか。

だからぼくは、この映画もまた、隣国に関心をもつ多くの日本人に観てほしいと思う。主人公を演じるのは名優のソン・ガンホ。蜂起に巻き込まれた市民の逡巡(しゅんじゅん)をみごとに表現し、単純な感動作ではない名作に仕上がっている。観て損はない映画である。

（「日本経済新聞」夕刊、二〇一八年六月八日）

チェルノブイリと観光客

チェルノブイリに行ってきた。一九八六年に原発事故を起こしたあのチェルノブイリである。

ぼくの経営するゲンロンでは、大手旅行会社と組んで、ほぼ年にいちどチェルノブイリへの「観光ツアー」を行なっている。ぼくはその同行講師を務めている。今年でツアーは五回目だ。

このように書くと驚くひとが多いだろうが、じつは現在のチェルノブイリの放射線量は、原発周辺やホットスポットを除くと東京並みに低く、短期滞在には問題がない。現地では数千人が廃炉にむけて働いており、町は死んでいない。観光客も年に数万人訪れている。

むろん、消えた村は無数にある。犠牲者も多く、事故の悲惨さは想像を超える。実際ぼくのツアーでも、放棄された町を巡り、かつての住民に話を聞くプログラムを組んでいる。それでも現地に行くと、原発事故イコール死の町というステレオタイプがいかに乱暴であるかに気がつく。その乱暴さに気がついてもらいたいと思い、この企画を続けている。その気づきは、福島の原発事故を抱える日本人にとって、とくに必要なはずだからである。

ぼくのツアーは、四泊五日の滞在のなかに、事故現場や被災地域の訪問だけでなく、事故処理作業員との対話なども入れ込んだ、たいへん濃密なプログラムになっている。旅行前後にセミナーも開いており、常識的には観光ではなく視察や研修と呼んだほうが適切だろう。

にもかかわらずぼくが観光という位置づけにこだわり、旅行会社と組んで広くツアー募集を行なっているのは、チェルノブイリを「観光客の目線」で捉えることが決定的に重要だと考えているからである。

チェルノブイリについてのルポや記事は、日本にはすでに無数にある。福島の事故以降、その数は急激に増えてもいる。しかしその多くは、上記のステレオタイプを脱していない。なぜなら、たいていの取材は、目的があって現地を訪問するからである。目的があると、しばしばその目的に合致した現実しか見えなくなる。これはジャーナリズム一般の弱点だが、原発関連報道においてはとくに強く現れている。

だからぼくは、このツアーの参加者には、あえて無目的になってもらいたいとお願いしている。それが「観光客の目線」の意味である。原発の是非や観光地化の是非を横に置いて、まずはチェルノブイリの複雑な現実をそのまま受け止めてもらいたいのだ。

たとえばチェルノブイリはウクライナにある。同国はかつてソ連の一部だった。ソ連崩壊後のウクライナとロシアの関係は複雑で、いまも深刻な領土紛争を抱えている。

その歴史はいっけん原発事故となんの関係もないが、「観光客」としてキエフを歩くと紛争の痕跡にあちこちで出会う。そうすると、チェルノブイリがなぜ観光客に公開されているのか、ウクライナがなぜ事故後も原発に依存し続けているのか、その理由が体感できてくる。そのような経験こそ真の事故理解には欠かせない。観光客は、目的がないからこそ、矛盾した現実を矛盾のまま受け止めることができる。ぼくはその可能性に賭(か)けている。

ツアーは来年以降も続けたいと考えている。興味があればぜひご参加を。

（「日本経済新聞」夕刊、二〇一八年六月一五日）

事実と価値

弊社では『ゲンロン』という批評誌を定期刊行している。その最新号でデジタルゲームを取り上げた。インタビューあり論考あり年表ありの盛り沢山(だくさん)の内容で、売れ行きも好調だ。

ところがこの特集号、他方でゲーム業界で仕事をしてきたライターの方々から厳しいお叱りを受けている。業界の常識に無知だというのだ。

この齟齬(そご)はなにを意味するのだろうか。じつは弊社がこのような非難を受けるのははじめてではない。『ゲンロン』では批評史を振り返る企画を行なったことがあるが、そのときも似た抗議が寄せられた。いわく重要な批評家が抜けている、決定的な事件が無視されている、作品の評価が偏っている……。

専門家の意見には謙虚に耳を傾けねばならない。とはいえぼくの考えでは、このような反応の存在は、批評の役割について根本的な誤解があることを示してもいる。

批評の本質は新しい価値観の提示にある。価値観は事実の集積とは異なる。いつだれのなにが出版され、何万部売れたかといった名前や数字は、客観的な事実である。それはゆるがせにできないが、そこからそのまま価値が出てくるわけではない。同じ現象に異なった評価が下されることはありうるし、むしろ文化にとっては複数の価値観が並列するのが好ましい。批評の機能は、まさにそのような「複数価値の併存状況」を作り、業界や読者の常識を揺るがすことにある。だから、批評が「業界の常識」とずれるのはあたりまえなのだ。というよりも、そのずれがなければ、そもそも批評には存在価値がないのである。

ところが日本ではこの前提がほとんど共有されていない。だから価値の言説である批評を事実の言説として受け取り、「まちがっている」と反応する読者が現れる。事実と価値がきちんと区別されていないわけだ。

そしてぼくは最近、これはもしかしたら、日本社会全体に共通する弱点なのかもしれないとも思い始めている。

人間は事実は共有できる。けれども価値は必ずしも共有できない。同じ事実から異なった価値が導かれることはあるし、その差異を認めなければ人々の共生はありえない。けれども日本人は、事実さえ共有すれば、必然的に価値も共有できると思い込んでいるところがあるのではないか。

ぼくがそう感じるようになったのは、震災後の原発をめぐる議論を眺めてのことである。原発がいいか悪いか、それは結局は価値観の問題である。けれども多くのひとが、それを事実をめぐる問題だと捉えている。正しいデータに基づいて正しく議論すれば、自分と同じ結論に達するはずだと信じている。その結果、この数年、たがいに「おまえはまちがっている」と非難しあい、感情的な溝を深める光景が繰り返されている。

けれども、人間は本当に、正しい事実に基づき正しく議論すれば、みな同じ結論に到達するのだろうか。ぼくはそうは思わない。そうであれば宗教の争いなどあるはずがない。正義はつねに複数なのだ。

日本人は「話せばわかる」の理想をどこかで信じている。けれど本当は「話してもわかりあえない」ことがあると諦めること、それこそが共生の道のはずだ。事実と価値を分ける批評は、その諦め＝共生の道を伝えるための重要な手段だとぼくは考えている。

（「日本経済新聞」夕刊、二〇一八年六月二二日）

困難と面倒

ぼくは一九七一年生まれで、二〇代で情報技術革命の波に出くわした世代にあたる。だから長いあいだ、情報技術によるコミュニケーションの進歩や社会変革の可能性を信じてきた。けれどもこの数年で考えが変わっている。いまのぼくは、情報技術にあまり大きな期待を寄せていない。

かわりになにに期待すべきかといえば、最近は、家族や友人など、面倒な小さな人間関係しかないのではないかという結論に至っている。驚くほどつまらない話だが、今回は最終回なのであえて記させてもらおう。

さて、いまはSNSの時代である。SNSを含むリアルタイムウェブの本質は、時間と過程の消去にある。かつてコンテンツの拡散には一定の時間がかかった。権威やメディアをすり抜ける必要もあった。けれどもいまや、それらの面倒をすべてすっとばし、無名の書き手が一晩で何百万もの支持者を集めることができる。それはSNSの良いところだ。

けれども人生にはトラブルがつきものである。どれだけ誠実に生きていても、誤解や中傷に曝されることが必ずある。そしてそういうとき、ＳＮＳの支持はほとんど役に立たない。匿名の支持者は、トラブルの話題自体すぐに忘れてしまう。あっというまに集まった人々は、同じくあっというまに離れる。そこで継続的に助けてくれるのは、結局は面倒な人間関係に支えられた家族や友人たちだったりする。

ＳＮＳの人間関係には面倒がない。だからＳＮＳの知人は面倒を背負ってくれない。そんなＳＮＳでも、たしかに人生がうまく行っているときは大きな力になる。けれども、本当の困難を抱えたときは、助けにならないのだ。

これからの時代を生きるうえで、ＳＮＳのこの性格を知っておくことはとても重要なように思う。そもそも、人生の困難なるものは自分と世界のズレの表れである。自分はあることを正しいと信じるが、世界はそう思わない——そういう対立が生じたとき、困難が訪れる。だから困難そのものが悪いわけではない。むしろ、概念の発明や政治の変革は必ず困難とともに生じる。その困難を時間をかけて解消し昇華することで、はじめて自分も相手も社会も進歩するのだ。けれども、いまのＳＮＳにはそのような熟成の余裕がほどんどない。

困難な時期を支えるとは、言いかえれば、支える相手と世界の関係が変化する過程に時間をかけてつきあうということである。ひとりの人間が変わるというのはたいへんなことで、「いいね！」をつけるようにポンポン複製できるものではない。いわゆる「議論」で相手が変わると考えているひとは、人間の本質について無知である。ぼくが一生をかけて変えることができるのは、ごく少数の身の回りの人々だけであり、そしてぼくを変えることができるのもおそらくは彼らだけだ。その小さく面倒な人間関係をどれだけ濃密に作れるかで、人生の広がりが決まるのだと思う。

家族も友人もあっというまには作れない。面倒な存在でもある。だからこそそれは変化の受け皿となる。面倒がないところに変化はない。情報技術は、面倒のない人間関係の調達を可能にしたが、それはまた人間から変化の可能性を奪うものでもあった。そのことを忘れずにおきたいと思う。

（「日本経済新聞」夕刊、二〇一八年六月二九日）

ii

2008-2010

なんとなく、考える　1

全体性について（1）

東浩紀です。新連載を始めます。

さて。少なからぬ読者が、タイトルとこの書き出しで脱力したのではないかと思います。著者のやる気感、本気感がまったく伝わってこないと。

その印象はまちがっていません。じつは、ぼくには今回、そういう意味でのやる気がまったくないのです。評論で読者を圧倒するぞ、みたいな気概がすっかり抜けている。

それはこの連載だけの話ではありません。そもそもぼくは、ここ一年、いや数年まえから、評論なるものにやる気を失っている。それも、なんか鬱病にでも陥りかねない勢いで失っているのです。

むろんぼくは、批評家として仕事をして原稿料を貰って（もら）いるわけで、こんなことを書くのが自殺行為であることはよくわかっています。しかしそれでも、たとえば週末の夕方にぼおっと空とか眺めていると、ふと来し方行く末に思いを馳せ（は）ないわけにはいかず、そうするとどう考えても評論というジャンルは不毛というか、少なくとも残りの半生を賭ける気にはなれないよなあ、という気が沸々としてくるわけです。ぼくはいまデビューして一五年、三七歳なのですが、翻って一五年後、五二歳のときにまだ批評家でいるのかと考えると、それだけは勘弁してくれという気持ちになる。

言うまでもなく、評論への欲望はなくなっても思考への意志は残る。というより、そもそもぼくにとって、いやおそらく多くのひとにとって、思考とは日常生活で不可避的に出てしまう垢のようなものであり、だから絶対に残るのです。したがって、ぼくはこれからもなにかは考え続ける。けれども、ぼくにはもはやそれを評論のスタイルにまとめあげる気力がない。

連載のタイトルは、そんな腑抜けた感じを表現しています。

とはいえ、これではただの愚痴エッセイになってしまうので、少し議論を展開してみます。いまぼくは「評論は不毛だ」と言いました。

この主張に反発を覚える読者は多いかもしれません。その場合、反論はふたとおり考えられます。

そのひとつは「評論は不毛ではない」というもの。そしてもうひとつは「評論なんて不毛に決まってるだろ、そんなこといまさら言ってどうすんの？」というものです。言語行為論の言葉で言えば、前者が事実確認的な反論で後者が行為遂行的な反論です。べタな反論とメタな反論と言ってもいい。

ぼくは前者の反論には関心がありません。というのも、そのような反論から始まる議論は、結局話者の欲望にしか帰着しないからです。評論も不毛も定義が曖昧な言葉です。評論にはさまざまな領域があります。不毛にもさまざまな深度がある。だから、もし「評論は不毛ではない」と言いたいのならば、それは必ずそう言える。ぼくもまた、そんな曖昧さは承知のうえで「評論は不毛だ」と言いたいから言っているだけのことです。この種の「論争」は、だれにも益をもたらしません。

しかし、後者の反論には耳を傾ける価値があります。なぜならばそれは、前者よりもはるかに深い次元で、どこか評論の本質を突いているからです。

どういうことでしょうか。

そもそも評論、とくに文芸誌に掲載されている「文芸評論」は、いささか変わったジャンルです。それは作品研究ではない。創作理論でもない。思想用語を用いても哲学ではなく、社会評論に近づいても社会学ではない。作品にいっさい触れない評論さえある。たしかに、文芸評論家の多くは、いまでも律儀に純文学を語り続けているかもしれません。しかし、文芸評論というジャンルは、そんな律儀さからの逸脱に対して、かなりの寛容さを備えているように見えます。少なくとも、そういうイメージは少なからぬ読者に共有されているはずです。映画について語らない映画評論、美術について語らない美術評論はありえないけれど、このジャンルにおいてだけは、具体的な作品にひとことも触れなくても自由に評論を書くことができる——多くの読者あるいは書き手志望者がそんなふうに考えており、実際、幸か不幸かそのようなイメージのおかげで、文芸誌はここ二、三〇年、純文学にはあまり興味がないが文芸評論にだけは興味がある、という倒錯した読者を絶え間なく惹きつけ続けてきました。ぼく自身もともとそのような読者です。

文芸評論がどうしてそのような寛容さを身につけたのか、その理由はぼくにはよくわかりません。柄谷行人氏の文章ではじめて文芸誌に接したぼくとしては、氏の出現が大きな転機になった気もするのですが、それは愛読者ゆえの贔屓目かもしれません。いずれにせよ、ぼくはその寛容さは誇るべきことだと思います。

しかし、その寛容さは、他方で書き手には大きな謎として現れることになります。

文芸評論は文学を扱わなくていい。なにを書いてもいい。かといってエッセイではない。作品を分析するのは歓迎だし、哲学的で社会学的であるのも自由だが、大学的な知の体系とは評価基準が異なる。アクチュアリティはないとまずいが、ジャーナリスティックな文章は求められない。——だとすると、いったいなにを書けばよいのか？

ぼくは、自分が文芸評論家としてどれほど認知されているのか知りません。しかし、ぼくの世代で批評家を名乗り仕事をしている人間としては、そこそこ世間に名前が知られているほうではないかと思います。そういう書き手として、ぼくはこの数年間、文芸評論とは、あるいはより広く、文芸評論が軸のひとつになって論壇的、美学的、社会学的、思想的な言説が寄り集まって作っている「批評」「評論」とはそもそもいったいなにを目的にした言説で、読者はそこになにを期待しているのか、ぼくなりに真剣に考えてきました。

そして、ぼくが辿りついた暫定的な結論はつぎのようなものです。

評論は、作家や読者を元気にするための言説ではありません（困ったことにこの点を誤解しているひとはきわめて多いのですが）。専門知識を活かした分析でもない。現場感覚に満ちた報告でもないし、抽象的な思索でもない。では、評論が、そして評論だけが行なっていることとはなにか。

それはおそらく、ある特定の作品なり事件なりが、文化や社会の全体にとって意味があるように見せかけること、言いかえれば、特殊性が全体性と関係があるかのような幻想を提供することだと思います。

これは常識でも頷けるはずです。作品や事件を細かく分析するだけでは、あくまでも分析であって評論にはならない。評論が評論として認知されるためには、対象の個別性から普遍的な問題を取り出し、そこに社会性なり時代性なりを読みこんで、一見作品や事件とは無関係な読者とのあいだにも共感の回路を作り出さなければならない。ひらたく言えば、作品や事件そのものに興味がない読者にも、評論は届かなければならない。

たとえば、いまネットで大量に生み出されているオタクたちの作品分析の多くが――たとえそれがどれほど詳細で正確なものでも――まともな評論だと見なされていないのは、そこに「無関係な読者との共感の回路」が作り出されていないからです。オタクたちは、同じアニメ、同じゲームを見る同じ世代の消費者に対してだけ言葉を紡いでいる。そこには文化の全体性の感覚がない。だからそれは評論と呼ばれない。別にオタクを例に出さなくてもいいのですが、評論家や編集者が「あれは評論になっていない」と言うときには、だいたいそのような感覚が前提とされている気がします。

しかし同時に、評論についてのこのような規定は、評論の正統性そのものを返す刀で斬りつけるものでもある。

というのも、この現代社会においては、そんな「全体性」なるものが成立しているのかどうか、それこそが怪しいからです。つまりは、そもそも特定の作品に社会性や時代性を読みこむこと、それそのものがいまやナンセンスである可能性が高いからです。ハイカルチャーでもサブカルチャーでも、いまでは作り手は勝手にそれぞれの文脈で作品を作っていますし、国民全員が注視する「大事件」も年々起きにくくなっています。オタクが萌えアニメについて語る文章が狭くタコ壺的なのであれば、文芸評論家が芥川賞作品について語る文章もやはり同じくらいに狭くタコ壺的なのかもしれない――少なくとも、そういう疑いが向けられたとき、内容的にも市場規模的にも有効な反論はむずかしい、そういう時代にぼくたちは生きています。

だからぼくはさきほど、「見せかける」「幻想」という言葉を使いました。

評論とは、ぼくの観察では、作品や事件の個別性を、文化あるいは社会の全体性のなかに包摂し、人々の共感のネットワークを拡大する試みのことです（誤解のないように付け加えておきますが、ぼくはここで批評の理想を定義しているのではありません。理想については別の考えがありうるでしょう。たとえばある人々は、批評とは表象不可能性に肉薄する行為であるべきだと主張するでしょう。けれども、ぼくが考えているのはそれとはまったく別の問題です）。

しかし、そのような全体性の成立はいまやきわめて疑わしい。したがって必然的に、いま評論を書くことは、ある種の自己欺瞞への荷担を意味せざるをえない。

しかも、その自己欺瞞は、少なからぬ書き手にとって一種の倫理として自覚されているふしがあります。世界はすっかり断片化、タコ壺化しており、もはやある作品、ある事件を読解することで全体性に到達することはできない。それはさすがにだれでも知っている。しかし、その状態を肯定しオタク的な分析に淫するならば、それこそタコ壺化は加速していく一方だ。したがって、無理だと知っていても、むしろだからこそ作品や事件に強引に時代性を見いだし、そこから全体性に接近できるかのようなふりをする、それこそが現代の言論人の責務なのではないか。つまりはぼくたちは、いまや評論や批評が不毛だと知っているからこそ、あえてそれが不毛ではないふりをすべきではないか。だって、その行為すらなくなってしまったら、社会は本当にばらばらになってしまうのだから──。

このような倫理が、だれかによって明示的に語られているわけではありません。しかし、この一〇年ほど、広義の「評論」「批評」に集うおもに自分よりひとまわり上の世代（新人類世代）の言動を見るなかで、ぼくは、少なくとも彼らのあいだでは、そのような倫理が暗黙に共有されているとの印象を強くもちました。いまの「評論」「批評」は、基本的にその世代に支えられています。

だからこそ、ぼくはさきほどの第二の反論、「評論なんて不毛に決まってるだろ、そんなこといまさら言ってどうすんの？」という言葉は、どこか評論の本質を突いていると述べたのです。

二〇〇〇年代において、広義の「評論」「批評」は、社会全体を見渡すメタ視線の場としてではなく、そのような視線の機能不全を自覚したうえで、それでもあえてメタ視線であるかのようにふるまう、屈折した欲望／倫理の場として組織されてきました。したがって、素朴に「評論は不毛だ」と訴えても、そこでは聞き入れられるはずがない。しかし、ぼくが「評論は不毛だ」と記したのは、まさにそのような欲望／倫理のメカニズム、「あえて」の屈折に対する疲れをこそ、この連載の冒頭で表明したかったからなのです。「あえて」と言えばすべての問題が片付くわけではない。「あえて」は強靭（きょうじん）な精神力を必要とします。サステイナブルではないのです。

いや、実際、ぼくの身になって想像してみてください。あと一五年、五二歳になっても「あえて」評論をやっているなんて、想像するだけでウンザリではないでしょうか。勘弁してくれと思うのはぼくだけではないはずです。そんな環境では、みな評論や批評から逃げ出してしまいます。それこそが問題です。

だからぼくは、この連載では、もはや「あえて」しか拠りどころがなく、ガチガチになってしまった評論の外で、なんかもっと柔らかく、適当かつ散漫に思考を展開できないかと思い、新たなスタイルを求めて稿を進めていきたいと考えているのです。タコ壺に自閉することなく、しかし「あえて」の重荷を引き受けることもなく。形而上学的にでも否定神学的にでもなく、郵便的に現実を超越／逸脱する、そんな批評を求めて。ゆるく、ラジカルにゆるく。

——というわけで、今回は連載のスタンスを説明するだけで規定の枚数を使い切ってしまいました。

最後に付け加えておけば、評論と全体性の関係をめぐる今回の話は、じつは去る六月一六日に新宿の紀伊國屋サザンシアターで行なわれたシンポジウムで、ぼくと宮台真司さんのあいだで交わされたある「論争」と密接に繋がっています。というか、編集部との事前の打ち合わせでは、そもそも今回はその話をこそ主題的に取り上げるはずだったのです。

その「論争」の話はできれば次回に行ないたい、といまはなんとなく考えていますが、それもどうなるかわかりません。なんといっても、すべてがなんとなくな、ゆるい連載なのです。

それではまた来月……。

（「文學界」二〇〇八年八月号）

なんとなく、考える　2

全体性について（2）

こんにちは。「ザ☆ネットスター！」と「ゼロアカ道場」のおかげで、微妙に芸風を変えつつある東浩紀です。

前回のこのコラム、予想外に好評でひと安心です。しかし、同じ月の『新潮』に掲載された、本稿の十倍近い分量がある小説（そんなものも書いているのです）にほとんど反応がないなか、こちらばかりにコメントが集まる状況には、やはり著者として複雑な感情を覚えざるをえません。こんなんでいいのでしょうか。

そこでぼくは記憶を掘り起こしました。ぼくがまだ駆けだしだったとき、ベテランの編集者氏から、評論は同じ部数の小説の十倍影響力があるんだ、だからがんばれ、と励まされた記憶があります。

十倍ってなんだろう、と思っていたのですが、今回のこの反応の差異を見ると、なるほどと思うところがある。評論はたしかに、売れないわりに読者の反応が見えるジャンルです。そして、評論家としてのぼくは、その環境にあまりに慣れていた。きっと、小説の連載なんて、みんなこんな冷淡な感じなのでしょう。というか、積極的にそう思うことにした！

というわけで、ぼくの鬱はうまいぐあいに回避できたのですが、かわりにひとつ疑問が残りました。そもそも、なぜ評論には反応が多いのでしょう。

この問いは前回の議論に続いています。ぼくは前回、評論の存在意義について考えていたのでした。

評論に固有の機能は、特定の作品なり事件なりが、文化や社会の全体にとって意味があるように「見せかける」ことにある。ところが、現代社会では、その肝心の全体性が失われている。

結果として、いまの評論の多くは、一種の屈折というか、「あえて」の感覚に基づいて書かれている。評論が無意味なことはだれもが知っている。しかしだからこそ、あえて評論を書き、文化の全体性を嘘でもいいから保ち続ける。どうやら評論家はそんな面倒な役割を自任しているようだ。前回はそんな議論を展開しました。

ところで、そこでは話を複雑にするので書かなかったのですが、この問題にはまた別の見方があります。

それは、「あえて」なり「全体性」なりといった評論の機能は、じつはそれそのものがすでに時代遅れで、いまや評論は単純に別の役割を果たしているのではないか、という見方です。

　実際、昨今の「ブログ論壇」「サブカル論壇」の隆盛を見ると、評論の機能もずいぶんと変わりつつあると感じます。ブログ論壇やサブカル論壇？　そんなマイナーなもの知るか、と文芸誌の読者のみなさんは思うかもしれませんが、実際にはその読者は数千人はいて、おそらく思想系や左翼系の読者よりも多い。ぼくが関わった『思想地図』も『ロスジェネ』も最近の『ユリイカ』も、みなその読者層の取り込みを狙っています。彼らの存在感は、いまや無視できません。

　そして、そういう場で「評論」と呼ばれている文章は、必ずしも理念や世界観といった全体性を目指していない。むしろそこで求められているのは、自分のまわりの小さなコミュニケーションを円滑にするためのツールというか、退屈な日常に彩りを添え、適度に知的好奇心を満たしてくれる心理学的で社会学的な言説です。ネットにはいま、そのような言説が大量に投稿され、そのうえにコメントの網が張りめぐらされ、それがまたメタコメントを呼び顕名と匿名が混在したままひとつの空気を形作っています。それがブログ論壇と呼ばれるものです。

　前回もちらりと述べたように、そのような言説は、おそらく従来の立場からするとそもそも評論に見えません。彼らの言葉は、自己の関心を分析するばかりで（「非モテ」や「リア充」というジャーゴンにその狭さが象徴されています）、大きな理念や世界観に繋（つな）がっていないからです。言いかえれば、そこでは評論は、コミュニケーションのネタでしかありません。八〇年代風に言えば、消費財でしかないのです。

したがって、そういう光景を前にして、ブログ論壇なんてただのお遊びじゃん、と切り捨てる立場もあります。それも見識と言えば見識でしょう。実際、この八月末に大塚英志さんとの共著で出版する対談集、『リアルのゆくえ』（講談社現代新書）では、ブログ論壇を擁護する、というか少なくとも否定はしないぼくが、大塚さんに延々と叱られ続けています。

余談ですが、ここで「叱られ」ているというのは誇張ではありません。読者は大塚さんのマジギレぶりに驚くことでしょう。いや、ホント。

さて。一方に出版を舞台にした「あえて」の評論があり、他方にネットを舞台にしたコミュニケーション・ツールとしての評論がある。前回の議論を拡張し、こんなふうに状況を整理してみましょう。

評論は同じ部数の小説の十倍影響力がある。この通説はかつては、評論には権威がある、評論には価値設定の力がある、俗っぽく言えば小説が書評で取り上げられれば部数が伸びるし賞も近づく、だから評論家を大切にしなければ、という意味で語られていたと思います。評論家は作品を文化の全体に繋ぐことができた、したがってそのような特別な力をもっていたわけです。

しかし、いまや評論にそのような力はありません。社会と文化の全体性が凋落するとともに、評論の魔法も消えました。

にもかかわらず、この五年ほど、ブログ論壇やサブカル論壇が盛り上がり、一時期の低調を超え、若い世代でまた評論が盛り上がりつつあるように見えるのは、いったいなぜなのか。

ぼくはその理由こそが、コミュニケーション・ツールとしての新しい役割にあると思うのです。

たとえばこういうことです。一般に思われているのとは異なり、じつは小説を読むほうが評論を読むよりはるかにむずかしい。少なくとも、感想を述べるのはむずかしい。なぜなら、評論はとりあえず現実について語っていて、正しいか誤っているか判断すればなにがしかの感想を言える言説だけれど、小説はそもそもそういうものではないからです。

したがって小説の感想は、ネットのような消費速度の速いメディアには向かない。けれども、十代のころからネットに曝され、年齢的にも技術的にも性急な若い世代の小説読みたちは、やはりなにかのコミュニケーションはとりたがっている。

そこで利用されるのが評論です。小説にツッコミを入れるのはむずかしいけれど、小説について書かれた評論に対してなら、いくらでも条件反射的にツッコミを入れることができる。これは小説に限りません。映画でもマンガでもあるいは社会的事件でも、いま、さまざまな対象を扱った評論がネットで日々読まれ書かれている背景には、おそらくはそのような心理がある。これは裏返せば、評論の言語には、いまやそのようないささか情けない機能しか生き残っていないということでもあります。本当に語りたい対象があまりに複雑で、こちらに沈黙を強いてくるだけのときに、その緩衝材として立ち現れ、人々にネタを提供し、おしゃべりを円滑にするような情けない機能しか。

話が長くなるので詳しく語りませんが、これは本当はブログ論壇や若い世代に限った話ではありません。むしろ上記の傾向は、評論一般、というより現代の言論一般が抱えているもので、ブログ論壇はその流れに敏感に反応しているだけだと考えたほうがよい。コンテンツそのものをなおざりにして、メタコンテンツばかりが生産され消費されていくというのは、現代社会では普遍的に観察される現象だからです。社会学者が言う「再帰性」ですね。

いずれにせよ、人々はいまや、全体性よりもコミュニケーションを欲しています。評論の機能も、その変化に合わせ、全体性との接続からコミュニケーションの提供へと移動している。

したがって、評論は同じ部数の小説の十倍影響力があると言われても、いまの評論家は喜ぶわけにはいきません。なぜならば、そこで言われているのは、もはや、評論には力があるということではなく、単純に評論はネタにしやすい、ツッコミを入れやすい、だから話題になる、ということでしかないからです。

いやはや、これはふたたび鬱になる結論です。

ぼくは前回、これからさき何十年も「あえて」評論を書き続けねばならないのなら、評論家をやめたほうがいいと記しました。同じように、これからさき評論を書いても、結局は人々のコミュニケーションに奉仕するだけなのであれば、それはそれで断筆に傾いてしまいます。

だって、それもまた、あまりにおもしろくなさそうな人生じゃないですか。

……というわけで、またもや出口のない感じになってきました。ちょっと方向を変えたほうがよさそうです。

そういえば、ぼくは前回の最後、次回は宮台真司さんの話をすると微妙に予告していたのでした。

その約束は忘れていません。ただし、六月のシンポジウムの話は、鮮度が落ちたのでやめたほうがよいでしょう。いずれにせよ、ぼくが宮台さんに感じている違和感は、シンポの紹介などしなくても、簡潔に表現することができます。

わかるひとはわかったと思いますが、ぼくは前回と今回、評論の話をしているように見えながら、同時に別の話もしています。ぼくが問うてきたのは、より一般的に言えば、これからの時代知識人に求められる役割はなにか、ということです。これは古くからある問いですが、最近また流行の兆しがあります。六月のシンポジウムの主題は「公共性とエリート主義」でしたし、大塚さんとの対談集も知識人論で終わっています。

そして、これもわかるひとはわかったと思いますが、この二回、ぼくはじつは意図的に宮台さん的な用語を使ってきました。「あえて」も「コミュニケーション・ツール」も宮台さんが好む言葉です。つまりは、ぼくはここまで、「あえて」の知識人像は正直キツいし、かといってコミュニケーション・ツールの提供者としての知識人像も空しすぎる、そんなロールモデルしかないならもう評論とか書くのやめちまおうかなあ、と愚痴をこぼしてきたわけです。

さて、以上の前提のうえで、ぼくがかねてより宮台さんに対して感じてきた違和感、というか疑念は、つぎのように要約することができます。

宮台さんは最近、いまの日本では、というか一般的にこのポストモダン＝後期近代社会では、社会運営のために、あるていどのエリート主義やエリート教育の復活が不可欠だと説いています（『幸福論』など）。その場合の「エリート」とは、むろん特定の階層を指すのではなく、この社会では公的であることが不可能だと知りながらも、しかしその課題をあえて担う気概がある人物一般を指す言葉です。この主張、というか危機意識はわからないではありません。

しかし、宮台さんはそこで、彼の言う「エリート」、すなわち全体性を「あえて」志向する人間が、同時にすぐれた啓蒙主義者、言いかえれば、機能的なコミュニケーション・ツールの提供者にもなると前提しているような気がします。宮台さん自身の言葉を使えば、「真理の言葉」を「あえてする」「公民」「選良」こそが、「島宇宙を架橋する存在」として「民度の低い」「田吾作」を導くのだ、というわけです。――しかし、これは本当でしょうか?

というのも、ぼくには単純に、この現代社会においては、全体性を「あえて」担う人物であることと、評論の言葉を機能的なツールとして提供する人物であることは――言いかえれば、超越的な理念の体現者であることと世俗的な啓蒙の実践者であることは、まったく異なり、両立しないように思えてならないからです。というより、ぼくの考えでは、むしろその非両立こそが、現代社会の本質的な条件（大きな物語の機能不全）の現れのはずなのです。

これは、きちんと学問的に議論しようとすると、とてもたいへんな話です。しかし、ぼくが言いたいことは、直感的にはじつに簡単なことです。

たとえば、ここは文芸誌ですので、文学の全体性を例にとってみます。少しまえ、文芸誌ではケータイ小説が話題になりました。そのまえはライトノベルが話題でした。いまの日本では、純文学の外側にじつに多様な小説が流通しています。つまりは、文学の全体性を構想しようにも、その外延をどこに設定したらいいのかわからない、いささか複雑な状況が出現しているわけです。

このような環境のなかで、かりに文学の全体性を「あえて」引き受ける評論家がいたとして、その人物が同時に現実的に啓蒙的である、すなわち、文学の多様性を分析するための適切なコミュニケーション・ツールを提供する、ケータイ小説もライトノベルも分け隔てなく読む、ということがありうるものでしょうか。

じつは、ぼくにはとてもそうは思えない。つまりは、全体性の理念は、いまや啓蒙の邪魔をするだけのように思えてならないのです。

誌面が尽きました。

ゆるい連載のはずだったのに、二回目にして一気にヘビーな話題に突入し、自分でもいささか引き気味です。この話、続けないほうがいいかもしれません。

いずれにせよ、それではまた来月……。

（「文學界」二〇〇八年九月号）

なんとなく、考える　3

公共性について（1）

こんにちは。コミケに出店したり、その打ち上げの模様をネットで動画で公開されたりしている東浩紀です。飲みの席での暴言もおちおちできません。オソロシイ時代になりました。

さて、前回は批評と全体性の関係について書きました。本来なら今回もその流れで議論を深めるべきかもしれませんが、ふと思ったわけです、この連載、最初は時評的な内容でよろしくと言われていたのに、はたしてこれでよいのかと。批評の根拠の不在についていくら話しても、そんな話を喜ぶ読者なんて数百人ではないかと。

だから、今回はベタに時事ネタから入ろうと思います。まずは、最近巷(ちまた)で話題のグーグルの新しいサービス、「ストリートビュー」から。

グーグル・ストリートビューについて、どれほどの説明が必要でしょうか。ネットでは大騒ぎなのですが、本誌の読者には馴染(なじ)みがないかもしれません。そこで、簡単に説明しておきます。

グーグル・ストリートビューは、検索エンジンの最大手、グーグルが八月五日に公開したばかりの無料の地図サービスです（米国では昨年より実施）。ウェブの地図ではしばしば航空写真が公開されていますが、このストリートビューはさらに過激です。サイトにアクセスすると、東京や大阪、仙台など主要都市の無数の街路の風景を、路上からの視点でぐるりと見渡すことができます。グーグルのカメラは国道や主要道路だけではなく、住宅街の狭い路地にも入りこんでおり、生活感溢（あふ）れる日常が容赦なく撮影されています。顔はぼかされていますが、通行人もばっちり撮影されています。興味をもたれたかたは、ぜひ自分でアクセスしてみてください。みなさんの家も撮影されているかもしれません。東京近辺に在住であれば、撮影されている可能性が高いです。

このような過激なサービスの出現は、当然のことながら、賛否両論の激しい反応を巻き起こしました。まずは、プライバシーの侵害は許せん、という感情的な反発があり、グーグルは路上を撮影しているだけだからプライバシー侵害じゃないだろう、という反論が出ました。それに対して、それにしてもやりかたが強引じゃないか、欧米と日本では生活環境が違うんだから、という再反論があり、さらにそこに、そんなことを言っているから日本ではベンチャーが育たないんだ、という別の視点からの再々反論が寄せられる。そういう複雑な状況です。関心のあるかたはぜひウェブで検索してみてください。いろいろ興味深い意見が公開されています。

さて、そのうえで今回は、グーグル・ストリートビューの出現がもたらしたその混乱から、前二回のこのコラムでも暗黙のうちに話題になっていた公共性の問題を考えてみたいわけです。

もうひとつ補助線を引いておきます。

前回も紹介したように、ぼくはこの八月に、大塚英志さんとの共著で『リアルのゆくえ』を出版しました。著者みずから言うのもなんですが、この共著は「対話」としてはみごとに失敗しています。とくに後半は、話がまったく嚙み合っていません。ほとんど喧嘩です。そしてその理由は（ぼくの視点からすれば）、大塚さんが、ぼくの話のそもそもの前提にまったく理解を示してくれなかったことにあります。

では、その前提とはなにか。それは、ひとことで言えば、現代では公共性のありかたが大きく変貌している、という状況認識にあります。

大塚さんはぼくに対して、おまえは批評家なんだから公共的な存在であることを意識しろと迫る。それに対してぼくが、公共的であるとはどういう状態を指すのか、それがわからないので意識しようがないと返す。その答えを聞いて大塚さんはますますキレる。これが『リアルのゆくえ』の基本的な構造なのですが（いやはや、こういうふうに記すと自分でもいやになりますが、本当にこんな感じなのです）、いったいなぜそんな禅問答みたいな会話が続いたかといえば、それは、大塚さんとぼくが「公共性」という言葉で捉えているものがあまりに異なっていたからにほかなりません。そして、そのイメージの落差は、じつはグーグル・ストリートビューの問題と密接に関係しています。

ここであらためて考えてみましょう。はたして、グーグル・ストリートビューは「公共的」なサービスか否か。

これはなかなかむずかしい問題です。言うまでもなく、グーグルは私企業です。私企業が運営しているサービスなのだから、公的なものであるはずがない。そういう答えがまず成立します。しかしこれはさすがに単純すぎる答えです。もう少し頭を使ってみましょう。

そもそもグーグルは、私企業の枠を外れた多くの活動をしている挑戦的な企業として知られています。たとえば彼らは、世界中の書籍を片端からスキャンして、すべて検索・閲覧できるようにするという図書館計画を進めています。日本でも慶應義塾大学の図書館が契約を交わしています。それは、ひとむかしまえのSFならば、あきらかに「世界統一国家」が担当しているような巨大な計画です。梅田望夫氏は、このような特徴を捕まえて、グーグルの理念は一種の「世界政府」の樹立にあると述べました（『ウェブ進化論』）。ストリートビューは、そのような理念を背景に生み出されたものです。

だから、グーグルそのものはあくまでも私企業だけれど、ストリートビューのようなサービスは、新しい時代のグローバルな公共性を目指していると考えることもできます。

実際、多くのネットユーザーはそういう気分でグーグルの躍進を眺めているだろうし、だからこそ彼らの成功は特別の関心をもって語られているわけです。ストリートビューに好意的な論者の多くも、おそらくは単純にサービスの便利さに幻惑されているわけではなく、グーグルが体現する新しい公共性の誕生に強い期待を掛けているからこそ、その試みを支持しているのでしょう。もしかりに世界中の主要都市のすべての街路がストリートビューで見られるようになってしまったら（そしてそれは遅かれ早かれ実現するのではないかと思いますが）、ぼくたちの地理感覚は大きく変わるはずです。その影響はあきらかに「私」の領域を超えている。素朴に考えても、世界中のひとが、遠く離れた国の路上風景を無料で見ることができるサービスなんて、「公共性」以外どのように形容できるんだって感じがします。

それでは、グーグル・ストリートビューは新しい公共性の雛形（ひながた）だ、という結論でよいのでしょうか。けれども、この見方にはじつは容易に反論が可能です。ちょっと人文的な視点から考えてみましょう。

そもそも、哲学や社会思想の世界では、公共性はどのように定義されているのでしょうか。ためしに、手元にある弘文堂の『政治学事典』で「公共圏」の項目を見てみます。すると、公共圏は、「人びとが共に関心を抱く事柄について意見を交換し、政治的意思を形成する言論の空間」と定義されています（執筆者は齋藤純一氏）。参照文献としては、カント、アーレント、ハーバーマスなどが挙げられているわけですが、ここで重要なのは、公共性の本質が、なによりもまず「言論」の機能として捉えられていることです。さまざまな利害を抱えた人間が、衝突し、議論し、調整して合意を形成していく、そういった面倒な過程に開かれているかどうかこそが、なにかが公的であるかどうかの判断基準になるというわけです。なるほど、これもまた、常識的に頷ける考えです。

しかし、この定義に照らすと、今度はグーグルの試みが公共的であるとは言いにくくなります。というのも、グーグルアースにしろＧメールにしろストリートビューにしろ、たしかにだれでも使えるサービスですが、その実現にあたっては公共的な合意形成が存在しないからです。言いかえれば、彼らのサービスは「政治的意思を形成する言論の空間」に支えられていないからです。

グーグルは、みなさんストリートビューが必要ですか、みなさんの自宅を撮影してもいいですか、とぼくたちに尋ねたわけではありません。ただ彼らが作りたかったから、そして法的に許されそうだから作っただけのことです。ここは重要です。前述のとおり、ストリートビューの撮影画像にはかなり微妙な映像が含まれている。サービス公開から数日のあいだ、路上でキスする高校生の映像や立小便をする中年男性の映像、カメラの位置が高いため自宅敷地内がほぼ丸見えになっている映像などがユーザーによってどんどん発見され、ネット内は騒然となりました（いまは多くが削除されています）。グーグルはそれに対し、プライバシー侵害の事例があったらクレームを出してくれ、そのあと対応しますと答えていますが、もし国や自治体が突然に新しい制度を導入し、クレームに対してこのような態度を表明したら、激しい非難に曝されるのは必定でしょう。

グーグルは、彼らのサービスについて、市民＝消費者と「話し合う」必要を根本的に認めていない。むろん、私企業の活動なのだからそれでもかまわないのですが、ただ、そのかぎりにおいて、彼らのサービスは、公共性のある定義にしたがうのならば、それそのものがいくら便利で開かれていたとしても本質的に公共的ではないと言わざるをえないわけです。

実際、いまストリートビューを批判する論者のなかには、私企業の私的な判断で作られたにすぎないサービスが、市場の独占を背景にいつのまにか新しい公共性のように受け止められている、そんな状況への苛立ちを表明しているひともいます。

というわけで、公共性とグーグル・ストリートビューの関係については、ストリートビューはサービスそのものは公共的機能を備えているが、その実現の過程に問題があるから公共的とは言えない——そのような結論になりそうです。

その結論を以下のように言いかえることもできます。ぼくはさきほど、公共性の人文的な定義を確認するために、「公共圏」（パブリック・スフィア）という言葉に注目しました。

しかし、経済学を学んだひとであれば、公共性について考えるときには、むしろ「公共財」（パブリック・グッズ）という言葉に親しんでいるはずです（といってもぼく自身は経済学を学んだことはないので、あくまでも推測ですが）。公共財というのは、消費において非競合性あるいは非排除性を備えた財、つまりは、だれかが使ってもほかのひとが使えなくなるわけではない、あるいはだれもが使うことのできる財を意味する言葉です（その双方を満たす例としてよく挙げられるのは灯台の光です）。そして、この定義にしたがえば、ストリートビューのようなサービスはまさに「公共財」です。それは無料だし、だれかが使ったからといって減るものでもないからです。

さて、伝統的な経済学では、公共財は市場によっては供給されるのがむずかしく、だから国家によって供給されるのだと説明されてきました（たぶん）。つまりはそこで、公共圏と公共財、人文的な公共性と経済学的な公共性はゆるやかに繋（つな）がることになっていたわけです。しかし、いま話題のグーグル的擬似公共性においては、まさにその結びつきが解けてしまっている。

グーグル・ストリートビューは公共財だけれど、もはや公共圏によって正統性が与えられていない。ストリートビューの是非をめぐる議論の中核には、そのような新種の公共性の出現を前にしての、けっこう深刻な混乱があるような気がします。

そしてそれは、個別ストリートビューの問題ではなく、ぼくたちがいま生きている情報環境全体の特徴でもある。インターネットが二一世紀の世界のもっとも重要な公共財であることはだれも疑わないと思いますが、多くのひとが指摘しているとおり、その設計思想はいささかも市民的公共圏のチェックを経ていないし、これからも経る見込みがない。市民団体などでがんばっているひとはいるのですが、それは大きな流れになりそうもありません。

言うまでもなく、これからの時代においても、古いタイプの公共財というか、適正規模の市民的公共圏が支える国家／地方自治体単位の公共財（道路とか水道とか公園とか）は不可欠なものとして残り続けるでしょう。しかし、いまはあきらかに、その傍らに、グローバルな規模で公共圏の支援などまったくなしにゴリゴリと整備される、別種の公共財が出現している。もしいま「公共性」について考えるならば、ぼくたちはもはや、そういう状況を念頭に置いて思考を組み立てなければならないのです。

さて、ここまで記せば、たとえ『リアルのゆくえ』を読んでいなくても、大塚さんとぼくのあいだにどのようなディスコミュニケーションがあったのか、だいたい推測できるのではないかと思います。

大塚さんは対談のあいだ、公共性の概念を、上記の「公共圏」の意味に限定して使い続け、決してその立場を崩さなかった。それに対して、ぼくは繰り返し、それとは異なる公共性＝公共財の可能性がある、というよりも現に出現していると言い続けた。しかしそれが大塚さんには、公共圏による確認と承認なしで市場原理を肯定するだけの、ニヒリスティックな居直りに見えた。あの喧嘩のような対談の背景には、いちおうは、そういう世界観の対立があったわけです。

そして、その対立は、ふたたびこの連載の前二回の問題と深く繋がってきます。大塚さんの立場を採用するのであれば、ある書き手が公共的であるか否かを判定することは比較的簡単です。それは、そのひとが公共圏の討議に参入しているかどうかで判断すればよいからです。しかし、ぼくの立場では、そのような単純な話はできなくなる。公共圏の支援なしに公共財が整備されてしまう時代において、知識人の役割とはなんだろう、という根底的な問いにどうしても突き当たらざるをえなくなるからです。

そしてさらに付け加えれば、そこにはもうひとつ、公共圏と公共財、言論の公共性とモノの公共性が、今後の情報環境のなかではたして峻別（しゅんべつ）可能なものなのだろうか、という別次元の問いも浮かびあがってきます。もしかりに、二一世紀の公共圏がネットという新種の公共財に依存しなければ成立しないとするのならば、公共圏による正統化がない公共財など認めない、という立場そのものが成立しないのではないか？　これもなかなか厄介な問題です。

――といったところで、今回も誌面が尽きました。続きは、もしこの話に続きがあるとすればですが、次回に記します。

それにしてもこの連載、ゆるく、なんとなく考えるはずだったのに、前回、今回とどうも硬いまじめな話が続いています。今回なんて、もうぜんぜん笑いも入っていないし、ですます調で書いているだけで普段の批評文となんら変わりがない。これはよくない傾向です。これではぼくは、自分の殻をいっこうに崩すことができません。

そろそろ、なにか思い切った仕掛けを考える必要があるのかもしれません。そう、ウェブでの動画公開に匹敵するような、文芸誌だからこそできる言論テロを……。

いずれにせよ、それではまた来月……。

（「文學界」二〇〇八年一〇月号）

なんとなく、考える　4

公共性について（2）

こんにちは。新潟大学人文学部で集中講義を担当し、集中講義なんて人間のするものじゃないと悟った東浩紀です。

集中講義では、一週間で半年分の講義をこなします。連日四限ぐらい授業をするわけです。これは過酷です。そしてそれ以上に飲みが過酷です。今回の場合、ぼくは院生時代の先輩に誘われて新潟に出向きました。たいへん懐かしい関係です。だから、必然的に飲みだらけになるわけです。四日連続の飲み会出席で、脳も胃もぼろぼろになって帰京しました。

人文学部の講義なので、授業では作品分析もやりました。『ほしのこえ』のこのショットでミカコの下半身がアップになるのは処女喪失の隠喩でとか、『うる星やつら2』の最後であたるが「母さん」と叫ぶのはこの映画の母性回帰を象徴していてとか、そういう話です。

ぼくの読者ならご存じのように、じつはぼくは、批評家を名乗っているくせに作品の読解をほとんど行ないません。『ゲーム的リアリズムの誕生』で唱えた「環境分析」は、むしろそのような「解釈」から遠ざかる方法論です。だからぼくは、新潟でそんな話をしつつ、おお、おれもこういう分析できるんじゃん、とむしろ新しい自分を発見したような喜びを感じていました。場所が変われば人間も変わるものです。

大学教師がそれではいけないような気もしますが。

さて、公共性の話でした。本来ならば今回は、公共圏と公共財の関係が変わるとはどういうことなのか、徐々に議論を深めていくはずでした。

ところが、前回のコラム、グーグル・ストリートビューという（ぼくの考えでは）格好の時事ネタを投入したにもかかわらず、意外と反応が少なかったのですね。これは困りました。そこで、今回はちょっと話の目先を変えてみます。

まあ、そもそも文芸誌でネットネタというのが相性が悪いのでしょうが、それだけでもないかもしれません。どうも前回の文章は硬くて、もともとネット論に詳しいひと以外にはあまり題材のおもしろさが伝わらなかったような気がします。読者のみなさんは、「グーグル的公共性」とかなんとかいっても、それって要は事前の調整なしにデファクト・スタンダードを作ったやつが勝ちという話じゃない、それがどうしたの、と感じたのかもしれない。だとすれば、それはたしかに退屈な話です。関心が集まらないのは当然です。

しかし、むろん、ぼくの言いたかったのはそんな話ではないわけです。前回も述べたように、公共圏はコトバの秩序、公共財がモノの秩序を表す言葉だと整理できます。そして、ぼくの考えでは、「グーグル的公共性」の重要性はじつは、コトバをモノに従属させることにあるのではなく、コトバとモノの関係そのものを変えてしまうことにある。というのもそこには、コトバをモノのように処理し、公共圏を公共財と同じように構造化する、新しい知の秩序が窺えるからです。

これは抽象的な話ではありません。グーグルがコトバをモノのように処理する、というのは、具体的には、グーグルがデータそのものよりもメタデータに注目してコトバを処理することを意味しています。グーグルはよく知られているように、膨大なページのランキングを、その内容によってではなくリンク構造によって決めています。検索エンジンの世界では、言表の位置は、内容によってではなく他の言表との関係によって、そしてそれのみによって数学的に決まる。それはまさしく、ある商品の価格が、その使用価値によってではなく他の商品との関係によって、そしてそれのみによって数学的に決まるのと同じです。これは、一八世紀の百科全書とも近代の大学制度とも異なる、新しい知の構造化原理であり、おそらくは『言葉と物』の洞察とも深く関係しており、だからこそぼくはネットやグーグルに以前からこだわり続けているのですが――。

おっと。おっとおっと。

すみません。また硬い文章になってしまいました。読者のドン引きが目に浮かぶようです。もう止めておきます。

とにもかくにも、本当はそういう話が書きたかったのです。しかし、いまのままだと、文芸誌にありがちな「思想系の学者さんがなにかむずかしく語ってますよ」系の文章として華麗にスルーされそうな気がする。というわけで、ここはちょっと、入口を変えてみることにします。

かわりの入口は「まじめさ」です。

ぼくはじつはむかしから、まじめかどうかわからない、と言われがちのひとでした。小学校のときは、教師に謝るたびに、もっとまじめに謝れとこめかみを拳でぐりぐりと締め上げられ、「まじめに謝るってどう謝ればいいんですか」と質問しては平手打ちをくらっていたものです。

ちなみに、ぼくの小学校の担任教師はいわゆる暴力教師で、いま振り返るにかなり問題を抱えた人物でした。おまけに彼はロリコンで、ヤバいエピソードにもことかかないのですが、まあその紹介は別の機会に譲るとしましょう。

いずれにせよぼくは、小学生のときから困った子どもでした。そして、その不穏な印象は大人になってもあまり変わっていないらしく、いまだに「東さん、どこまでまじめなんですか」と尋ねられることがしばしばあります。

たとえば、ぼくはつい先週にも、「東さんがライトノベルを褒めてるのはどこまで本気なんですか」と大学の先生に質問されてしまいました。かと思えば、「『新潮』の小説は真剣に書いているんですか」と学生に尋ねられたりもします。デビューして一五年が経ち、若い読者が増えているいまでは、「東さん、デリダとかどれくらいまじめに読んでいたんですか」と訊かれることすら、めずらしくありません。要はぼくの仕事は多岐にわたる、というかいささか分裂した印象を多くの読者に与えているので、読者がそれぞれ自分の気に入った東浩紀だけを読み、それ以外はすべて「ネタ」だと捉えていることが少なくないようなのです。

まあ、それだけならありがちなことかもしれません。しかし、さらに困ったことに、そのような質問がなされたとき、ぼくはつぎのように答えてしまうのですね。

いわく、そもそも原則として、そのような質問には、多くの著者がまじめに書いたと答えるに決まっている。したがってぼくもまじめに書いたと答えておく。しかしそれにはなんの意味もない。したがってあなたは自分の信じたいことだけ信じればいいし、結局はそれしかない。しかし、そのうえで客観性を偽装して付け加えるとすれば、『存在論的、郵便的』にしろ『動物化するポストモダン』にしろ「ファントム、クォンタム」にしろ、それなりに労力がかかっているのは確かだ。常識的に考えれば、単なるネタにそんなに労力をかけるやつはいない。だから、おそらくは「東浩紀はまじめにやっている」と言うほかない――とかなんとか、まあそんなふうに答えるわけです。そして、たいていのひとはこの答えそのものをはぐらかしだと感じるらしく、納得のいかない顔をして去っていきます。

いやはや。正直に言えば、ぼく自身、じつはそういうときは申しわけない気持ちでいっぱいなのです。でも、ぼくにはそういう答えかたしかできない。その一種の韜晦(とうかい)——本当は韜晦ではないのですが——は、ぼくにとって、信念とか倫理とか以前に、コミュニケーションの中心に広く根を張った、避けようのない初期設定だからです。

というわけで、ぼくはどうも「まじめ」にふるまえない。自分がまじめなのかどうかつねにわからないし、「あなたはいままじめなのですか」と問われても、どうしてもその問いをはぐらかし、茶化してしまうようなところがある。

わかるひとにはわかると思いますが、この韜晦癖は、現代思想風に言えば「正しくデリダ的」といったところです。しかし、現実に生きているぼくにとっては、その歪(ゆが)みはもはや、「デリダ的」とか言っている場合でもなく、もっと実存的で具体的な生と結びついている。

実際にぼくは、二〇〇三年から二〇〇六年にかけて、研究機関のような体裁を取っているけれど実態は官公庁系の報告書制作で回っている奇妙なシンクタンク（国際大学GLOCOM）に籍を置き、政治家とか官僚とか経営者とか立派な肩書きの方々といろいろお付き合いする機会があったのですが、そんななか、あるときハタと悟ったわけです。こりゃあ、ぼくは彼らの世界に入るのは絶対に無理だ、なぜならばぼくはそもそも「まじめ」であることの価値をわかっていないからだ、こんな場所でこんなに偉いひとたちと話しているのにその事態をまったくシリアスに受け止められないからだ、と。というわけで、ぼくはＧＬＯＣＯＭを（副所長の役職までもらっていたにもかかわらず）離れ、三七歳の妻子持ちでありながらいまだにふらふら生きている。

まじめさについての自己分析は、そんな人生の来し方行く末とリアルに結びついています。

さて、それではそんなぼくの性格が、前回までの公共性の話とどう繋がってくるのでしょうか。察しのよい読者は、すでに気がついたかもしれません。

そうです。それは前回も参照した大塚英志氏とぼくの対談本、『リアルのゆくえ』と関係しているのです。おまえはまじめに話をしているのかと尋ねると、その問いにはぼく自身が答えても意味がない、しかし客観的にはぼくはまじめに話していると言えるはずで結局はそれしかないのだ、との木で鼻をくくったような答えが返ってきて、話がますますこじれていく――問題の本を読んだひとならわかるように、これは、『リアルのゆくえ』における、大塚さんとぼくの「対立」構造そのものです。

たとえば、もし『リアルのゆくえ』がお手元にあるのであれば、「啓蒙」をめぐる第三章の応酬をご覧ください。そこでの大塚さんの苛立ちは、東浩紀が読者を啓蒙していないことにではなく、ぼくが「東浩紀が読者を啓蒙している」ことを認めないことに向けられている。つまり、争点はいささかメタレベルに位置しているわけです。大塚さんは、「東くんはけっこうまじめなのにさ、どうしてそれを認めないの、そこで逃げちゃうの」と説教し続けている。

言いかえればこういうことです。大塚さんとぼくの対立は、内容的には（コンスタティブには）、公共性についてのイメージの齟齬に起因しています。しかし、それは同時に、行為遂行的には（パフォーマティブには）、まじめさについての感覚の差異に支えられてもいる。

これは偶然ではありません。なぜなら、大塚さんが考える公共性、すなわちハーバーマス的な公共圏の発想は、どうしても、そこに参加する人々がまじめであり、かつそのまじめさの基準を人々がまじめに信じているという、再帰的な価値選択というか、自己言及的な正当化を求めているからです。

あれれ、話がまた厄介なほうに流れてきました。これはまずいですが、しかし永遠に困難を避け続けるわけにもいきません。なんとか問題を、もっと直観的に理解できる表現に落としてみます。

そもそも、まじめとは厄介な概念です。プライベートではいくらくだけてふざけていても、他人のまえではあくまでもまじめに責任ある社会人としてふるまう。それが常識的な成熟のイメージですが、しかし実際には、まじめなとき（公）とふまじめなとき（私）を区別すればよいかと言えば、それもそうとは言えません。

というのも、あることについてまじめであるとは、たいていの場合、その行為の対象がまじめに取り組むべき課題であると信じていることも含むからです。たとえば、まじめに大学の教員を務めるとは、そのひとが「大学教育はまじめに取り組むべき課題だ」と考え、実践していることを意味しています。教育なんてどうでもいいよ、と思いながら形式だけ業務をこなしているひとのことは、普通は「まじめ」とは言いません。まじめである、というのは、外見の問題ではなくむしろ信念の問題なのです。だからこそぼくは、暴力教師に殴られていたわけですね。

そして、公共圏＝政治の場は、まさにそのような「まじめさ」のヒエラルキーの頂点に位置しています。

政治に参加するとは、政治をまじめに考えるということであり、また政治のまじめな価値を認めるという、二重の価値選択にほかなりません。

この点で大文字の政治は、言語ゲームの質として、ほかのさまざまな共同体的紐帯（ちゅうたい）、いわゆる小さな「趣味」と決定的に異なっています。オタクなんてどうでもいいけれど冗談でオタクアイテムを買い集める、ということは十分にありえますが（そして実際に多くのオタクがそうですが）、政治なんてどうでもいいけれど冗談で政治に参加する、ということは原理的にありえない。なぜならば、そのような「ふまじめ」な行為は、そもそも最初から政治参加と感覚されないからです。たとえば、ローゼン閣下＝麻生太郎を支持し、ネタとして消費するオタクたちのすがたを思い浮かべてください。彼らは今度の選挙で実際に自民党に投票するかもしれず、だとすれば形式的には政治的な意思表明にほかなりません。しかしそれでも多くのひとは、彼らの行動を「政治的」だと考えない、少なくともなにかがおかしいと感じるはずです。ぼくたちの社会は、政治についてそのような感覚をもっている。

だから、大塚さんの苛立ちは、半分は正当なのです。

公共的であるとは、まずは公共的なものにコミットし、つぎにそのコミットメントが重要であると語る、二重の自己正当化を意味している。それなのに、一方では公共的なものにコミットしつつ、他方ではその重要性を認めない東浩紀は矛盾している、これが大塚さんの批判の要諦です。これは、従来の公共性のイメージからすれば、まったく正しい批判です。

しかし、そのうえでぼくは、大塚さんとの対話では、別の可能性の話をしたかったのです。人々がみなまじめになる必要がない、少なくとも「自分がまじめかどうか」をたえず自己確認する必要のない、もっとゆるい、なんとなく生成する情報交換の場の可能性の話を。

いや、むろん、そんな歪な可能性を必要としているのは、単にコミュニケーションに問題を抱えたおまえだけなのではないか、とか言われてしまえば、ぼくには反論はできません。実際、そうかもしれない。このような迂遠な思考はすべて、単純にぼくが幼稚で未熟であることのみに起因し、したがってすべて無意味なのかもしれない。じつはそんな可能性も、休日、娘と遊んでいるときにはよく考えます。そもそもこのコラムの第一回は、評論なんてやめたい、という話から始まっていたのですから。

けれどもぼくは他方で、その幼稚さは必ずしも特異な例ではなく、少なからぬ人々が同じように抱え、したがって人々をいかに幼稚なまま放置しつつ公共の場に巻き込んでいくのか、その手段や原理を考えることにはそれなりの意味があるのではないか、とも考えるのです。そして、ネットやグーグルが提起する諸問題は、いまそのような「ゆるい」「ふまじめな」公共性について考えるとき、大きなヒントを与えてくれるように思われるのです。


というわけで、前回の生硬な問題提起も多少はゆるんできたでしょうか。

ぼくの個人的な意図としては、今回は、「あの仕事、まじめにやっているんですか」との頻繁な質問にうんざりし、なにがまじめかまじめじゃないのか自分でもわからないんだから勘弁してくれよ、というか、普通に先入観なく読んでくれよ！　おれはぜんぶまじめにやってるって！　といういささか逆ギレ気味の原稿でもありました。

まあ、まじめさについてのぼくの態度は以上のとおりですが、とはいえ、担当編集者にさえ、小説連載三回目にしてようやく東さんが真剣に書いていると信じられるようになってきましたと言われ、数年来の知人にさえ、秋葉原事件についての朝日新聞の原稿あれどれくらい真剣なのよと問われてしまう現状というのは、さすがに普通に改善すべきなのかもしれません。おれはいったいどんなやつなのかと。アロハシャツとか着てるのがよくないのかなあ。

いずれにせよ、それではまた来月……。

（「文學界」二〇〇八年一一月号）

なんとなく、考える　5

全体性について（3）

こんにちは。『早稲田文学』主催のイベントで、一〇時間ほぼ休みなしに登壇してきた東浩紀です。

問題のイベントは、一五人にもおよぶパネリストを動員して一〇月一九日に早稲田大学で開かれた巨大なシンポジウム、「文芸批評と小説あるいはメディアの現在から未来をめぐって」です。『早稲田文学』編集チーフの市川真人＝前田塁氏から酒の席で話をもちかけられ、新人賞の選考委員も引き受けたし、熊野大学でも妙にお世話になっているし、頼まれたからには一肌脱ぐか、と安請け合いしたのが失敗のもと、どんな罰ゲームかと思うようなハードな一日となりました。

だって、これ、朝の一〇時半から夜の八時半まで、二回の長めの休憩があるだけで、本当にずっと壇上に出っぱなしなんです。そしてその休憩のあいだすら、エクストラ・プログラムに駆り出されて、弁当もまともに食えない始末。それにそもそも、どこかのチャリティ番組じゃあるまいし、「〇〇時間連続」にどんな意味があるのかと（笑）、疑問に思わざるをえません。

実際、率直に言ってしまえば、このワセブンシンポ、討議そのものが白熱していたのかといえば、あきらかに弛緩した局面も多々ありました。だから活字にしたら、もしかしたらそんなに刺激的ではないかもしれない。せっかく多彩な論客を集めたのだから、一〇時間連続進行なんてパフォーマンスはやめてていねいに議論したほうがよかった、そう感じた聴衆も少なからずいたでしょう。パネリストのひとりとして、ぼくもまたその気持ちはわかります（わかっている場合ではないかもしれませんが）。

しかし、ぼくはそのうえで、決して贔屓目（ひいきめ）ではなく、このシンポジウムは開催されてよかったと思います。いや、それどころか、むしろいまこそ開催される必要があった、大成功だったとすら思うのです。

ではその理由はなぜか。今回はそんな話から始めたいと思います。せっかく文芸誌での連載ですしね。

あ、それから今回のテーマについて。タイトルを見ていただければわかりますが、今回は、第二回から二回分飛んで、ふたたび「全体性」が主題です。といっても、前回、前々回の議論から繋（つな）がってないということではなく、まあ、どちらかといえば今回はまた全体性がキーワードかな、と。それぐらいに考えてくれれば幸いです。

というわけで、早速ですが、問題を単純にしてみましょう。ワセブンシンポは、議論としては盛り上がらなかった（実際はおもしろいところもあったのですが、問題の単純化のためにそうします）。しかし、イベントとしては成功だった。ぼくが言おうとしているのは、要はそういうことです。

しかし、こんな主張が通るでしょうか。少なくとも、文学や批評に携わるものが、そんな雑なことを述べていいものでしょうか。これは悪しき商業主義、シニシズムではないでしょうか。読者のなかには、そのように考えるひともいるかもしれません。

けれども、そうではないのです。ぼくがワセブンシンポを評価するのは、内容はなかったけれど聴衆を集めたからいい、といった消極的な理由によってではありません。そうではなくて、そもそもこのシンポでは、内容とは無関係に形式のほうが決められていた。文学とか批評とかいっけん深い内容がありそうな主題は掲げられていましたが、じつのところ、ただ最初に一〇時間連続の討議というアイデアがあっただけのことで、また主催者もそのことをまったく隠していなかった。言いかえれば、市川氏は、ワセブンシンポはお祭りにすぎないとはっきり割り切っていた。

ぼくがワセブンシンポを評価するのは、その市川氏の割り切りこそが重要だと積極的に考えるからです。いま文芸誌の界隈（かいわい）にもっとも欠けているのは、じつはそのような「無意味」なお祭りではないか。

この説明では、まだシニカルでヤケクソに聞こえるかもしれません。別の例を出してみます。

知るひとぞ知るように、ぼくはじつはSF業界に深く足を突っ込んでいます（日本SF作家クラブ会員でもある）。そちらでは年にいちど、「日本SF大会」という大きなお祭りがあり、作家や読者や作家予備軍が温泉宿やコンベンションセンターに集ってみんなで騒ぐ、という独特の習慣があります。ぼくもいくどか参加したことがあるのですが、この大会の役割は、おそらくは部外者が想像するよりもはるかに大きい。SF大会がなくなったら、SFというジャンルは成立しなくなるのではないか。そう思うくらいです。

では、そこでSF大会が果たしている役割とはなんなのか。ぼくの考えでは、その本質はプログラムにはありません。たしかにSF大会では、シンポジウムが開かれたり、交流会が行なわれたり、賞の選考結果が発表されたりはしている。しかし、それらがなくなったからといって、ジャンルが消滅するわけではない。SF大会の重要性はむしろ、それが開催されている事実そのもの、すなわち、何百人、何千人というSF愛好家が集まり、年にいちど、ここにいるひとみんなSFが好きなんだ！　という気持ちを共有する――あるいは共有したと錯覚する、その手続きにこそあります。現代思想に多少とも詳しい読者ならおわかりのように、これはラカンやジジェクが好んで分析した現象です。重要なのは「幻想」だというわけです。

それでは、SF界においては、なぜそのようなラカン／ジジェク的な幻想が重要なのでしょうか。それは、七〇年代にすでに「浸透と拡散」が謳（うた）われていたこのジャンルにおいては、一方では強いジャンル意識が残りつつも、他方では「SF」という言葉の意味そのものがおそろしく拡散し曖昧になってしまって（一時期の小松左京は「なんでもSFになる」と積極的に発言しており、その残響はいまでも響いています）、みなSFに対して帰属意識はあるものの、実際にはどのような作品をもってSFとみなすのか、ほとんど認識が共有されていない、そんな矛盾した状況が長く続いているからです。

もう少し細かく説明すると、こういうことです。ぼくはさきほど、「共有したと錯覚する」という微妙な表現を使いました。それはなぜかというと、実際にはSF大会でも、すべてのSFファンが本当の意味で趣味の感覚を共有する、ある特定のSF観のもとに集うなどということは現実的にありえないからです。わかりやすく言えば、『涼宮ハルヒの憂鬱』のヒットについて語りたい二〇代と野田昌宏の死を悼む五〇代とでは端的に話が通じない。というか、その両者の現象には現実にほとんど関係がない（むろん、歴史を遡れば関係は発見できますが、そんなことを言ったらこんどはマンガでもアニメでもかなりのものがSFに関係してしまう）。そして、そのことは彼ら自身わかっている。だから実際には、大会の会場でも話なんて成立しないかもしれない。でもそのうえで、「ま、おたがい同じSFについて話してるんだからさ」という一種の「嘘」を語り、ジャンルSFの統一性を「捏造」するための儀式として、SF大会は存在している。裏返せば、その儀式がなくなってしまえば、SFというジャンルを束ねる特徴はなくなって久しいのだから、読者層の解体だけが一方的に進むことになる。おそらくは、SF愛好家たちは、歴史のどこかの時点でそんなことに無意識に気づいて、だからSF大会を大切にし続けてきたのではないか。ぼくはそんなふうに思うのです。

さて、察しのよい読者はすでにお気づきだと思いますが、嘘をつかないとジャンルの全体性が保てない、というこの問題は決してSFだけのものではありません。

第二回の末尾でも記しましたが、じつはいま日本の文学は、全体として（この文脈では「全体として」という表現そのものが自己矛盾な気もしますが）、まさに同じ種類の問題に直面していると言うことができます。

むろん、文学の全体性なんてむかしから存在しなかったよ、という指摘はあるでしょう。けれども、ライトノベルやケータイ小説の台頭によって、ぼくたちがいま、小説や物語のかたちをしていればすべて文学なのか、もしあるタイプの言説を文学と呼び別のタイプを呼ばないのであればその境界設定の基準はなにか、ということをかなり日常的に意識せざるをえない、そういう状況に置かれていることもまたまちがいない。つまりは、文学の無根拠性という、かつてなら先鋭的な問題意識のもとでようやく発見された認識が、いまやかなりわかりやすい、単純なものになっている。そして、ぼくの考えでは、文芸誌がこの一〇年、あるいは三〇年（ぼくは村上春樹と新井素子を重要な転換点と考えます）、ずっと陥っている苦境は、結局のところその状況に起因している。

したがって、その状況に風穴を開けるために、議論が噛み合うかどうかなどあえて考えず、渡部直己や福田和也といった伝統的文芸批評の大物からライトノベル作家や書評家まで、じつに多彩なパネリストを呼び、そのくせお祭りだけを演出してみせた市川氏の判断は完璧に正しいのです。

ワセブンシンポは、いまの文芸業界、というか文芸誌業界に対して、SF大会がジャンルSFに対してもっている役割を担おうとした試みだと位置づけることができます。市川氏はそこで、本当はまったく異なる文学観をもつ論客や聴衆を集め、「ま、おたがい同じ文学について話してるんだからさ」という「嘘」をつくことで、文学というメタジャンルの全体性を確信犯的に捏造しようとしている。

これはおそらく、いま文芸誌の編集者が取りうるもっとも誠実で、そして野心的な選択です。少なくとも、純文学内部の作家ばかりを無自覚に集めて、文学の将来について語ったりする座談会よりはるかによいのではないかと（決して特定の座談会は指していないですよ！　ほんとに！）、ぼくなんかには思えます。

ちなみに、ワセブンシンポとSF大会の類似性は、決してぼくだけが抱いた印象ではありません。シンポが終わったあと、パネリストの大森望さんや新城カズマさんも同じ感想を漏らしていました。


さてさて。

このように書くと、いままで連載を追ってきた読者はいささか疑問に感じるかもしれません。文学の全体性を捏造するために、あえて嘘をつく必要がある――それはけっこうだけれど、でもそれって、まさにこの連載でおまえが批判してきた戦略ではないか？　おまえは第一回からずっと、「あえて」とか語る批評家ウザい、氏ねみたいなこと言っていたはずなのに、いまになってどんな心境の変化なのか？　と。

しかしそれはちがうのです。ぼくはたしかに第二回で、いま文学の全体性をあえて引き受ける批評家がいるとしたら、それは啓蒙の障害になるだけだと書いた。そして今回は、ワセブンシンポは文学の全体性を捏造しているからいいのだ、と主張している。これは表面的には矛盾しているように見える。でもじつはそうではない。

なぜかといえば、それは、前者では、全体性の捏造を引き受けるのが個人の意識的な意味づけの行為、「あえて」という決断であるのに対して、後者では、その機能が集団的で無意識的で無意味な場に担われているからです。

言いかえればこうです。ワセブンシンポには内容がない。それは、文学とはなにかという厄介な問いにまったく答えていない。だからこそ、それは文学の全体性を担うかのように錯覚されうる。それは、だれか特定の価値観をもったひとが、ここまでは文学、ここからさきは文学ではないなどと「あえて」線を引くのとは、まったく対極にあるメカニズムです。

ふたたびSFの例を出しましょう。前述のように、ぼくは日本SF作家クラブの会員であり、その関係で昨年度から日本SF大賞の選考委員を務めています。同賞は、おそらく日本のSFではもっとも権威がある賞で、マスコミの注目度も高い。しかし——選考委員のぼくがこんなことを言うのは問題かもしれませんが——、この賞がＳＦの全体性を代表することは原理的にできない。それはもはや、選考委員の能力や制度の瑕疵の問題ではありません。さきほども述べたように、ＳＦという言葉の意味はきわめて曖昧で、ＳＦ的想像力はじつに多様な表現や媒体に拡散している。賞という形式は、そもそもが、そのような多様な文化の評価には向かないのです（ちなみに言えば、同賞創設に深く関わった小松左京は、まさにそのような多様な全体を代表し、映画でもマンガでも音楽でもＳＦ的なものはなんでも貪欲に顕彰する制度として日本ＳＦ大賞を考えていたようなのですが、その理想はその後あまり継承されていませんし、ネット社会が到来したいまでは端的に実現不可能になったと言えます）。

むろん、だからといって、賞が不必要だということにはならない。日本ＳＦ大賞は日本ＳＦ大賞で、自らの基準に則って誠実に賞を与えればいいし、それにはそれで役割がある。けれども、ジャンルの全体性との関係で見た場合には、日本ＳＦ大賞は、たとえその顕彰にどれだけ権威があり意味があったとしても、否、権威があり意味があるがゆえに、無意味なお祭りであるＳＦ大会に対して決定的に劣位に立ってしまう。これが、ぼくの見るかぎり、ＳＦというジャンルの基本的な成立構造です。そして、同じことは文学全体にも言える。

いや、それはもはや、文学の話だけでもないかもしれません。一方では現代社会は、ますます複雑さを増し、全体の見通しが利かなくなっている（大きな物語の崩壊）。他方では、流通する情報が飛躍的に多くなり、同時にその利用手段も洗練された結果（ウェブ2・0など）、あるていど有意味な言説を発しようとすると、どうしても受け手を限定せざるをえないし、またそれでも十分にコミュニケーションが回る状況も現れている（島宇宙化）。

このような環境においては、社会の全体性は、もはや無意味な祝祭を通してしか想像できないのかもしれない。ぼくたちが生きるこの世界においては、権威があり意味があることが、必ずしも論理的に優位だとはかぎらない。文化の多様性と流動性が増し、ジャンルの境界が曖昧になると、象徴的な位階秩序と論理的な位階秩序のあいだには、おそらくはそのような逆転現象が起こる。だからぼくは、あらためて、「あえて」の戦略は有効ではないと思う。というか、ぼくたちの世界はそもそも、「あえて」で乗り切れるほど単純ではないのです。

といったところで、ふたたび誌面が尽きました。

ワセブンシンポを褒め称えるつもりで書き始めたのに、なんか最後まで書いたら一周回ってまたもやちょっとばかり暗い結論になっています。しかしこれはもう、東浩紀という批評家の仕様なので、諦めてお付き合いくだされば幸いです。というか、ぼく自身が、そんなぼくにいちばんウンザリしています。少しはポジティブなことも言えと。

ところで最後に余談を。その問題のワセブンシンポ、じつはサプライズゲストとして作家の阿部和重氏が来場してくれました。ぼくはじつに四年ぶりに彼と親しく言葉を交わしたのだけれど、これはやはり、シンポがお祭りとして設定されているがゆえの強みだと感じました。もしこれが、紀伊國屋ホールかどこかで、きっちりとしたテーマできっちりとした枠で設定された対談や座談会だったとしたら、ぼくと阿部くんのあいだにはさまざまな確執があった、あるいは少なくともそのような噂（うわさ）は流れてきたがために、ふたりとも遠慮して再会はむずかしかったことでしょう。あまりに私的な感想ではありますが、無意味であることには、じつはそのように実践的な機能もある。

ちなみにそんな阿部くんとぼくは、シンポのあと、新宿某所で、それこそあらゆる意味で意味がないバカ話をし続け、午前六時まで飲み明かしました。ぼくは前日の午前一〇時には会場に入っていたので、二〇時間ほどぶっつづけで他人と会話していたことになり、帰りのタクシーに乗り込んだ瞬間、気を失いました。文学のシミュラークルを生きた長い一日でした。

というわけで、それではまた来月……。

（「文學界」二〇〇八年一二月号）

なんとなく、考える　6

現実感について

こんにちは。ワセブンシンポやゼロアカ道場の連続で、極限まで疲れた東浩紀です。先月の時点では、今月こそ話題のゼロアカの話をしようと思っていたのですが、予定を変えました。批評の未来とか文学の役割とか、そんな話はもう半年ぐらいどうでもいい。論壇プロレスもどうでもいい。そういう話題にばかり反応する、若い読者たちもまじでどうでもいい。

そもそもが、そんな読者ばかりを意識しないためにこそ、ぼくはこの連載を「ゆるく」始めたはずなのです。目的を見失っていました。

というわけで、今回は趣向を変えて軽いエッセイを書いてみます。

先日、房総半島に出かけました。仕事でもなんでもありません。ただの休暇のドライブです。そしてそこで、「シェイクスピア・カントリー・パーク」なる小さなテーマパークに立ち寄ることになりました。

シェイクスピア・カントリー・パークは鴨川と千倉のあいだ、房総フラワーライン沿いにあります。「ローズマリー公園」という一七年ほどまえに開設された、英国庭園を模した公園に併設されています。ふたつ合わせて一時間強もあれば十分に回れる、小さな観光地です。

なぜこんなところに英国庭園が、そしてシェイクスピアが、とだれもが疑問に思うところですが、あとでネットで調べたところ深い意味はないようです。南房総の町ということで、地元ではもともと花卉（かき）栽培がさかんだった。そこで町おこしのためにローズマリーの公園を作った。そのうちだれかが、『ハムレット』のなかにローズマリーが出てくることに気がついた。そこで今度はシェイクスピアのテーマパークも作ることにした。経営主体である「丸山町振興公社」のホームページには、そんななかば投げやりとも取れる説明が掲載されています（丸山町は本書刊行時〔単行本〕現在は合併で南房総市になっています）。

シェイクスピア・カントリー・パークは決して有名な観光地ではありません。しかし展示はていねいで、なんとなく立ち寄ったにしては勉強になりました。

たとえばぼくはそれまで、シェイクスピアが年長の女性と一八歳で出来ちゃった結婚をして、二〇歳で早くも三児の父親になり、しかもそのすべてを実家に押しつけてロンドンへと出奔したことは、まったく知りませんでした。いまで言えば「DQN（ドキュン）」と呼ばれそうな人生です。ぐっと親しみが湧きました。

さて、そんな感じのシェイクスピア・カントリー・パークですが、公園の目玉は、シェイクスピアの生家を再現した建築です。現実の生家はイングランドの田舎町に現存するのですが、この町はなぜかその複製を建ててしまったわけです。

この建築もまたよくできていて、内装や家具も忠実に再現されていました。時代の設定はシェイクスピアのロンドン出奔の直前にあたるらしく、幼い息子を抱えて夢想にふける若き天才の蠟人形などが飾られ、なかなかいい雰囲気を醸し出している。

しかし、この建築でもっとも印象に残ったのは、建物でも展示品でもなく、むしろガイドの男性でした。

その男性は、妻と娘とともにぼんやりと展示を眺めていたぼくのもとに、すごい勢いで近づいてきました。年齢は四〇代後半から五〇代、中肉中背で、テーマパークのロゴが入った紫色のウィンドブレーカーを羽織っていました。おそらくは地元のかたがボランティアでガイドをしているのでしょう、平日は温室で野菜を作り、軽トラックでも運転しているような、いかにも「普通のおじさん」といった印象です。

しかし、この男性が、シェイクスピアについてじつに熱心に語るのです。ぼくの幼い娘は、あっというまに話に飽きてどこかへ逃げ出していきましたが、それでも絶対にぼくを放さない。しかも奇妙に誇らしげな表情まで浮かべている。なんと形容すればいいのでしょう。たとえば、どこか地方の町の適度に寂れた、さして有名でもない城や寺や博物館を訪ねると、郷土史にやたらと詳しい男性が現れて頼みもしないのに滔々と展示品の説明を話し始める、そんな経験はだれにでもあると思うのですが、彼の語り口はそれにもっとも近い。ただひとつ違うのは、彼が語っているのが、丸山町の歴史ではなくシェイクスピアの歴史だということです。

そしてぼくは、そんな彼が、生家の間取りや置かれた家具についてつぎつぎとトリビアを披露し、二階の寝室にぼくたちを案内して「ここがシェイクスピアの産まれた部屋です」と語り続けるさまを、ある種の感慨をもって眺めていました。

それは目眩を誘うような語りでした。たとえば男性は、「ここがシェイクスピアの産まれた部屋だ」と腕を拡げるけれども、言うまでもなく、そこはシェイクスピアの産まれた部屋ではありません。ただの複製です。テーマパークを一歩出れば、そこは房総で、目のまえには太平洋が拡がっている。けれども、そんな現実は彼の熱意になんの影響も及ぼさない。ぼくの目眩は、ガイドの最後、男性が、一八世紀に描かれたシェイクスピアの生家のスケッチを示して、この図とこの家では暖炉と出窓の数に違いがある、なぜかというとシェイクスピアが家を出たあと改築が行なわれたからだ、だからこの家のほうがオリジナルに近いのだ、と嬉しそうに語るところで頂点に達しました。

テーマパークという倒錯。むろん、それは新しい話ではありません。テーマパークだのハイパーリアリティだのシミュラークルだのという議論は、四半世紀まえにやり尽くされています。

そして実際に、バブル期の日本では、そんな「理論」を後追いするかのように、外国の風景をそのまま引き抜いたような奇妙なテーマパークが、続々と建設されました。ハウステンボスの開園が一九九二年、志摩スペイン村の開園が一九九四年。それらとはかなりスケールが違うとはいえ、シェイクスピア・カントリー・パークもまた、そんな時代が産み落とした歪(いびつ)な想像力、「キッチュなポストモダン」の一例にほかなりません。ネットの資料によれば、丸山町振興公社の設立は一九八八年、ローズマリー公園の開園は九一年、シェイクスピア・カントリー・パークの開園は九七年だそうです。

だからぼくはここで、房総半島の現実とはいかなる関係もなく、英国の田舎町が突然のように現れて観光の対象になっている、その倒錯にあらためて驚いたわけではありません。

そうではなく、ぼくがテーマパークの話題を出したのは、そこで上記の「おじさん」の心のなかに、つまりは、本来ならばシミュラークルだのハイパーリアリティだのはおろか、英文学にも英国文化にもほとんど縁がなかったであろう、房総半島に生きる平凡な男性の心のなかに、着実に「キッチュなポストモダン」への愛が芽生えている、そんな光景を目のあたりにして、あらためて現代社会のリアリティについて考えてしまったからなのです。

シェイクスピア・カントリー・パークは完全な偽物です。薄っぺらで底の浅いキッチュそのものです。

しかしその偽物は、一〇年を経ていまでは郷土愛の対象になっている。少なくとも、ぼくが出会った男性は、シェイクスピア・カントリー・パークを郷土愛の対象にしているように見える。彼にとって故郷への愛は、現実の丸山町史や里山への愛着とともに、シェイクスピアについての人工的なトリビアなしにはありえないでしょう。

そして、この逆転は、べつにシェイクスピア・カントリー・パーク特有のものではありません。またテーマパークに限った話でもない。むしろ、いまの日本ではかなりありふれた現象だと思われます。

たとえば、三浦展氏によって「ファスト風土」と名づけられた地方都市の風景。ジャスコ、ＴＳＵＴＡＹＡ、ブックオフ。そんな固有名詞に代表される「貧しい」郊外を情緒溢れる「豊かな」下町と対比する、そのような二項対立は氏にかぎらずいまだに根強いですが、しかし現実には、路面店にしろファミレスにしろコンビニにしろ、建てられて何十年もの時間が経ってしまえば、その存在こそが新しい「自然」として、つまりは所与の現実として住民に受け取られ、愛着の対象となるほうが自然です。たとえば、ファミレスはいまでこそまだ荒れた郊外の象徴ですが、実際には衰退期を迎えつつあり、五年後、一〇年後にはノスタルジーの対象となっているのはまちがいない。ショッピングモールが幼少期の甘い記憶と結びつく世代も、着実に育っています。

かつて、テーマパークやファミレスに代表される虚構的で人工的な経験は、それを肯定するにせよ否定するにせよ、まずは泥臭く田舎臭い「現実」を無効化する契機だと考えられていました。しかし実際にはいまや、日本の田舎には無数のシミュラークル的建造物が点在し、人々はそれをこそ唯一の現実として、つまりは故郷として愛し始めているように見える。

この点で、現在のシミュラークルには、四半世紀まえの議論では語られなかった機能が加わっているわけです。あえて矛盾する言いかたで表現すれば、アウラを備えたシミュラークル、強い感情を惹(ひ)きつけるシミュラークルとでも呼ぶべきものが、この社会には存在している。

ちょっとだけ文学にも触れれば、ぼくの考えでは、その文学での現れこそが、つまりはライトノベルやケータイ小説の台頭(たいとう)にあたります。シェイクスピア・カントリー・パークを出たあと、海際のカフェでカレーを食い、鴨川シーワールドで娘にベルーガやらシャチやらのショーを見せながら、ぼくはそんなことを考えていました。

さて、話はこれだけではありません。房総半島からの帰り道、運転するぼくの携帯電話に着信がありました。

表示された名前は、テレビ番組制作会社のディレクター。ある番組の取材でぼくに母校を訪ねてもらうことになったので、その打ち合わせをしたいとの連絡です。車を止めて残された伝言を聞いたとき、ドライブの内容との符合に、ぼくはちょっとのあいだ呆(ぼう)

然（ぜん）としてしまいました。

というのも、その取材は、決して単純な母校訪問ではなかったからです。ここではだれも知りそうにないので控えめな紹介にしておきますが、じつはぼくの通っていた高校は、最近のオタクたちのあいだで強い人気を誇る、『CLANNAD』というアニメの「舞台」になっている。そしてぼくは、そのアニメの（正確には原作となった美少女ゲームの）ファンであることを公言している。そこで、卒業生であるぼくとともに、アニメの舞台となった高校を歩く、ネットのジャーゴンを使えば「聖地巡礼」をする、という番組企画が立てられることになったわけです。

これもまた奇妙なリアリティです。ぼくは最初にそのアニメを目にしたとき、ちょっとした動揺を覚えました。

アニメでは現実にその場で撮影が行なわれるわけではないので、舞台といっても背景美術のロケハンが行なわれているにすぎません。ただし、最近の傾向として、背景はかなり写実的に表現されている。だから、ぼくはそのひとつひとつの場面で、二〇年まえに通った高校の校舎の記憶を自分でも驚くほど細かく辿（たど）ることができました。たとえば、ぼくはそのアニメを見て、二〇年まえにあった自動販売機がいまでは撤去されていることや、中庭のバスケットゴールがいまでも健在であることを知りました。

けれども、その背景のうえで動いているのは、きわめて非現実的な、「萌（も）え」系のデフォルメが施されたキャラクターたちにすぎません。

しかも、その物語は現実の母校とはなんの関係もない。むしろ対照的です。現実のぼくの母校は、卒業生の大半が東京大学に入学するいわゆる名門進学校で、場所も駒場キャンパスの近くにある、男子ばかりの殺伐とした高校です（筑波大学附属駒場高校というところです）。地域との交流もなければ部活も活発ではなく（少なくともぼくの時代は）、正直に言うと、ぼくにはあまり楽しかった思い出がない。

けれども、アニメのなかでは、そんな母校がじつに楽しそうな場所に化けている。そちらの母校は地方都市にあり、スポーツ推薦の入学生もいれば不良の溜まり場もある。卒業生の多くは就職している。そしてなによりもそこには女子がいる。恋愛がありケンカがある。なんというか、そのドラマは（キャラクターのデザインさえ除けば）、現実のぼくの高校時代よりも、はるかに多様で、事件と物語に満ち、「現実的」なようにすら感じられるわけです。

むろん、三七歳のいまのぼくは、そんなヤンキー的現実への憧れが幼稚な夢想にすぎないこと、都内進学校に通う童貞高校生の屈折したロマンティシズムの現れでしかないことを十分に承知している。言いかえれば、現実が総じて退屈であることを、十分に承知している。

しかし同時にぼくは、一七歳のぼくが、まさにそのような幼稚さに囚われていたことも知っている。だからぼくは、そのアニメを見た瞬間に、もしいまぼくが一七歳だったならば、ぼくは確実に、このアニメの映像によって自分の現実を書き換えていただろうと、つまりは、毎日その高校に通い、教室に座りながら、同時にそこには存在しないキャラクターのすがたを重ねて記憶を組み立てていただろうと、そのように直感して慄然としたのです。

いや、そのような現実感の揺らぎを語るためには、もはや「一七歳だったならば」などという留保も要らないかもしれません。実際に、ぼくはこれから、アニメの映像に覆われたその母校を、現実世界で訪れることになります。そして、主人公があの女の子と出会ったのはこのピロティで、ふたりで弁当を食べていたのはここの植え込みで、というような話をすることになる。

さきほども述べたように、ぼくはあまり現実の高校時代に愛着がない。だから、母校の敷地に足を踏み入れることじたい、一〇年ぶりくらいのはずです。つまりは、いまのぼくの校舎の記憶は、すでに二〇年まえの現実よりもむしろ現在のアニメによって構成されている。そしてまた、今後現実の母校について思い出すときも、二〇〇八年末のその訪問のことは決して忘れることがないでしょう。言いかえれば、『CLANNAD』というシミュラークルは、ぼくの記憶のなかで、現実の筑波大学附属駒場高校をはっきりと侵食し始めているのです。そして、その過程はもはや止められない。

前述したように、シミュラークルの想像力は、かつては強固な現実を解体し、人々をそこから解放するものだと考えられていました。しかし、この二〇年ほどであきらかになってきたのは、むしろ、ひとは、現実が多様化し流動化しているからこそ、シミュラークルのなかに偽の唯一性を、偽の強固さを求めてしまうという傾向です。

ひらたく言えば、ひとは、現実が凡庸で退屈で交換可能なものだからこそ、むしろシミュラークルのなかに交換不可能なものを見てしまう。シェイクスピア・カントリー・パークのあの男性は、現実の丸山町が凡庸だったからこそテーマパークに郷土史的情熱を注いでいたのでしょうし、ぼくもまた、現実の高校時代が退屈だったからこそ、萌えアニメの夢物語でその記憶の空隙を埋めている。そして、そのかぎりにおいて、シミュラークルはもはや現実そのものであり、キャラクターは人間そのものである。

そのようなシミュラークルの機能については、二〇〇八年のいまも意外と真剣に考えられていません。しかし、シミュラークルのアウラというその矛盾した機能の分析は、これから、日本社会や文化を占ううえで欠かせないものになるような気がします。

いちおう最後にサービスをしておけば、ブログ論壇に詳しい若い読者であればおわかりのように、ここでの話題は、最近『ゼロ年代の想像力』を出版し、注目を浴びている若手批評家、宇野常寛氏とぼくのあいだに交わされたある「論争」、「涼宮ハルヒは酸っぱい葡萄(ぶどう)なのか」問題に深く関わっています。

けれども、冒頭に記したように、今回はもうそんな内輪受けの議論は展開しません。ぼくはここでは、多くの読者の期待を裏切って軽やかなエッセイストになるのです。そう決めたのです。

というわけで、また来月……。

（「文學界」二〇〇九年一月号）

なんとなく、考える　7

娯楽性について（1）

あけましておめでとうございます。

といっても、この原稿を書いているのは実際には年の瀬です。そしてそちらでは、年末進行と忘年会で生活がガタガタななか、ブログを舞台にじつに幼稚でどうでもいいトラブルに巻き込まれている。そんな状況の東浩紀です。

若い無名の読者にはできるだけ友好的に接する、ネットでなにを書かれようが気にしない、を信条としてここまでやってきたのですが、ゼロアカやワセブンシンポ、ネットスターなどこのところお祭りが続いたせいか、その信条を利用する悪意の読者——というよりも、単純に非常識でイタい読者が現れてきました。興味のあるひとはぼくのブログを見ていただきたいですが、どうも、読者や学生との距離感を考え直す時期に差し掛かってきたようです。

考えてみれば、今年はぼくも三八歳。四〇代直前です。高校生が背伸びしてドゥルーズとかアーキテクチャとか言ってみたり、大学生がブログで「論争」したりしているのを見るのはたいへんほほえましく、心温まる経験なのですが、そんな光景で心が温まっているということ、それそのものがいい年齢の大人としてちょっと異常なのかもしれません。というより、無意識に無理をしてきたのかもしれません。

二〇〇七年から二〇〇八年にかけては、宇野常寛や福嶋亮大、大澤信亮、それに文芸誌の目次からは外れますが濱野智史や荻上チキなど、新しい世代の書き手が続々と頭角を現しました。ぼくはそんな世代交代を積極的に後押ししてきたつもりですが、いまや若い世代は若い世代ですっかり存在感を獲得している。これからはもう、ぼくが無理に推していく必要はないでしょう。そんな安心感もあります。

二〇〇九年は、年齢相応に、自分のやりたいことをやろうと思います。抽象的な表現ですが、それが今年の抱負ですね。

さて、この連載、「変幻自在のスタイルで意外と読者がついている」と編集部よりいささか微妙な評価をいただいたりもしているのですが、変幻自在とはいえ、いちおうは一貫したテーマもあります。というより、ここまで七回続けるなかで、だんだん見えてきました。

それは、この社会で思想は可能か、というテーマです。

ぼくたちが生きているこの社会で、思想なるものは可能なのか。ここで「思想」は、学問領域としての哲学・思想に限らず、文学や批評とも関係した人文的思考一般を指していると考えてください。この複雑で厄介でポストモダンな社会において、文学的で批評的で人文的な言葉にはなにか役割があるのか。それが、この連載で、正面切った論文とはちょっと変わったスタイルで、まじめだかふまじめだかよくわからないパフォーマティブな言語を使って、ぼくが考えたいと思っていることなのです。

おそらくは。

へえ、そうなんだ、と読者のみなさんは呆れ顔を浮かべるかもしれません。現代社会の思想は可能か、とはまたずいぶんと抽象的な問いかけではないか。それが四〇近い男の考えることか、と。

しかし、そうではないのです。「現代社会の思想は可能か」というこの表現で、ぼくが考えたいのはきわめて具体的で、実践的な疑問です。

どういうことでしょうか。

たとえばこんな現象があります。ぼくは英語圏では、「ｄｉｇｇ」というサイトを参照することがあります。

ｄｉｇｇは、英語圏を代表するソシアルニュースサイトです。ソシアルニュースサイトというのは、サイトそのものがニュースを発するのではなく、ユーザーがネットのあちこちから見つけ出してきたニュースを、推薦の印を付けることで管理し共有するサイトのことです。日本語圏では、はてなブックマークの「注目ニュース」が近いでしょうか。つまりは、みながいまどの記事に注目しているのか、なんの話題でもりあがっているのか、一覧できるサービスです。

それで、このサイトを眺めていて、あるときふと気づいたことがあります。

ｄｉｇｇは、投稿されたニュースを、カテゴリーごとに分類して管理しています。トップページを開くと、その大分類がリンクとして表示されます。

分類名として挙げられているのは、「テクノロジー」「世界とビジネス」「科学」「ゲーム」「ライフスタイル」「エンターテインメント」「スポーツ」、そして「変わったニュース（オフビート）」の八つです。つまりはｄｉｇｇというサービスは、あるいはこのサービスのユーザーは、これら八つの言葉を通して世界の出来事を分類し、自らの関心を方向づけ、ほかのユーザーとの会話を調整しているわけです。

では、この分類のなかで、文学や批評に関わる話題は、どのカテゴリーに入れられることになるのでしょうか。

それはじつは「ライフスタイル」です。ライフスタイルの分類は、さらに六つに分かれています。そのひとつに「芸術と文化」と題されたカテゴリーがあり、新刊の書評や文学賞の報道は、現代美術や演劇の話題とともにおそらくそこに格納される。ちなみに、ライフスタイルのほかの五つの小分類は、「自動車」「教育」「飲食」「健康」、そして

「旅行」です。

この分類は、むろんなにかの思想信条に支えられたものではありません。単純に、ネットを巡回する消費者の「好み」を反映したものにすぎない(「ゲーム」が大分類になっていることに、その偏りははっきりと表れています)。しかし、それはあまりにも素朴で乱暴なだけに、いまの文学や批評、あるいは広く「文化」一般の位置を考えるうえで、暴力的な洞察を与えてくれる。この分類が意味しているのは、現代社会において、文学や批評は、新車のデザインや新しいダイエット法や年末年始の海外旅行と同じように、生活を彩る趣味の話題のひとつにすぎない、という残酷な現実です。

そう。それはもはや「エンターテインメント」ですらない。娯楽にも入れてもらえていないのです。ちなみに、エンターテインメントのカテゴリーのほうは、「芸能(セレブリティ)」「映画」「音楽」「テレビ」「コミックとアニメーション」の五つに分割されています。

文学の話題は、この分類法においては、映画の話題よりもむしろダイエットの話題に近い。このことの意味は、決して小さくありません。

ぼくの著作をお読みになったかたなら、ぼくが、現代社会の基本的な性格を、「大きな物語がなくなった」ことに求めていることはご存じかと思います。

しかし、そこでひとつ、きわめて頻繁に誤解されていることがある。「大きな物語の崩壊」というぼくの主張は、じつは、教養が崩壊しただの、イデオロギーが信じられなくなっただの、共通の規範意識が失われただのといった、社会のもろもろの局面で「物語」があまり大きな役割を果たさなくなったという現象、それそのものを意味するものではありません。

そうではなく、ぼくが重要だと考えているのは、もう少し抽象的な変化なのです。たしかに現代社会では、さまざまな局面で物語の影響力が失われている。ひとは教養など信じなくなっているし、イデオロギーなどという言葉は死語になっている。それはそうなのですが、ここで注目すべきなのは、どちらかというと、「みなが同じ物語に関心をもつべきである」という信念、ちょっと学問的な匂いのする表現を使えば「特定の物語の共有化圧力」とでもなりますが、そういうメタ物語的な信念のほうが消失していることです。問題は、みなが信じる大きな物語がなくなったことにあるのではない。「みなが信じる大きな物語があるべきだ」とみなが信じなくなっていること、そちらのほうにこそ深刻な問題がある。

むろん、いまでも、いわゆる大きな物語を信じている、信じたいひとはたくさんいるでしょう。たとえば日本には、ナショナリストもいればマルクシストもいるでしょうし、カルトに入信しているひともいるでしょう。テロリストもまた、大きな物語の信者だと言えるでしょう（なんといっても、彼らはその信念のために命まで捧げるのですから）。しかし、現代社会は、彼らがそれらの物語そのものを個人的に信じる、それはいくらでも許すけれど、彼らが「みながその物語を信じるべきである」と決意し、他人の信条に強引に介入することは決して許さない、そういう二重基準の——リチャード・ローティの言葉を借りれば「アイロニカル」な——社会になっているのです。

そのような特徴を「ポストモダン」と呼ぶのか「再帰的近代」と呼ぶのか、それはお好みなのでどちらでもかまいません。いずれにせよ、そのような現代社会の性格は、近代社会の原理の必然として生じている（自由主義の本質的に非政治的な性格——最近ぼくはこの文脈でカール・シュミットを読み直そうと考えているのですが、その話はまた別の機会に譲ります）。だからそれは、そうそう戻るものではありません。つまり、「大きな物語の崩壊」の傾向が、近い将来に反転することは考えられない。

ぼくたちは、他人がなにを信じようとかまわないが、それが自分に押しつけられるのはごめんだとみなが考え、そしてみながたがいの信念の適用範囲を監視し制限しあっている時代に生きている。

そのような社会では、信念そのものの内容よりも、むしろその適用の範囲こそが、信念の是非を問ううえで重要だと見なされることになる。実際、カルトの信者やテロリストが危険視されるのは、決して彼らがまちがったことを信じているからではない。彼らがその信念を暴力で他人に押しつけることこそが問題なのだ、というのが、現代社会の原理のはずです。

そして、さきほど挙げたｄｉｇｇのような分類は、まさにこのような現代社会の性格から必然的に導かれるものなのです。それは決して、最近文学が読まれなくなった、批評の影響力がなくなった、といった単純な話ではない。

繰り返しますが、現代社会は、他人がなにを信じようとかまわないが、それが自分に押しつけられるのはごめんだとみなが考えている社会です。さらに踏みこんで言えば、そのような徹底した「相互不干渉」こそが、まずは正義であり美徳であると感覚される社会です。

そのような社会の性格は、思想の、あるいはそれと連動した文学や批評の存在意義を根本的に変えてしまいます。そのような環境においては、「思想を説く」こと、それそのものがたいへんむずかしい、というよりほとんど不可能だからです。

むろん、現在もこれからも、思想そのものは生まれるでしょう。そして思想を信じるひともいるでしょう。しかし、それを説き広めることはきわめてむずかしい。

このように言うと、こんどは（大塚英志氏のように）、「そんなのはむかしからだ、思想とはそういうものだ」という反論が寄せられがちです。しかし、そのような反論はあまりに粗雑で鈍感です。人々が特定の思想を理解するのに困難を覚えている状況と、そもそも「思想を説く」ことの必要性そのものが認められていない状況では、困難さの質が決定的にちがう。そして、いくども繰り返しますが、ぼくたちはいま、前者ではなく後者の問題に直面しているのです。

現代社会では、思想は、もはや「個人の趣味」としてしか、つまり、週末に料理をするひともいればアウトドアに出かけるひともいてゲームをプレイするひともいる、それらのなかにたまたまフーコーやデリダや柄谷行人を読むような物好きがいる、そのていどのものとしてしか存在できない。

まさにさきほど、ｄｉｇｇの分類において示されていたように。

実際に日本でも、とりわけ若い世代においては、思想や文学や批評は、すでにそのような「ちょっと変わった趣味」としてしか受容されていないように思われます。ここでは細かい分析はしませんが、冒頭に述べた「新世代」の台頭も、じつのところはそのような「批評の趣味化」（非モテ論壇、ブログ論壇、ロスジェネ論壇……）に支えられている。

ご存じのように、そのような思想の軽薄化・ライフスタイル化、いわば「サブカル化」は、一九八〇年代のニューアカデミズムに始まり、最近のオタク論壇との接近に至るまで一貫して続いている。そして、その傾向に対する反発もまたずっと続いている。しかしそれは、ここまでの話からもわかるように、単純に非難し拒絶することができるものではない。思想が週末の趣味のひとつに堕ちてしまうこと、「おしゃべり」の道具と化してしまうこと、それは嘆かわしいことですが、現代人には、もはや思想のそれ以外の役割が想像できないはずだからです。

そして、もしその状況が、近代社会の原理の、リベラリズムやモダニズムのひとつの帰結なのだとすれば、思想や文学や批評の担い手自身も、近代の理念を信じるかぎりにおいて、たとえ個人的にそれがどれほど不愉快でも、その厄介でアイロニカルな状況を受け入れるほかない。それに抵抗することは、前近代的で退行的な信念に助けを求めないかぎり論理的にできないのです。

週末の趣味としての思想。サブカルとしての文学。コミュニケーション・ツールとしての批評。

おそらくはぼくの名前は、多くの読者において、この一〇年、そのような傾向を推し進めた「戦犯」のひとりとして記憶されていることでしょう。だから、その本人がこのようなことを記すのは奇妙に聞こえるかもしれません。けれども、ぼく個人は、その傾向を必ずしも「歓迎」してきたわけではない。ただ不可避だと考えてきたにすぎない。

そして、その前提のうえで、もしこれからも思想が生き残りたいと願うのであれば、趣味としての思想、サブカルとしての思想をより効率的に組織するほかないのだ、具体的にはオタクたちをあるていど巻き込んで市場を拡大するほかないのだ、と主張してきたにすぎない。

けれども、その戦略は、ときおりぼく自身を鬱にするものでもある。だからこそ、ぼくはこの連載で最初から、批評なんてもうなんの意味もないのかも、と愚痴をこぼし続けているわけです。

しかし、愚痴をこぼし続けているわけにもいきません。ぼくとしては、この環境を受け入れたうえで、やはりなにか新しい戦略を立てるほかない。

といったところで、今回は誌面が切れました。サブタイトルにも示したように、この話題、次回に続きます。

というわけで、また来月……。

（「文學界」二〇〇九年二月号）

なんとなく、考える　8

娯楽性について（2）

こんにちは。一月前半、あまり仕事もせずのんびりと過ごした結果、ようやく昨年末以来の憂鬱も消えてきた東浩紀です。

いやあ、やっぱり人間休まないとダメですね。世の中にはぼくより忙しいひとがいっぱいいる、というかそちらのほうが過半ではないかと思いますが、みなさん、心の健康は大丈夫でしょうか。ぼくは派遣村ブームを尻目に乱歩を読んで、やっぱり高等遊民っていいよなあ、とか浮世離れしたことを考えて正月を過ごしていました。早く高等遊民になりたいものです。

さて、この連載、基本的には各回完結でいこうと思っているのですが、今回は前回の続きです。前回ぼくは、「ｄｉｇｇ」というソシアルニュースサイトをひとつの例として、現代社会では「思想」はもはや週末の趣味でしかなくなっている、という話をしました。具体的には、ｄｉｇｇのカテゴリー分類で、文学や思想や批評の話題が入るであろう「芸術と文化」のサブカテゴリーが、「自動車」や「教育」、「飲食」「健康」「旅行」などと並んで「ライフスタイル」のカテゴリーのなかに入っていることを紹介し、そこから話を拡げたわけです。

現代社会において、文学や批評は、新車のデザインや新しいダイエット法や年末年始の海外旅行と同じように、生活を彩る趣味の話題のひとつにすぎない。これはべつにアメリカのソシアルニュースサイトを持ち出さなくても、いまの日本の「論壇」を眺めていれば実感できることです。二〇〇七年から二〇〇八年にかけて、凋落する一方の旧論壇に対して新しい世代の言論が台頭してきたとあちこちで言われましたが、そこで現れた「ブログ論壇」「サブカル論壇」なるものを一瞥すれば、実際にはそこで交わされている言葉のほとんどが、思想や運動の用語をまとった遊戯にすぎないことはだれにでもわかる。おそらくはぼくはそんな「新論壇」の急先鋒と見なされているはずですが、そのぼくですらそう思います。

ぼくは思想のそのような趣味化、ハイデガーの言葉を使えば「おしゃべり」化を、必ずしもいいとは思いません。というよりも、まったく困ったものだと思っている。しかし同時に、いま批評がどう生き残るか、思想がどう生き残るかを真剣に考えたとき（具体的にはたとえば『思想地図』が何部売れるかを考えたとき——ちなみに、あの雑誌形態の書籍は創刊号も第二号も初版一万部です）、そのような傾向を拒絶することはできないと考えているわけです。

これは理念の話ではありません。単純に現実の、シビアな商売の問題としてありえないのです。ぼくたちはもはや、思想や批評の言葉を、週末の趣味として、というよりももっと悪く、平日深夜に仕事から帰り、ブラウザを立ち上げてブログで溜飲を下げるときのちょっとしたネタとして消費する、そういう読者を相手にしなければ、思想誌そのものをまともな部数で出版できない。したがって、ぼくたちはこれからは、否も応もなく、思想の趣味化、遊戯化、もっと悪い言葉を使えば「ネタ化」を受け入れざるをえない。これは既定の事実です。

ではそのような環境で、批評家は今後なにをなすべきなのか。それが、前回の最後で積み残した問題でした。

この問題は、まともに考えても答えが出そうにありません。だから問いのかたちをひねってみましょう。

すべての言説がネタになる過酷な世界がくるのはいいとして、ではぼくたちはなぜ、そこで思想や批評の場所がなくなると感じてしまうのか。

その感覚の存在は、ぼくたちが暗黙のうちに、思想とか批評は、「ネタ」と「ネタではないもの」、すなわち「ふまじめ」と「まじめ」の境界を引くことを仕事にするものだと考えていることを意味しています。では、この暗黙の前提のほうを変えることで、突破口は開けないでしょうか。

ぼくたちはいつのまにか、連載第四回の議論に戻っています。ぼくはそこで、公共的であるとは、まじめにふるまいつつ、しかも自分のまじめさを確認するような自己言及的行為のことで、どうもぼくにはそれがなじめないと記していました。

第四回の文章は、自分語りで進んでいました。しかし、むろん、そこで「ぼく」について述べたことはひとつの例にすぎません。ぼくは、ぼくと同じようにまじめさになじめないひとが、現代社会にはたくさんいると感じている。

もし公共性がまじめさの概念と不可分なのだとすれば、現代社会で公共性を構想するときの困難は、その肝心のまじめさの基準が壊れている、少なくともある世代以下でははっきりと壊れ始めていることにあるのではないでしょうか。すべての言説がネタになる一方で、どうみてもネタであるはずの言説がいつのまにか社会的に大きな影響力を及ぼしている、そのような環境のなかで、多くのひとはもはや、なにがマジでなにがネタなのか、マジになるのが本当に社会にとっていいことなのか、よくわからなくなっている。そんな混乱の具体例はネットに溢(あふ)れていますが、2ちゃんねるの存在そのものがその逆説を体現しているとも言えます。西村博之ほど「ふまじめ」で、しかも社会的に影響力のある人間はめずらしい。そして、いま、西村博之のもとでニコニコ動画の開発に勤(いそ)しむのと、雨宮処凛に誘われて麻生首相の私邸にデモに行くのと、どちらのほうが公共的な価値をもっているかと問われれば、それを決定するのは意外とむずかしいはずです。どちらも公共的と言えば公共的だし、ネタと言えばネタだからです。

まじめさとふまじめさの境界の溶解。これは決して日本だけの話ではありません。また言論の世界に限った話でもない。その現象は普通には、人文的な論壇の外側で、経営学とかマーケティングとかITの世界で指摘されています。「ハッカー」とか「クリエイティブ・クラス」とか「シンボリック・アナリスト」とかいう言葉を耳に挟んだことがあれば、二一世紀の情報資本主義社会においては、ふまじめなライフスタイルこそがもっともクリエイティブになる云々、というタイプの議論はご存じかと思います。一九七三年生まれのフィンランドの社会学者、ペッカ・ヒマネンによれば、まじめに働くことイコール社会を変えること、などという等式は、ウェーバーの『プロ倫』とともにすでに過去のものになったらしい。どう生きたら公共に尽くすことになるのか、現代社会ではその選択はじつにむずかしいのです。

それでは、あらためて、このような世界で思想や批評はなにをなすべきなのでしょうか。ぼくがここで思い出すのは、マンネリと言われそうですが、やはりジャック・デリダの思想です。

一九九〇年代以降、日本ではデリダといえば、なぜか歴史や記憶や政治について顰め面で語る「まじめ」な思想家ということになってしまっています（そして、知るひとぞ知るように、ぼくはいまネットで、東浩紀はそんなデリダのまじめさをまったくわかっていないとぼっこぼこに批判されています）。しかし、かつて『存在論的、郵便的』で記したように、一九六〇年代から一九七〇年代にかけてのデリダは、そのような硬直したイメージからはほど遠い、むしろなんだかよくわからない異形のテクストばかりを生産していました。そしてそこでデリダがこだわっていたのは、まじめな哲学どころか、むしろ逆に、あらゆる言説がまじめなのかふまじめなのかよくわからなくなる、根源的な「決定不可能性」の問題でした。

そして現在のコミュニケーション環境は、ぼくには、まさにそのデリダ的条件が全面化したもののように思われるのです。

むろん、デリダは社会学者やメディア論者ではありません。デリダはあくまでも、人間のコミュニケーションの普遍的な条件について語った「哲学者」でした。したがって、デリダが指摘した決定不可能性の問題、言いかえれば「エクリチュール」の問題が、特定の時代の特定のメディア環境のもとで増幅されるなどという解釈は、彼自身決して許容しなかったにちがいありません。

しかしぼくたちは必ずしも、デリダのテクストをデリダが喜ぶように読む必要はない。デリダ自身は時代に制約されない問題について考察したつもりでも、そのときの普遍性への歩みそのものが時代に制約されていることはありうる。そして実際、あえてデリダのテクストを実体的に解釈してみれば、彼が指摘した言説の「エクリチュール」としての性格、たとえば言説の「文脈からの引き抜き」や「ほかの文脈への接木」などは、ネット時代になってますます容易かつ目立つようになったと言えます。スパムやトラックバックに見られるように、「誤配可能性」も上昇している。「幽霊」「手紙」などのデリダが好んだ隠喩も、いま振り返れば、なんとネット的でブログ的なイメージでしょうか。だからぼくは、デリダの思想は、いま読み返してみると、じつに具体的かつ実践的な含意をもっているように思うのです。すべての言説がネタになってしまう、少なくともネタになりうる世界において、哲学にはどのような使命が残されているのか——きわめて大胆に翻案すれば、それこそが初期のデリダが思索し続けたことではなかったでしょうか。

もしそうだとすれば、その問いはまた同時に、いまぼくたちが直面している課題にほかならないわけです。

すべての言説がネタになってしまう環境において、もはや思想家にもまじめとふまじめが区別できないのだとすれば、その両者を区別しない来るべき思想はどのような形式を採るのか。

『存在論的、郵便的』でも記したように、そこで『散種』や『弔鐘』、『絵葉書』のデリダが提案し実践してみせたのが、文学性や虚構性のテクストへの侵入であり、またテクストの「寄生的」な性格の強調でした。このあたりの詳細を紹介すると、それこそいくら誌面があっても足りないので、ここでは説明は割愛させてください。とにもかくにも重要なのは、そこでデリダは、決してまじめさに戻ることを提案したのではなく、むしろ徹底してふまじめな、というか、まじめさとふまじめさの境界にあるようなテクストを大量に生産し、「誤配」を求めて世界に送り出すことこそが思考の倫理だ、と考えていたふしがあるということです。

まじめな問題にまじめに答えるのだけが思想や批評の役割ではない、むしろまじめな問題がいつのまにかふまじめになってしまっていたり、逆にふまじめな回路にいつのまにかまじめな問題提起が忍び込んでいる、そのような攪乱の現場を的確に捉え、ときにその攪乱を実践すること、それこそが思想や批評の役割だとデリダは考えていました。それでは、その攪乱は、具体的にはどのような場で、どのようなかたちで実践されるのでしょうか。

じつは最近、ぼくは——さすがにそんなことはいっさいデリダは言っていないので、デリダ読みのみなさんは怒るかもしれませんが——、そこでこそテクストの「娯楽性」が決定的な役割を果たすのではないか、という気がしてならないのです。

娯楽性とはなんでしょうか。それはひとことで言えば、こちらにふまじめにしか接してこない人間を、摑み離さない能力のことです（entertainという単語の語源をOEDで調べると、それがかつては「客を保持すること」の意味だったことがわかります）。娯楽性のないテクストは、あるいはもっと広く娯楽性のないコンテンツは、それを理解しようというまじめな、そして気概のある受け手にしか届かない。たとえば深夜、仕事で疲れてへとへとになった帰宅の電車で思想書を開こうとしても、多くのひとにとってはむずかしいわけです。しかしミステリならば読める。娯楽性の有無は、端的にそのようなちがいとして現れます。

現在のコミュニケーション環境においては、まじめな言説をまじめなものとして流通させるのがむずかしい。したがって、思想や批評は（あるていど抽象的なことをやりたいのであれば）、自らがふまじめなものとして消費される可能性を含みこみつつ、まじめさとふまじめさのあわいでテクストを生産するほかない。そしてそのためには、前提として、まじめな読者だけではなく、内容をまともに理解してくれない「ふまじめな読者」こそを摑んで離さない、そのような力をテクストに宿さなければならない。たとえば、まじめな学者がずらりと並び、みながまじめな言説を理解すべくすっかり準備している学会やシンポジウムの場で、しかつめらしくエクリチュールの攪乱可能性について議論したとしても（デリダについてもそのような討論は数多く行なわれていますが）、そんな実践はじつのところなんの役にも立たない。それ全体がネタとして消費されるだけだからです。いかにして、そんな学会やシンポジウムに興味がない「ふまじめな読者」を、娯楽性を偽装して巻き込んでいくのか。そこにこそ来るべき思想や批評の賭けがあるのではないか。

したがってぼくはじつは、前出のｄｉｇｇで、「芸術と文化」が「ライフスタイル」に分類されていたこと以上に、それがもうひとつの上位カテゴリー、映画や音楽やコミックが属する「エンターテインメント」に分類されていないことのほうが、はるかに深刻な事態だと思うのです。

「芸術と文化」には娯楽性がない、文学や思想や美術はまじめな受け手だけを前提にしたまじめな趣味にすぎず、自宅でソファにごろごろと転がってポテチでも囓《かじ》りながらチャンネルを切り替えたりネットをブラウザしたりしているふまじめな消費者には届かない――もしそれが事実だとすれば、そこで文学とか思想とか美術とか呼ばれているものは、もはや本来の意味での「文化」「芸術」ではなくなってしまっている。なぜならば、そんなありかたは、この世界においては、一部の趣味人にだけ顰め面で受容され、残りの大衆にとっては失笑のネタにしかならない、そういう条件を決して超えることができないからです。

　たしかにぼくたちは、思想や批評が週末の趣味として消費されること、それそのものを拒否できない。しかしそこで、思想や批評を、「先端的」な読者が顰め面をしてアイデンティティを賭けて購入するような、つまりはマジな消費財ではなく、もっと適当でお気楽な、敷居の低い、なんとなくおもしろいから読んでしまうのだけどときどき人生も変えてしまうといったような、つまりはマジとネタのあいだに位置するような特殊な消費財に変えていくことはできる。というか、おそらくは、ぼくたちはもはや、そのようなかたちでしか思想や批評を続けることができない。つまりはこれからの思想や批評は、誤配可能性を宿すためにこそ、一定の娯楽性を宿さなければならない。

　ぼくは昨年から、そんなふうに考え始めています。

最後に余談を。

この原稿を書く直前、別の雑誌の連載原稿のため、押井守監督による二〇〇六年の実験映画『立喰師列伝』を観る機会がありました。なんとなく前評判で観るのを避けてきたのですが、これがけっこうおもしろい。

知るひとぞ知るように、押井は、本来まったく政治的な意味をもたないできごとを、あえて時代錯誤的に政治的に「解釈」して過剰な言説を紡ぐ、そんなパロディの手法をしばしば使います。ピンと来ないひとには『うる星やつら』のメガネ＝千葉繁を思い出してもらえばよいのですが――といっても、この例そのものが、文芸誌ではまったく通じないかもしれません。

いずれにせよ、この『立喰師列伝』では、その手法がまさに全面的に展開されている。そこで押井は、最初から最後まで、立ち喰い――あのソバとか牛丼とかカレーとかの立ち喰い――の興亡をめぐる架空の戦後日本史を、彼特有の長台詞で滔々と語り続けます。むろんそれは単純に笑い飛ばし聞き流せばいい台詞なのですが、しかし、そのまったく内容がなく、にもかかわらずなんとなくそれらしい哲学用語や政治用語が並んでいるふまじめなナレーションに何十分も耳を傾けていると、徐々に、一般には内容があるものとして受容されているはずの、まじめなほうの押井作品の台詞、たとえば『機動警察パトレイバー2』の国家論だとか『イノセンス』の生命論だとかもまた、同じように無意味で空疎なパロディに聞こえてくる。だとすれば、もしかしたらじつは『立喰師列伝』

は、この一〇年間で急にメジャーへの階段を駆け上がり、顰め面でまじめに観られ言及される「日本を代表する」映画監督になってしまった押井が、そんな自分自身に向けた一種の自己批判だったのではないか——。

むろん、これは深読みというものです。別の連載の押井論のほうでも、さすがにそんなことは記していません。

しかしぼくが今回、『立喰師列伝』を観て、ふとそんな妄想を抱いてしまったのは事実です。ぼくは『イノセンス』はもともと好みではありませんが、『パトレイバー2』はけっこう気に入っている。『パトレイバー2』はおそらく、脚本的にも演出的にもきわめてまじめに制作された作品です。そしてぼくも、押井ファンのひとりとしてそのまじめさは十分に受け取ったつもりでいるし、実際にそれは押井の出世作になっている。しかし、そんなぼくでさえ、『立喰師列伝』のふまじめな言説のほうに、『パトレイバー2』のまじめさよりも巧妙な知性を感じてしまう。もしかしたら押井自身もそう感じているかもしれない。ぼくたちはそんな厄介な世界に生きているのです。

というわけで、また来月……。

（「文學界」二〇〇九年三月号）

なんとなく、考える　9
ルソーについて（1）

こんにちは。二月は二八日しかないので締め切りが予想外に早く、青息吐息の東浩紀です。

この連載も九回目を迎え、だんだんとネタがなくなってきました。こういうときは持ちネタに頼るしかない。ぼくの場合、持ちネタとは要は次作の構想です。こういうわけで今回から数回、ルソーの話をしようかと思います（といっても今回は前置きでルソーの話はほとんど出てきません）。そう、あの有名な一八世紀のフランスの哲学者、ジャン゠ジャック・ルソーです。

なんだって急にルソーの話なのか。じつはぼくはこの一年ほど、あちこちでルソーの名前を出しています。ですから必ずしもこの決定は唐突というわけではないのですが、ただ、今回その話題でいこうと思った背景には、じつはひと月ほどまえ、白水社の『ルソー全集』、全一四巻別巻二巻を購入したばかりだというまったく私的な事情もある。つまりは、いまぼくのなかでは、ルソーが盛り上がっているわけです。

件(くだん)のルソー全集は二〇年以上まえに出版されたもので、現在では古書店で買い求めるしかありません。ネットで探したところ、とくにプレミアがついているようすもなく、七万五〇〇〇円でひと揃いが手に入りました。一六冊でその値段であれば、思想系読者の感覚としては必ずしも高くないのですが(思想系の本というのは一般にバカ高くて、ぼくは学部生時代に弘文堂の『エクリ』とか藤原書店の『ディスタンクシオン』とかを泣きながら買った記憶があります)、しかしそれでも、大学の図書館に行けば確実に借りられる本、それも主要作は文庫に入っているような全集を、手元に置くためにあらためて買い求めるのは無駄遣いのような気もしないでもない。だからちょっと迷いました。

けれども、購入しました。そしていま、書斎の片隅にうずたかく積み上げられている全集を見て、ぼくはたいへんな満足を味わっています。

ぼくはコレクターではありません。だからこの全集にしても、函(はこ)は捨てるわパラフィン紙は破くわ、見るひとが見たら許せないようなぞんざいな方法で扱っている。しかしそれでも、全集を買うという行為にはやはり独特の重さがある気がします。なんというか、この偉大な哲学者に対して、小さいながらもなにか「責任」が生じてしまったかのような、そういう錯覚を感じてしまうのです。

というわけでぼくは今回、その錯覚に背中を押されるかたちで、ルソーについて書いてみたいと思ったのでした。

とはいえ、ルソー。なんだか読者のドン引きが目に浮かぶようです。そもそもぼくは前回、思想や批評には「娯楽性」がなければならないと記していたはずです。それなのにルソー。娯楽性が必要だと言うのなら、ルソーとか言っていないで、時事問題を舌鋒鋭く斬るとか話題作を独自の観点で分析するとか、そういう路線でいくべきではないでしょうか。

いやはや、常識的にはまったくそのとおりです。そして実際、多くの書き手はそのようにして批評文の商品性を確保している。ぼく自身もそうです。ぼくの著作でもっとも知られているのは『動物化するポストモダン』ですが、その読者の大半は、東浩紀という著者の思想にではなく、現代日本社会に関心がある人々だったはずです。世俗的な現実にひっかかりをもたず、抽象的な思考ばかりが展開されるような文章は、普遍的な読者に開かれているように見えて、じつのところはマニアックな読者しか引き寄せない。前回の言葉を使えば、「週末の趣味」の読者しか惹きつけない。

だからぼくもいちおうは、批評家である以上、時事問題や話題作に触れたほうがいいとは思っているのです。実際ぼくだって、新刊を読んだり映画を観たり美術展に行ったりしていないわけではないので、それらの話題で連載を繋ごうと思えば繋ぐことはできる。しかし――。

しかし、それが本当に批評の未来に繋がるのでしょうか。

いま記したことと矛盾するようですが、率直に言うと、ぼくはどうもそう信じることがないのです。思想や批評が、身の回りの世俗的でポピュラーな話題に触れることで延命を図る――それは最近ならば「ゼロ年代の批評」組の方向性で、そしてそれが現状で対症療法として有効なのはいままでも繰り返してきたとおりですが、しかしそれが本当の意味での批評の復権に繋がるとはとうてい思えない。

　ぼくがそう判断する理由は、決して、身の回りの話題に言及する行為が低級で――最近話題の水村美苗氏の著作に倣って言えば「現地語」的で――、抽象的なハードな思考こそが高級で「普遍語」的だと信じているからではありません（ちなみにこの著作については、水村氏がおっしゃりたいことはとてもよくわかるのですが、しかしぼくがいま生きているのは、文芸批評よりも萌えアニメのほうが大衆的な影響力でも国際的な認知の面でも、そして下手すると理論的にもぜんぜん「普遍的」に見えるような過酷な世界で、そこで『動物化するポストモダン』は英訳してもらったりしてがんばっているんだけどな、とか思いました）。そうではなくて、実践的に、そのような延命法の有効性が限られていると思うからです。

　どういうことでしょうか。

　そもそもぼくは、批評家と名乗っているわりに、最新の話題作についてコメントを発したり、時事問題に言及したりすることがほとんどありません。したがって一般に気の利かないヤツだと思われているわけですが、いちおうぼくのなかではその怠惰にも理由が存在します。

それは第一に、そのときぼくが発するであろう「感想」の大半は、おそらくはぼくが発さなくてもだれかが発するだろう、それならなにもぼくががんばらなくてもいいや、と思ってしまうからであり、また第二に、たとえ多少考えて意見を述べたとしても、多くの読者が反応するのはその中身ではなく、「このタイミングでこの作品あるいは事件に言及した」というパフォーマンスの側面で、それだったらべつに発表しなくてもいいや、と思ってしまうからです。このふたつの理由で、ぼくのフットワークにはつねにブレーキがかかっている。

そしてこの感覚は、もう少し抽象的に表現することができます。

あらゆるテクストには、コンテンツとしての側面とコミュニケーションとしての側面があります。内容そのものが関心をもって読まれる局面と、「それを読んでいる」ことそのものがコミュニケーションのネタとして機能するので、内容とは関係なく、いわばモノとして消費される局面です。そしてこの二重性は、原理的なものであると同時に、現在の文化状況を分析するうえできわめて重要なものでもある。というのも、現代社会はいま、あらゆる作品や事件について、その「コミュニケーション志向消費」化、ひらたく言えばコミュニケーションのネタ化を急速に推し進めているからです。いままではコンテンツとして消費されていたものが、いつのまにかコミュニケーションとして消費されるようになった――ゼロ年代の文化状況はそのような例に満ちています。

批評もまた、その傾向を逃れることはできません。そして結果として、いまの日本の批評の環境は、つぎのようなふたつの特徴をもち始めています。

まず第一に、ぼくたちはいまネットの登場によって、かつてよりもはるかに多くの書き手による、はるかに多様な「批評」を読むことができるようになっている。多様な作品や事件について、専門家の分析から無責任な噂まで、あらゆるタイプの意見がネットには転がっている。しかも無料で簡単に読める。むろんその大部分は、旧来の批評やジャーナリズムの基準からすれば、まったくのゴミかもしれない。しかし、批評としての完成度を問題にしないのであれば、そのアマチュアたちの空間において、たいていの作品や事件について、それについて思いつきそうなたいていのことが即座に言われてしまっているのもまたまちがいない。

言いかえれば、いまや批評の出版そのものはだれにでもできるし、たいていの意見はネットに存在している。この状況は当然のことながら、プロの書き手に対して、そんな「アマチュア批評の多様性」に還元されない、独自の見解や分析を求めてくるはずです。裏返して言えば、このネット全盛の時代、だれでも言いそうな凡庸な意見ならば、わざわざ批評家が発表する必要はまったくない。いやむしろ、ブロガーがせっかくそれらを無料で配信してくれているというのに、プロを任じるひとが同じ水準の文章を書いて原稿料を貰うのは、単純に非道徳的だとすら言える。

第二に、同じくネットのおかげで、ぼくたちはかつてよりもはるかに効率よく、しかもすばやく情報を集めることができるようになっている。その結果、ひとつの作品や事件について、だれがどういう態度でどういう意見を述べているのか、きわめて簡単に整理できるようになっている。言いかえれば、いまの読者は、ある批評を読むときに、同時にその批評についての批評、批評をめぐるメタ批評もまた読んでいるような、そういう環境に置かれている。

それゆえ、半ば必然的に、いまの若い批評の読者は、批評の出発点にある作品や事件にはあまり興味を示さず、「AはXを肯定していたけどBはXを否定していた」という関係性だけを抽出して、それをひとつのネタとして楽しむように変わり始めている。実際、いわゆる「ゼロ年代の批評」は、あきらかにそのようなメタ批評的で再帰的な（ぶっちゃけて言ってしまえば自作自演的な）構造に支えられて盛り上がっている。再三繰り返しているように、ぼくは批評のその歪んだありかたを否定する気はない。けれども、どうせ内容は読まれない、ぼくの言及そのものがネタとして消費されるにすぎないと知りながら、頭を絞って文章を書く気にはなれない。

したがってぼくは、批評家という職業に一般に期待されるような、時事的なエッセイや短い作品評を書く気にほとんどなれないわけです。

そしてまた、そういう「娯楽性」によって批評の未来が開けるとも思えない。そんな「娯楽性」は、上述のような批評のデータベース化（カタログ化）とコミュニケーション化（ネタ化）が進んでいけば、じきにその波に呑み込まれてしまうにちがいない。話題の作品や事件について、すばやく小気味いいコメントを寄せる「批評家」「知識人」など、これからの時代にどれほどの商品価値があるのか、ぼくにはまったく疑問です。きわめて具体的に考えてみても、そんな中途半端な職業は、新聞の文化欄とテレビのワイドショーがなくなったらあっというまに必要とされなくなるのではないか。

だから、ぼくが考える思想や批評の「娯楽性」とは、本当はそのような時事性を意味するものではありません。

ではそれはなにか。それを考えるためにこそ、ルソーを読もうというわけです。

さて。

読者のみなさんはいま、ルソールソーと言いながら、例によって愚痴をこぼすばかりでいっこうに本題が始まらないではないか、と不満をお感じかもしれません。しかし、もう少しお待ちください。以上の「愚痴」は、じつは次回以降への重要な伏線になるはずなのです。

思えばぼくはここまでの連載でずっと、批評の不必要性や不可能性について記してきました。言いかえれば、いまの日本のメディア環境において、批評の言葉を用いて公共的で普遍的な場所に到達することの困難、ふたたび水村氏の著作に倣って、というよりもある種の拡大解釈をして言えば、「文学の言葉」が「現地語」を抜け出すこと、コミュニケーションのネタ化を抜け出すことの困難について記してきたのです。そしてぼくのさきほどまでの「愚痴」は、その困難の構造を要約したものでした。

　日本は、戦後、いや明治維新以降、長いあいだ「批評」、とりわけそのコアである「文芸批評」という豊かな知の伝統を育んできました。それが、だれもが認めるように、この一五年ほどで急速に衰退し影響力を失っている。ではそれはなぜか。

　ぼくの考えでは、その現由は単純に、情報伝達のコストがかぎりなくゼロに近くなり出版という資源が万人に開放されたために、批評のデータベース化（カタログ化）とコミュニケーション化（ネタ化）が急速に進んだことにあります（したがってそれは日本のみの現象ではない——と思いますが、詳細はまた別の機会に）。このふたつの傾向はそれぞれ異質なものだけれども、同じ事態の表裏でもあり、そして批評の言葉「国語」の可能性を両側から挟み撃ちして削り取っている。

　一方では批評の言葉は、もはやあまりにたやすく公共的になりうるがゆえに、公共的ではありえない。他方では批評の言葉は、もはやあまりにもたやすく相対化されうるがゆえに、やはり公共的ではありえない。テーゼとアンチテーゼが衝突してジンテーゼが生まれる、という討議的理性の弁証法は、現代社会ではうまく機能しないのです。

　では、この閉塞状況を打破するにはどうすればよいのか。

　この問いに対するぼくの答えも、すでに連載で述べています。それは、その状況そのものはもはや打破できないので、別のタイプの公共性を、言いかえれば「普遍語」への別のタイプのアクセスを考えるしかない、というものです。批評の言葉はもはやネタにしかならない、ではそれを前提として新たな公共性を思考することはできないか、それがこの連載の課題です。

そして、ぼくがルソーに惹かれたのは、彼が、現代とはまったく異なる社会条件、まったく異なるメディア環境に生きた思想家だったにもかかわらず、まさにいま述べたような課題に挑んだ人物だったように思われるからなのです。

しばしば指摘されるように、ルソーはさまざまな矛盾を抱えた思想家です。実際、彼の著作を読み通していて単純に抱くのは、いったいこの思想家は人間を信じているのかいないのか、という疑問です。

ルソーは一方では、人間の自由と幸福を謳いあげた思想家であり、告白文学と恋愛文学と近代教育思想の元祖でもある。しかし他方では、偏狭な人間嫌いでも知られ、ディドロともヒュームとも決別し、晩年の『孤独な散歩者の夢想』でも世間への鬱屈した恨み節を披露している。つまりルソーは、ある面ではとても人間を信じていながらも、別の面ではまったく人間を信じていない思想家であるように見える。そして、人間の力に対してそのような二重の視線を抱いていた人物が、近代社会の基盤を作ったと言われる『社会契約論』の執筆者だったという事実は、ぼくにはいま、とても重要な意味をもつように思われるのです。

ぼくたちはしばしば、人間には理性があるのだから、きちんと話し合い議論を尽くせば協力しあえるはずで、そうすれば社会もよりよく運営できるはずだと考えます。ポストモダンとかなんとか言っていても、たいていのひとが主張しているのは、要はそういうことです。

けれども、いままで繰り返し述べてきたように、現在のメディア環境は、じつはそんな幻想をとうの昔に打ち砕いているのです。そして、興味深いことに、二五〇年まえのルソーもまた、似たような幻想が打ち砕かれた地点から「社会契約」を構想したように思えてならない。だとすれば――。

だとすれば、そこにはなにか、まだ本当の意味での思想の可能性が残されているのではないか。

というわけで、では来月！

（「文學界」二〇〇九年四月号）

なんとなく、考える　10
ルソーについて（2）

こんにちは。伊藤計劃氏の訃報に接して落ち込んでいる東浩紀です。伊藤氏は、長い闘病生活の末、三月二〇日に亡くなりました。同世代の人間の死は、身体に応えます。

本誌では伊藤氏の名前をご存じないかたが多いかもしれません。伊藤氏は一九七四年生まれの若いSF作家で、デビューして二年、まだ著書が三冊しかないものの、日本SFの未来を担う才能として関係者のあいだで注目を集めていた人物です。

本誌の読者には、二年まえに文學界新人賞を受賞し、そのあと文芸誌でも活躍している円城塔氏の盟友、と紹介するとイメージが摑みやすいかもしれません。円城氏と伊藤氏は、作風はまったく対照的でしたが、同じ世代の新星としてSF界では並べて語られることが多い存在です。その一方が亡くなってしまいました。

伊藤氏の小説は、ひとことで紹介すれば近未来軍事SFです。しかし、彼の作品世界には、そのようなレッテルでは伝えられない、鋭い時代観察と豊饒な想像力が詰まっていました。

たとえば、第一作の『虐殺器官』は、ポスト九・一一状況を強く意識した作品です。設定が空想的すぎるとの感想もあったようですが、「テロとの戦い」を支持する監視型消費社会、ネットコミュニケーション、ネオリベラリズムそのほかの本質をここまで冷淡かつリアルに捉えている作家を、ぼくはほかに知りません。そして、遺作となった『ハーモニー』は、その延長でさらに包括的な世界を描き出し、ネオリベ的ネット的高度監視＝福祉社会の幻視を試みた、きわめて野心的なユートピア／ディストピア小説でした。そこで伊藤氏は、来るべき監視＝福祉社会に対して肯定とも否定とも言いがたい両義的な態度を取っています。しかし、その両義性こそが、小説執筆時、まさに彼自身の生が高度な監視＝福祉技術のもとでないと生き残れなくなっていたことに照らすと、むしろ残酷でリアルなものとして立ち上がってくる。伊藤氏はそのような小説を書くひとでした。

二一日の夕方、伊藤氏の訃報が吹き込まれた留守番電話を聞いたとき、ぼくは大阪のあるテーマパークのナイトパレードを観るために、家族とともに場所取りに勤しんでいました。しかし、訃報の衝撃があまりに深く、パレードの内容はほとんど覚えていません。翌日も、スパイダーマンやらE.T.やらのライドに乗りながらも、ふと気がつくと伊藤氏の死に思いを馳せて、動揺している自分がいました。

ぼくは伊藤氏とは、数回しかお会いしたことがありません。そのうちのいちどは徹夜のイベントだったので（いま思えばあのころの伊藤氏はじつに元気でした）、それなりに濃密な会話を交わしたものの、決して友人と言えるまでに親しかったわけではない。にもかかわらず、ぼくは深く動揺し、むしろその動揺に自分で驚いたほどでした。

伊藤氏は、小松左京に連なるような壮大な社会派ＳＦをいつか執筆してくれるかもしれない、そんな期待を抱かせる希有な人物であり、そして同世代にそのような作家がいることは、自分でも気づかぬままに、ぼくに大きな希望を与えていたようです。しかしその希望は突然にもぎ取られてしまった。それはあまりに大きな損失であり、また辛いできごとです。

伊藤氏の魅力は、前述のように、ＳＦの内部では十分に知られていました。しかし残念ながら、まだ外部に届いていたとは言いがたい。ジャンルの壁は歴然とあります。けれども、もし彼があと数年でも生き続けていたのなら、きっと本誌の読者も『虐殺器官』や『ハーモニー』の存在に、そしてこの作家の豊饒な可能性に気がついたことでしょう。だからここに、せめてその題名だけでも記したいと思い、連載の文脈を断ち切ってしまいましたが、追悼を書かせていただきました。むろん、いまここで伊藤氏を紹介したからといって、彼が喜ぶわけではない。しかし、遺されたものにはそれぐらいのことしかできないのです。

伊藤計劃氏のご冥福を、心よりお祈りいたします。

──さて、このような始まりからいつもの調子に戻るのは至難の業ですが、なんとか気を取り直して連載を続けたいと思います。ぼくは前回の最後、ルソーを読み始めようとしていたのでした。

ぼくはルソーについての本を（正確にはルソーへの言及を一部含む本を）、この秋から書き始めようと考えています。したがって、全体の構成も目次もなにもかもこれから作るのですが、現時点でぼくが出発点にしたいと考えているのは、『エミール』にあるつぎのような文章です。多少長めですが、引用してみましょう。

引用箇所は、岩波文庫版だと上巻一一四頁から一一五頁にあたりますが、訳文は原文を参照して多少改変しています。

依存状態には二つの種類がある。一つは事物への依存で、これは自然のものである。もう一つは人間への依存で、これは社会のものである。事物への依存は、いかなる道徳性をももたないものであり、自由を妨げることがなく、悪を生み出すこともない。人間への依存は、無秩序なものとして、あらゆる悪を生み出し、これによって支配者と奴隷はたがいに相手を堕落させる。もし社会におけるこの悪に対抗するなんらかの方法があるとするのなら、それは人間のかわりに法をおき、一般意志を現実の力で武装し、それをあらゆる特殊意志の行為のうえにおくことだ。もしかりに諸国民の法が、自然の法と同じように、いかなる人間の力でも屈服させることができない不変性を備えることができるとするなら、そのとき人間への依存は事物への依存に変わることになるだろう。そして、共和国においては、自然状態の利得が市民状態の利得に結びつけられることになるだろう。人間を悪から免れさせている自由に、人間を美徳へと高める道徳性が結びつくことになるだろう。

自然と文化、自然と社会という二項対立において、ルソーが前者を高く評価し、後者に批判的だったことはよく知られています。彼は、言論界へのデビュー作である一七五〇年の『学問芸術論』において、すでに学問と芸術を悪の根源として名指していました。高校か大学の授業で、ルソーといえば「自然に帰れ」の哲学者だと教わった読者も多いはずです。

その思想はここでも一貫しています。人間は自然には依存すべきだ（というかするしかない）が、社会には依存すべきではない。これがルソーの主張です。

この『エミール』は、近代教育思想の出発点として知られる書物で、したがってこの思想は教育の実践と深く結びついています。引用箇所に続く文章で、たとえばルソーは、子どもの教育で重要なことは「事物への依存にとどめておくこと」だと記している。それは具体的には、子どもは、その身体的な限界が許すかぎり自由にのびのびと育てるべきで、人工的な規則で抑え込むのはよくない、という方針を意味しています。ルソーの文章は、表面的にはいつも平易で、実践的です。

しかしここでは、もう少し深く、抽象的なところに降りてみましょう。そうすると、いささか奇妙な箇所が見えてきます。

それは、ルソーが「一般意志」と「特殊意志」の区別を、前者を事物への依存に、後者を人間への依存に比定している文章です。彼はここで、「一般意志」とは、人間が社会的過程を経て作り出すものではなく、事物のように自然に生み出されるものだと言おうとしています。

しかし、「意志」が「事物」だとは、いったいどういうことなのでしょうか。

一般意志と特殊意志。言うまでもなくそれは、ルソーの主著、『社会契約論』の鍵概念です。『社会契約論』と『エミール』は、同じ一七六二年に出版されました。引用した文章は、あきらかに『社会契約論』を意識しています（引用では省略しましたが、『社会契約論』への注も挿入されています）。

では、それらはどのような概念なのでしょうか。きわめて乱暴に説明すれば、「一般意志」は社会全体の意志、「特殊意志」は個人の意志を意味する言葉です。ルソーは『社会契約論』で、主権とは一般意志の行使にほかならず、それゆえ政府の行動が一般意志から外れた場合はその転覆も許されると主張しました。そのような主張をしたため、ルソーは死後、フランス革命の理論的な支柱となります。つまりは、一般意志は、普通は「社会全体の合意」ぐらいの意味で理解されているわけです。ここまでは、高校の授業でも習うことです。

しかし、実際に『社会契約論』を読んでみると、この「一般意志」という概念はなかなか曲者（くせもの）で、いささか不気味な存在であることがわかります。

たとえばルソーは、一般意志が現れるためには、政治体のなかに「部分的社会」が存在せず、市民ひとりひとりが自分の意見だけを表明することが重要だと主張しました。ひらたく言えば、大学とか労働組合とか地元の自治会とか、そういうところで活発な議論を繰り広げ、たがいに政治的な意見を調整しあってはいけないと述べたわけです。ひとりひとりが自分だけで情報を集め、政策について独力で判断する、そしてその小さな判断が自ら集まり巨大な意志へと結集する、そのようにして一般意志は生まれるのだと、ルソーは説きました。

この主張は、現代人の感覚からするといささか奇妙なものに響きます。というのも、この連載でもすでに触れたように、ぼくたちはいまでは、社会全体の合意を取り付けるためにはとにかく「話し合う」ことが重要なのだと、公共性とはなによりもまず言論の空間なのだと考えることにあまりに慣れているからです。公共性について現代でももっとも影響力のある思想家、ハーバーマスがそもそもそのような考えです。ルソーはじつは、そのような思想とは無縁です。

ルソーの一般意志の概念はいろいろと謎めいていて、その扱いは哲学史上で繰り返し問題になっています。たとえばよく言われるのは、ルソーの一般意志は個別と普遍の無媒介な一致を目指しており（だからこそ部分的社会が排除されるわけです）、全体主義を呼び寄せるのでまずいのではないか、というものです。『人間不平等起源論』で自然人の自由を謳いあげ、人民の圧政からの解放を訴えていたはずの思想家が、いつのまにか全体主義に近づいていたのだとすれば、それはいったいなぜか。エルンスト・カッシーラーはかつてこの謎を「ルソー問題」と名づけ、一冊の本まで著しました。そして、ジャン・スタロバンスキーとデリダはそれに答え、無媒介な一致を欲望するルソーの思想にも、じつはエクリチュールの水準では障害が刻まれていたと指摘することになるのですが――このような話題に入っていくと迷宮をなかなか抜けられなくなるので、ここでやめておくことにしましょう。

いずれにせよ、重要なのは、ルソーの一般意志の概念は、いま常識的に想定されるような「社会全体の合意」とはかなり懸け離れているということです。そして『エミール』は、そんな一般意志を「事物」に喩えていたわけです。

ルソーは、社会の中核には、市民ひとりひとりの判断が、コミュニケーションなしに集合して生成する「事物」があると考えていました。彼はそれを一般意志と呼びました。この概念がきわめて異様なものに見え、多くの哲学者を悩ましてきたのは、いま見たとおりです。

しかし、ここではそのような哲学史をあえて忘れて、また現代風の公共観も退けて、ルソーの文章を素直に、現代社会の状況に照らして虚心に読んでみましょう。

すると、そこには別の解釈が浮かんでこないでしょうか。

たとえば、ルソーは『社会契約論』で、つぎのように記しています。「人民が十分に情報を与えられて熟慮するとき、もし市民たちがたがいにまったくコミュニケーションをとらないのであれば、無数の小さな差異はつねに一般意志を生み出し、熟慮の結果はつねによいものとなるだろう」（岩波文庫版で四七頁、訳文は改変）。

無数の市民がたがいに孤立しながらも、しかし十分な情報だけは集めることができる状態。そして、それら市民たちが表明した意見が、コミュニケーションをいっさい介さないまま、事物のように集められ統合されひとつの結果を出力する状態。『社会契約論』が書かれて二世紀半のあいだ、そのようなルソーの言葉は、きわめて神秘的で観念的なものだと捉えられてきました。しかし、いまのぼくたちにとっては、そのルソーの描写は、まったく神秘的なものではなく、むしろとてもありふれた、日常的な環境を指しているもののように聞こえないでしょうか。

つまりは、それはあたかも、ネットでの情報の集約過程を形容する言葉のように響かないでしょうか。

ルソーの「一般意志」の概念は、いまのメディア環境のもとで読み返すと、公共性とか代議制とかいう以前に、あまりにもみごとにネットについて語っているように見える。

それが、ぼくのルソー読解の出発点となる主張です。

日本では、この一〇年ほど「コミュニケーション」という言葉が論壇で流行し続けてきました。したがってネットについても、それが人々のコミュニケーションに与える効果ばかりが語られています。

しかし、多少冷静に考えれば、ネットの本質がコミュニケーションの拡大などにはないことはあきらかです（コミュニケーションの定義を拡大するのなら別ですが）。ネットというメディア、およびそれに付随するさまざまなサービスの革新性は、むしろ、たがいにまったくコミュニケーションをとったことのない、会ったこともなければたがいに興味ももたず、もしかしたら相互の存在すら認知してない人々を、断片的なデータだけを梃子に勝手に繋いで集合的に処理してしまう、そしてその結果であるていど人々の行動も変えてしまう、そんな点にあります。

この説明でピンと来ないひとは、しばしば挙げられる例ですが、アマゾン・ドット・コムでの購買行動を思い浮かべるといいかもしれません。

たとえば、みなさんがアマゾンである本を買ったとする。するとページには、「あなたがいま買った本を買ったほかのひとは、別にこのような本を買っている」という推薦書籍の一覧がずらりと表示されるはずです。それは専門用語で「協調フィルタリング」と呼ばれる技術ですが、ここにはネットの（正確にはウェブ2・0の、と言うべきですが、細かい話は横に措いておきます）本質がきれいに現れている。

あなたは、だれにも相談せず、ただ直観的に好みの本を買っただけだとしましょう。そんなあなたは、むろん、「あなたがいま買った本を買ったほかのひと」のことはなにも知りません。どこに住み、なにを考え、どのような人生を生きているのか、なにも知らないし興味もない。他方でその「ほかのひと」もまた、あなたのことはなにも知らない。けれども、あなたとその「ほかのひと」は、書籍の題名において繋がっており、結果としてふたりの購買履歴は、どこかのサーバでデジタルデータとして、つまりはまさに「事物」として、ふたりの「人間」としての個別性とは無関係に記録され処理され、推薦書籍のリストというかたちであなたにひとつの秩序を提案してくる。

ぼくには、この情報処理の過程が、ルソーが一般意志の生成について記した描写そのままのように思えてならないのです。

実際そのような過程においては、まさにルソーが『社会契約論』で述べたように、消費者が「たがいにまったくコミュニケーションをとら」ず、自分の好みだけで動いてくれたほうが正確なデータが取れるはずです。だとすればルソーは、いまから二五〇年まえ、一般意志の概念をあたかもウェブ2・0のサービスのように構想していたと言えるのではないか——。

といったところで、規定の枚数に達してしまいました。

本当はこのルソーの問題、まさに伊藤氏の遺作『ハーモニー』の世界観と深く繋がってくるはずなのですが、それは次回以降への宿題として残しておきましょう。

というわけで、では来月。

（「文學界」二〇〇九年五月号）

なんとなく、考える 11

ルソーについて（3）

こんにちは。この連載でもいくどか言及している宮台真司氏と、なぜか一緒にアメリカ講演旅行に行ってきた東浩紀です。ふたりで三ヶ所、ひとりで一ヶ所で講演やワークショップを行なってきました。

この訪米は、ぼくの『動物化するポストモダン』が英訳されたのを契機として組まれたものです。英訳はミネソタ大学出版から出ました。

ところで、この出版社、ほかにも斎藤環氏の翻訳を進めていたりして、日本の批評の出版に意欲的なようすです。編集者主催のディナーの場では、宮台さんとぼくで編纂（へんさん）した「一九九五年以降の日本の批評」論集を英訳出版してみたい、なんて話も出て盛り上がりました。

じつは英語圏においては、日本の批評的言説の紹介は、いまから一〇年以上まえ、『批評空間』の進出あたりでほとんど止まってしまっているらしいのです。しかし、クール・ジャパンの台頭（たいとう）もあり、さすがに状況が変わる気配もある。そこらへん、たがいに協力して積極的に状況を変えていこう、と宮台さんと同意が取れたので、これからいろいろ仕掛けていくかもしれません。

いずれにせよ、宮台真司といえばブルセラ社会学者、東浩紀といえばオタク哲学者というわけで、国内でもいまだに評判が芳しくないわけですが、ぼくたちがなぜブルセラやオタクにこだわったのかといえば、そこに現代日本社会の「ある問題」が端的に現れていたからにほかなりません。

そして、クール・ジャパンと言われている現象の本質は、別にコスプレだかアニメだかの国際展開にあるのではなく、その「ある問題」こそが、日本に特殊なものではなく、意外とグローバルなものだったことを証拠立ててしまっているところにある。そういう状況の変化のなかで、今回の旅行、短い期間ではありましたが、宮台さんもぼくも、たがいに自分の仕事の意味を再発見した有意義なものになりました。

今回のツアーを企画してくれた上智大学の河野至恩氏、ペンシルバニア州立大学のジョナサン・E・エイブル氏に感謝したいと思います。

それでは近況報告はここらへんにして、早速ルソーの話に入ることにしましょう。

前回、ぼくは、まず第一に、ルソーが一般意志の概念をヒトの秩序ではなくモノの秩序に比定していること、そして第二に、その彼の定義は長いあいだ矛盾に満ちたものと見なされてきましたが、いまの視点で見ると、むしろそれは、単純にネットの情報集約体制について述べているようにも読めること、その二点を指摘したのでした。

このような読みは、じつは学問的にはかなりアクロバティックです。というよりも、ありえません。一般意志の概念が、政治的というよりもむしろ宗教的な信念に支えられたものであったこと、つまりルソーが実装のことをまったく考えていなかったことは、さまざまな研究からあきらかです。したがって、一般意志がウェブ2・0で実現する、などという読みは根本的に的を外している。――そう言われてもしかたないでしょう。

しかし、この原稿の目的は、ルソーを「正しく」読むことにではなく、むしろ、そのような「正しさ」から離れたとしても、とにもかくにも魅力的な彼の諸概念を、当時とはまったく異なった文脈と環境に放り込み、別のかたちで甦らせる、そのような思考実験にあります。

書き手の意志を離れて、ときにはあえてそれに逆らって、新たな文脈でテクストを読むこと。それはかつて「脱構築」と呼ばれたりもした方法ですが、いまの若い読者には、むしろ「二次創作的」と形容したほうが伝わるかもしれません。

そう。ぼくがここで試みようとしているのは、概念をキャラクターに見立てた、一種の二次創作と言えるかもしれません。原作（＝ルソーのテクスト）では「一般意志」は、田園に住まう僧服を纏った冴えない中年男だった。しかし、ぼくはそれを、ギークでツンデレの天才少女プログラマーかなにかに置き換えてみたい（むろんこれはあくまでも比喩ですよ、比喩）。だから、ここでぼくが展開する「物語」は、原作の物語とは懸け離れているかもしれない。しかしそれも、ルソーが創り出した想像力の圏内にあると言えば、言える。この原稿とルソーのテクストのあいだにあるのは、そのていどの関係です。

ドゥルーズはかつて、哲学とは概念を創り出すことだと言いました。

ぼくはときおり、それに倣って、批評とは概念を二次創作することだと言ってしまいたい誘惑に駆られます。実際、柄谷行人の『探究』など、じつに二次創作的というか、むしろ「スーパーロボット大戦」的というか、要は、本来の哲学的・歴史的な文脈をまったく無視して、あちこちから概念を抜き出してきて容赦なくバトルロワイヤルさせるさまが魅力的だったというか、そういう本ではなかったでしょうか。

話が逸れてしまいました。

いずれにせよ、そんなふうに一般意志の概念を「読み変える」ことの利点は、前回示唆したようにルソーの謎を難なく解くことができる点にあります。

復習しておきましょう。ルソーは一般意志への従属を、「人間への依存」ではなく「事物への依存」と形容しました。そして、そのような依存が成立するためには、政治体のなかに「部分的社会」が存在しないこと、つまり市民同士が議論しないことが重要だと主張しました。

人間への依存と事物への依存。議論による合意と絶対的な主権。あらためて原文に立ち返れば、『社会契約論』のルソーは、その区別を「全体意志」と「一般意志」の差異として語っています。特殊意志がいくら集まっても、それらはすべてあくまでも特殊な事例を対象にした意見にすぎないから、一般意志になることがない。一般意志なるものは、特殊意志の過不足が相互に相殺されて出てくる数学的な総和であり、だからこそ「誤ることがなく」「一般的」なのだ、と彼は奇妙な情熱を込めて主張しました（第二編第三章）。

繰り返しますが、このルソーの主張は、哲学史的には、よくわからないヤバげなものとして処理されてきました。実際、一般意志と全体意志が異なると言われても、普通はただの言葉遊びにしか思えません。

しかしその区別は、いまの情報環境を念頭に置くとじつにすんなりと、そして具体的に理解できます。今回は少しさきまで議論を進めてみましょう。

たとえば、佐々木俊尚氏が『インフォコモンズ』のなかで紹介した、アメリカのジャーナリスト、クリス・アンダーソンの発言に注目してみます。

アンダーソンは、あの有名なロングテールの理論を提唱した人物です。そんな彼はあるブログで、「友情」と「信頼」を対置させました。そして佐々木氏は、その対置が、いまのネットサービスの性格を考えるうえでとても重要だと指摘しています。

なぜでしょうか。それは、いまではこういうことが起きているからです。

たとえば、ぼくがミクシィに入っていたとします。そして、たくさんの友だち（マイミク）がいたとする。

しかし、では書籍を買うときに、あるいは週末に行く映画や美術展を選ぶときに彼らマイミクたちの意見を信用するかといえば、必ずしもそうとは限りません。なぜならば、友だちだからといって、趣味が合うとは限らないからです。そして、そういうときは、ぼくはむしろ、アマゾンのリコメンデーションのほうを、つまり顔も名前も知らない無数の人々の消費行動から抽出された、巨大なデータベースのほうを信用する。こういうことは日常的に起きています。

つまりは、ぼくたちのネットに対する関係には、じつは、友情を調達するときと信頼を調達するときという、ふたつの異なった志向が混在しているわけです。そして、その両者の差異は、ミクシィのような「友情」系のソーシャルメディアと、グーグルやアマゾンのような「信頼」系のデータベースサービスの差異として、アーキテクチャのデザインにもしっかり反映している。

世間では、ネットはひとを「繋ぐ」ものだとおおざっぱに言います。しかしじつは、その「繋ぎかた」には大きく二種類のものがあったのです。

さて、読者のみなさんもすでに察しがついていると思いますが、ルソーの全体意志と一般意志の区別は、まさにこの友情と信頼の区別に重ねて考えることができます。

全体意志とは、要は「マイミク」たちのおしゃべりです。ぼくがなにか質問を投げかける。あの本がいい、この本がいいとさまざまな答えが返ってくる。けれども、結局のところなんの結論も出ない。なぜならば、それぞれの意見はみな「特殊」で、一般性をもたないからです。しかしアマゾンはそんな面倒なことはしない。「あなたの購買履歴から考えてあなたはこれを買いたいはずだ、少なくともあなたに似た嗜好のひとはこれを買っている」という歴然としたデータが、まさに事物として、「一般的」なものとして提出される。

ルソーは、一般意志への従属とはすなわち自分自身への従属であり、したがって臣民の主権への抵抗は原理的に不可能だと考えました。これまたたいへんに物議を醸した主張であり、その意味をめぐって、いろいろ神秘主義的な、あるいは全体主義的な解釈が施されてきました。

しかし、その言葉もまた、アマゾンを思い浮かべれば驚くほど単純に理解できる。リコメンデーション・リストへの従属は自分の消費履歴への従属であり、消費者のデータベースへの抵抗は原理的に意味をもたない——いやはや、まったくそのとおりではないでしょうか。

グーグルやアマゾンのような「アーキテクチャの権力」「データベースの権力」は、環境そのものとして立ち現れるので、支配と被支配の対立そのものを失効させてしまう（ここらあたりの議論に興味のある読者には、ぼく自身の『情報環境論集』と濱野智史氏の『アーキテクチャの生態系』をお薦めしておきます）。実際、グーグルを「新しい権力」として名指し、抵抗を組織しようとした世紀末の監視社会論は、いまではすっかり影を潜めている。ルソーの一般意志をめぐる議論は、あたかも、そのような新しい権力のすがたを幻視していたかのようです。

友情と信頼の対立。それを、固有名的で人格的で社交的なコミュニケーションと、匿名的で非人格的で「数学的」な情報交換の対立と言いかえても、さして的外れではないでしょう。

同時代の百科全書派は、いやべつに彼らに限らず、ジョン・ロックから現代にいたるまで多くの思想家たちは、人間の社交性の「不能」に、言いかえればコミュニケーションに社会契約の基礎を求めてきました。しかしルソーは、彼らとは異なり、匿名的な情報交換にこそ一般意志の基礎を置いたのです。

ルソーは、理想の政治体を構想するにあたり、コミュニケーションの空間を排除し、抽象的な一般意志の出現のみに期待を寄せました。その選択は、アンダーソン／佐々木の用語法に従えば、友情には頼らず、信頼のみに頼った政治体の構築を夢見た、ということを意味しています。

考えてみれば、これはとても大胆な思想的な挑戦です。

というのも、そのような二種類の情報回路の分割は、ルソーの時代にはまだまったく技術的根拠をもたなかったはずだからです。データベースからアルゴリズムによって「数学的」に抽出される民意の可能性など、現実には彼は想像もできなかったはずです（だからこそ彼のテキストは宗教的で形而上学的になったのかもしれません）。

ルソーの時代には、信頼を友情から、情報を社交から切り離す手段が存在していませんでした。その状況を想像するためには、べつに彼の時代、二五〇年まえにまで遡る必要はありません。つい一五年まえを思い出してみましょう。たとえばネットが現れる以前、外国の書籍ひとつ読むのがどれほどたいへんだったか。

それはぼく自身の経験でもあります。一九九〇年代前半、一般の学生が外国の書籍を読もうと決意したとき、最大の障害は配送の煩雑さや決済の問題ではありませんでした。そもそもどこで外国語の本が買えるのか、どのような本を買えばいいのか、どの図書館に置いてありそうなのか、その情報を集めることそのものがむずかしかった。英語ならまだしもフランス語やドイツ語の本などは、特殊な環境に育つか、あるいは文学部の友人でもいないかぎりまず接触できなかった。つまり、信頼できる情報を得るためには、まずは社交の回路を築く必要があったわけです。そしてそこで、学歴的、階級的に暗黙のフィルタリングがかかっていた。

しかし、ネットの出現はその状況を劇的に変えてしまいました。いまの学生は、いやたとえ学生でなかったとしても、著書名や執筆者名さえ知っていれば、研究室に通って不機嫌な助手の顔色を窺わなくても、あるいは西新宿や神保町の怪しげな雑居ビルにおそるおそる足を踏み入れなくても、いくらでも情報を集めることができるはずです。院生の先輩も留学経験のある親戚も必要ない。これはすばらしいことです。

前掲の佐々木氏は、友情と信頼の切断こそがいま人々が感じている不安の源泉であり、したがって次世代のサービスは両者の両立に進むだろう、と説いています。

しかし、ぼくには逆に、友情と信頼を切り離すことができる、むしろそれこそがネットの、というか二一世紀の新しい社会的インフラの可能性のように思えてなりません。なぜならば、それは、人間が歴史上はじめて、たとえ信頼すべき友人をひとりももっていなかったとしても、相談する相手がだれもいなかったとしても、あらゆる社交空間から弾き出されたとしても、匿名のデータの海から信頼すべき情報だけは引き出すことができる、そして面倒な議論抜きに社会と繋がることができる、そのような自由を獲得したことを意味するからです。

ルソーという個人が、その自由の可能性をどれほど具体的に想像できていたのか。それはわかりません。けれどもぼくは、彼の言葉や概念には、ところどころその予感が刻まれていると感じています。

だから、ぼくはいま、ルソーの著作を材料として、その自由を推し進めるようなテクストを「二次創作」してみたい、と考えているのです。

といったところで、早くも規定の枚数が近づいてきてしまいました。この調子だといったいいつになったらルソー編を終わらすことができるのか、不安が募るばかりですが、最後にひとこと。

以上のような読みは、ざっくりと要約すれば、ルソーの哲学とネットユーザーの、それもひきこもりがちのネットユーザーの感性を結びつけようという試みです。読者によっては、それはいくらなんでも、一般のルソーのイメージ、山歩きと植物を愛し、瑞々しい青春を描き出した文学者の像と懸け離れすぎだ、と感じるかもしれません。

しかし、ぼくにはそれは、「自然」の語感と「ネット」の語感、その距離が引き起こした単純な錯覚のように思われます。というのも、ルソーの著作を少しでも読めばわかるように、彼は決して、「自然を愛する文豪」などというようなナマぬるい存在ではなかったからです。

ルソーは自惚れ屋で、被害妄想気味で、そして傷つきやすい人物でした。『告白』を読むとわかりますが、彼はいまでいうと、非モテというかオタクというか厨房というか、あきらかに「イタいひと」です。だからそんなルソーの言動は、いまネットで見かける光景とどこか似ている。

たとえば、ルソーの人生のクライマックスのひとつ、ドゥドト夫人との三角関係に端を発し、サロンでの噂話に疑心暗鬼をめぐらした挙句、最後は逆ギレ気味にディドロたちと決別する経緯などは、いま読むとブログの炎上かなにかのようにしか思えません（それはさすがに言いすぎだろうと疑うひとは、騙されたと思って『告白』の第九巻と第十巻を読んでみてください）。あるいはまた『新エロイーズ』の童貞くさい恋愛観や、『ルソー、ジャン゠ジャックを裁く』でいかんなく発揮された自己ツッコミ癖を例に挙げてもいい。とにもかくにも、ルソーは決して「まともな大人」ではなかった。

近代政治思想は、『社会契約論』から始まったと言われます。しかし、その肝心の出発点は、ディドロのような如才ない知識人によってではなく、じつはそんなイタい在野の思想家によって書かれていた。

この事実が意味するところは、じつはかなり大きいのではないかと、最近は考えています。

というわけで、また来月。

（「文學界」二〇〇九年六月号）

なんとなく、考える　12
アシモフについて

　こんにちは。ゴールデンウィークが明けて締め切りが殺到し、年に数度の忙しさにてんてこ舞いの東浩紀です。

　先月のアメリカへの講演旅行に加え、新年度でイベントが相次いで、全体的にスケジュールが狂ってしまいました。原稿を書いているいまも、この文章が本当に掲載されるかどうか、不安でなりません。

　さて、今回も前回に引き続き、ルソーの話です――と言いたいところなのですが、四回続いて同じ話題では、さすがに読者のみなさんに食傷を引き起こすかもしれません。そこで、ちょっとだけ別の話題を差し挟んでみましょう。

　今回はアイザック・アシモフの長編、『はだかの太陽』の話をしてみます。

　アシモフについては紹介は必要ないでしょう。二〇世紀を代表するＳＦ作家です。『はだかの太陽』は、そのアシモフが一九五七年に刊行した小説です。

『はだかの太陽』には人間そっくりのロボットが登場します。アシモフといえばロボットSFの元祖で、彼のロボット関係の小説は全体でひとつの未来史を形成しているのですが、『はだかの太陽』はその一冊ということになります。この作品は、一九五四年の『鋼鉄都市』の続編にあたり、両者はSFとミステリを融合させた傑作としても知られています。二冊はともに、未来社会である殺人事件が起き、それを人間とロボットのふたりの刑事が解決する小説です。

さて、ここで『はだかの太陽』を取り上げるのは、アシモフがこの小説で導入した未来社会の設定が、この連載の問題意識に照らしてじつに示唆的だからです。

『はだかの太陽』の時代、地球は人口ばかりが多く、生産性の低い世界として人類の発展から取り残されています。他方で宇宙には多数の植民星が拓け、その社会構造や生活様式は地球とはかなり異なっている。そのような背景のなか、地球人のベイリ刑事が、ロボットのダニールと組んで植民星のひとつ「ソラリア」で生じた殺人事件を捜査する、というのが軸となる物語です。ベイリは事件の捜査だけではなく、地球の未来の政策のために植民星の実態を探る、という使命も負っています。

ソラリアは奇妙な惑星です。人口は二万人しかいません。そして全員が広大な領地を抱え、惑星全体に散らばって生きている。住民は研究者やクリエイターばかりで、経済はすべて二億台のロボットが支えています。家族は崩壊し、ソラリア人はすべてが実質的にひとり暮らしです。彼らは誕生直後から、両親と引き離されてロボットに囲まれてひとりで育ち、基本的にはだれとも直接に顔を合わすことがありません。

　ソラリア人の社交はすべて立体映像で行なわれており、集会などは存在しません。身体的な接触はタブーとされ、夫婦でさえ、生殖のためやむなく性行為を行なうときにしか顔を合わせない。子どもへの愛情もない。逆に映像を介したコミュニケーションにおいてはきわめて開放的で、異性のまえで全裸でもほとんど気にしない。ベイリ刑事は捜査のため何人かのソラリア人に会いますが、そのうちのひとりは現実の面会に耐えられず卒倒してしまう。いわば、ひきこもりばかりの惑星なのです。

　この設定は、物語の内部では、『はだかの太陽』を魅力的なミステリにするのに不可欠な役割を果たしています。ソラリアでは、人間と人間が空間を共有することはほとんどない。他方でロボットは（アシモフの作品世界では）、有名な「ロボット三原則」があるので、人間に危害を加えることはできない。だとすれば、いったいだれが被害者を殺したのか。その謎こそが、読者の関心を引っ張る重要な糸になっている。

　しかしここでは、『はだかの太陽』の小説としての魅力は、読者のみなさんの発見にお任せすることにしましょう。本稿で考えたいのは、このソラリアの設定の思想史的な、、、意味についてです。

　どういうことでしょうか。

アシモフは小説のなかで、ソラリアの状況について「社会学者」につぎのように語らせています。

（社会的安定とは）ここの状態だ。現在のソラリアです。すべての人間が有閑階級であるような世界ですな。（中略）たぶんあと一世紀ほど待ちさえすれば、すべての宇宙国家がソラリアになってしまう。ある意味では、これは人類史の終末、いやそうではない満了であるとわたしは思う。ついに、とうとう、全人類があらゆる必要と願望をみたされる日が訪れてくるのです。（中略）追求が終わりを告げてしまうのだ。人類が受け継ぐ権利は、やがては生きる権利、自由である権利、そして幸福である権利だけになってしまう。追求もへちまもない。ただただ、幸福である権利だ。

（ハヤカワ文庫版、一九八頁）

ソラリアは「歴史の終わり」に位置している。

この台詞（せりふ）には、見逃せない重要性があります。「人類史の終末」「全人類があらゆる必要と願望をみたされる」という表現は、あきらかにマルクス＝ヘーゲル主義からの借りものです。そしてこの『はだかの太陽』は、一九五七年にアメリカで出版されている。この日付と「歴史の終わり」という表現の組み合わせに、現代思想に詳しい読者はピンと来るかもしれません。

歴史の終わりといえば、日本ではアメリカの政治思想家、フランシス・フクヤマが有名です。彼は冷戦が崩壊した直後、自由主義国家の勝利をもって、近代的人間の歴史は終わったのだと説きました。

とはいえ、歴史の終わりという発想はべつにフクヤマの独創ではない。それはもともとヘーゲルのものです。フクヤマはそのヘーゲルの歴史観を、フランスの哲学者、アレクサンドル・コジェーヴを参照して導入しました。

そして、そのコジェーヴは、一九六〇年代末に、『ヘーゲル読解入門』という分厚い書物の第二版に、「ポスト歴史」、つまり「歴史の終わりのあと」の世界について、有名な註釈を書き入れています。人名が入り組んできていささか厄介になってきましたが、そのコジェーヴによる註釈が、まさに『はだかの太陽』と同時代、一九五〇年代のアメリカと日本への旅行の経験から書かれたものなのです。

コジェーヴは、一九五〇年代のアメリカはすでに歴史の終わりのあとの社会だと記します。フクヤマは冷戦の終焉（しゅうえん）が歴史の終わりだと説きましたが、コジェーヴは第二次大戦の終焉に歴史の終わりを見ていました（より正確には、フランス革命の時点で歴史は終わり、あとは終わりが拡大しただけだと考えていたのですが、ここでは詳しい話は省略します）。そして彼は、ポスト歴史のアメリカ的な消費社会においては、人間は環境と調和し、「芸術や愛や遊び」に「満足」を感じるだけで生きていくのだと、ひとことで言えば「動物性」に戻っていくのだと、沈鬱な調子で主張しました。

コジェーヴが言う「動物」がどのようなものか、またそれとアシモフが描いたソラリアの生がどのように関係するのか、きちんと議論するためには論文をひとつ書かねばなりません。

しかし、ここでとりあえず重要なのは、一方でフランスの哲学者がアメリカに歴史の終わりを見て取っていたとき、ほぼ同時にアメリカでSF作家が、歴史の終わりを迎えた未来社会を描いていた、しかもそれを、コミュニケーションと生殖を厭い、労働から解放された有閑階級の「ひきこもりの国」として描いていたという同時性です。

この背景を考慮に入れると、『はだかの太陽』の読みは急に深みを増してきます。歴史が終わった世界では、人間は仮想的なコミュニケーションに依存したひきこもりばかりになる。アシモフが示したその未来像は、いまや戯画や風刺として片付けられない、奇妙なリアリティを備えているといえないでしょうか。たとえば最近の日本では、三次元の異性と愛を交わすよりも二次元のイラストに「萌える」ことを好む若者が増えた、などと失笑気味で語られたりするわけですが、ソラリアの設定にはそんな社会の到来を予感させるものがある。

歴史の終わり、「動物」、オタク、とキーワードを並べればおわかりのとおり、この問題は、拙著『動物化するポストモダン』の主題に直結するとともに、またこの連載の当初から話題になっている「公共性の衰退」とも深く関係しています。面倒な物理的・身体的な交流をすべてロボット（機械）に任せ、趣味の世界での仮想的なコミュニケーシヨンだけに特化して楽しく暮らしていきたいというのは、なにも日本のオタクだけに見られる欲望ではない。それはおそらくは、近代社会の必然的な帰結のひとつです。一九五〇年代のアメリカに生きたアシモフは、その傾向を敏感に感じ取り、ソラリアを設定したのではないでしょうか。

歴史の終わりには、「ひきこもりの国」がやってくる。『はだかの太陽』は、そのような世界を描いた小説なのです。

むろん、アシモフはそんな「ひきこもりの国」を肯定したわけではありません。『はだかの太陽』は、むしろソラリアをディストピアとして描いている。そしてその批判的な意図は、この小説だけではなく、広くアシモフの作品歴からも確認できます。

前述のように、アシモフはロボットSFの元祖として知られ、『はだかの太陽』はその中核に位置しています。しかし、アシモフのSFには、もうひとつ有名な作品群があります。それは「ファウンデーション・シリーズ」あるいは「銀河帝国興亡史シリーズ」と呼ばれ、人類が宇宙に築いた銀河帝国の崩壊と「ファウンデーション」の建国を描く壮大な未来史です。その未来史とロボットSFの世界も、また併せてひとつの歴史を構成しています。

そして『はだかの太陽』の事件は、じつは両者の結節点に位置することになっているのです。

どういうことでしょうか。

さきほど紹介したように、『はだかの太陽』の時代、地球はもはや発展への気概を失い、内向きで衰退した惑星になっています。他方で宇宙に拡がる植民星もまた、ソラリアを結末とした袋小路（ふくろこうじ）に入りこんでいる。

そして『はだかの太陽』は、ソラリアでの経験を経て、地球人のベイリがその状況の変革への意志をもつ物語でもある。小説の最後で、ベイリは地球の政治家に向かってつぎのように言います。「われわれはちょうどソラリアの裏返しです。ソラリア人はみなばらばらになって、一人ひとりが隔絶した孤立状態に逃げこんでいる。そして、われわれはギャラクシイを拒否して、孤立状態に逃げこんでいる」（三四八頁）。「われわれはいまのわれわれの状態を変えられるんですよ。外に顔を向けて、外界に出ていこうじゃありませんか、そしたらわれわれには反乱なんて必要なくなるんです。ぼくたちは無数の自分たちの惑星へ広がっていって、ぼくたち自身が宇宙人になれるんです」（三五〇頁）。このベイリの発言こそが、地球人の宇宙への再進出の契機となり、のちの銀河帝国の設立を準備することになっています。

つまりは『はだかの太陽』は、歴史の終わりを描く小説であるとともに、「銀河帝国の興亡」という歴史がふたたび動き出す、その屈曲点を描いた小説でもあったのです。人類がいちど「ひきこもりの国」の隘路（あいろ）に辿（たど）りつき、それが内破してふたたび歴史が動き始める、そんな捻（ねじ）れた未来史をアシモフは描きました。

正確を期するために言えば、このあたりの事情は本当はもう少し込み入っています。ファウンデーション・シリーズは、アシモフが二〇代のころ、一九四〇年代に書かれていちど終了しました。他方のロボット・シリーズも同時期に書き始められますが、こちらはもう少し長いあいだ、散発的に書き続けられます。

そして両者の未来史が統合されるようになったのは、ようやく一九八〇年代、老境を迎えたアシモフが、ファンの希望に応えてファウンデーション・シリーズを三〇年ぶりに再開し、対応するように『はだかの太陽』の続編が書かれ始めたときなのです。したがってアシモフの作品歴は、若いころにこそ「大きな物語」としての未来史を構想したが、のちには「小さな物語」に注力するように作風を変えたと捉えるほうが素直かもしれません。そもそもアシモフは、一九六〇年代以降はSFをあまり書かず、科学エッセイやミステリの短編を多く発表している。この観点からすれば、『はだかの太陽』が捻れた未来史の屈曲点にあるという主張は、晩年のアシモフがファンサービスのため行なったにすぎないアクロバットの、強引な深読みということになるでしょう。

ただそれでも、『はだかの太陽』が、未来社会に「ひきこもりの国」を幻視し、主人公がそれに違和感を抱き抵抗する物語だったことは確かです。そして、その想像力は、いまでもまったくアクチュアリティを失っていない。

歴史の終わりに佇むひきこもりたち。そして、そんな彼らに、外に出ろ、大きな物語と接続せよと訴える文学者。これはまさに、純文学と娯楽小説との区別を問わず、いまもあちこちで反復されている光景ではないでしょうか。

さて、今回ぼくは、いっけん唐突にアシモフの作品を取り上げました。しかし、ここまで読まれてきたみなさんは、なぜこの連載の流れで『はだかの太陽』を紹介することになったのか、なんとなく理由がわかったのではないかと思います。

ぼくは前回までの三回で、ルソーの「一般意志」の概念は現在の情報環境を考慮するとじつに具体的に読み解けること、そこに開かれるのは「社交性なしの合意形成」の可能性であること、そしてその実現のためには、固有名的で人格的なコミュニケーション（「友情」）と情報の断片に媒介された非人格的な繋（つな）がり（「信頼」）の区別が重要なのだ、と説きました。ぼくがそのようにルソーを読む理由は、前回もちらりと記したように、それが現代社会の原理を考えるうえで必要不可欠だと考えているからです。

多くのひとは、若者に対して、ひきこもりは悪い、社会に参加しろ、結婚して家族を作れ、地域活動に参加し新聞を読んで選挙に行けとなんとなく説教をします。しかし良心的で現実的なひとは、現代ではそのような説教が説得力をもたないこと、いやそれ以前に根拠がないことに気がついているはずです。

したがって最近では、一部の書き手は「あえて」の論理に頼らねば公共的な主張をできなくなっている――そもそもこの連載は、そのような隘路を認識するところから出発しました。社交性なしの合意形成の原理、言いかえれば、説教や「あえて」による動員を迂回したガバナンスの原理について、それもマーケティングの言葉ではなく社会思想の言葉で考えなければならないのは、そのような問題意識においてのことです。

そして、この問題意識は、別に日本だけのものでもなければ、ネットやサブカルチャーに特有のものでもない。

歴史の終わりのあとに現れる「ひきこもりの国」をどのように管理すればよいのか、そしてひとはそこでどのように生きればよいのか、それはこの半世紀のあいだ、世界中で思想的に問われ、また大衆的な想像力においても頻繁に表現されてきた問題でした。今回は、その拡がりを知っておいてもらうために、アシモフの小説を例に挙げたわけです。

最後にひとこと。もはや誌面も限界が近づいていますし、ネタバレを避けるためにもあまり詳しくは記せないのですが（この小説はミステリでもあるので少しは気をつけねばならないのです）、その『はだかの太陽』の結末においては、ソラリアの「動物化」した秩序が綻びる契機として、まさに人間の動物的な本能、ひらたく言えば性欲が呼び出されることになっています。つまりは、ひきこもりの国を食い破るのは、人間の主体的で人間的な決意や気概ではなく、端的に動物的な欲求だ、という物語になっているのです。アシモフがそれを自覚していたかどうかとは別に、ここには奇妙なアイロニーが刻まれています。

歴史が終わり、人間が動物性に回帰したとしても、しかしそもそも人間は動物として人間的なのだから決して動物的な生に安住することはできない——その論理はじつは、一九九〇年代、いったんは歴史の終わりを宣言したフクヤマが、『「大崩壊」の時代』でリベラリズムの重要性を説くため依拠したものでもありました。

動物的なリベラリズム。次回はそこらへんから、ふたたびルソーの話に戻ることにしましょう。

というわけで、また来月……。

（「文學界」二〇〇九年七月号）

なんとなく、考える 13
書くことについて

こんにちは、東浩紀です。いきなり他誌の話で恐縮ですが、『新潮』での小説の連載がようやく最終回を迎えました。いまはその脱稿の半日後で、なかなか頭が切り替わりません。

そこで今回は、ここのところ続けてきた公共性とかルソーとか「動物」とかの話から離れ、番外編的に、いささか文学的、というか観念的で有用性ゼロなエッセイを記してみましょう（というわけで、文学とか興味ないんだけど、とりあえずあずまんが書いてるからチェックしとくかとか思ってこのページを開いているネット系の読者は、今回は読む必要がありません）。

それで、早速ですが、みなさん、二、三年まえの文芸誌で「小説のことは小説家しかわからない」論争なるものがあったことをご記憶でしょうか。ぼくはもともと批評家で、その論争のあとに小説を書き始めたので、小説家にしかわからない小説経験とはいかなるものなのかと、今回の連載では期待したところがありました。

残念ながら、ぼくにはそのような特別の経験は訪れなかったようです。原稿用紙六〇〇枚内外の長編を仕上げたいまも、とくに小説観が変わったとは思わないし、また他人の小説がよく理解できるようになったとも思えない。ぼくはこれからも、もし評論を書くとすれば、いままでと同じスタイルで書かざるをえないでしょう。

けれども、別の経験は得ました。そしてそれは、小説と評論の差異にかかわるというよりも、むしろいま「書く」とはなにを意味するのか、とりわけ「活字で書く」とはなにを意味するのか、それを考えさせられる経験でした。

どういうことでしょうか。


ぼくはじつはこの一年強、小説「ファントム、クォンタム」を書きながら、これは『存在論的、郵便的』の続編ではないかと感じ続けてきました。

実際に「ファントム」は、存在と郵便をめぐる物語なので（こう要約すると抽象的に響きますが、読めばすぐにわかります）、『存在論的』と主題が一致していると言えば言えます。おそらく、単行本化されれば、少なからずそのような方向の読解も出てくることでしょう。

しかし、ここでぼくがあらためて指摘したいのは、そのような主題の連続性の話ではありません。

『存在論的、郵便的』は、ぼくが一一年まえに出版した書物です。フランスの哲学者、ジャック・デリダの思想を解読した本という触れ込みですが、実際には（自分で言うのもなんですが）かなり独自解釈を加えた——ネット風に言えば「電波」を受信している——テクストです。この本はいまだにぼくの著作のなかでもっとも評価が高く、実際にその出版こそがぼくのキャリアを拓いたのですが、他方で最近の、すなわち「ゼロ年代」のぼくの読者はこの本にほとんど触れません。そういう奇妙な位置に置かれた仕事です。

ではなぜ、ぼくの読者内ですら、『存在論的』は語られなくなったのでしょうか。常識で考えれば、それはこの本が難解な現代思想を扱っているから、そして若い読者はそのような話題を嫌うからということで尽きています。しかし、問題は、ではなぜ現代思想が読まれなくなったのかということです。そしてその背後には、個別『存在論的』だけが関わるのではない、もう少し一般的な変化が控えている。

そこで鍵になるのが、この連載でもたびたび話題にしてきた「言論のネタ化」「言論のコミュニケーション・ツール化」という変化です。

この一〇年、あるいは（一九九五年を境と考えるとして）一五年、文芸誌からブログまで、日本の論壇で生じたのは、ひとことで言えば言論の「ネタ化」です。言論はこの一〇年間で、内容ではなく機能によって測られるものへと変わってしまいました。

こういうことを記すと、必ず「それはむかしからだ」という反論が来ます。しかし、世の中について考えるとき、重要なのはつねに質的な同一性ではなく量的な変化です。現在の読者は、たった一〇年まえと較べても有意に強く、学術論文からブログまで、あらゆる言論を、コンスタティブな内容ではなくパフォーマティブな効果で読解するように動機づけられています。

たとえばその象徴的な例が、宮台真司の最近のベストセラー『日本の難点』です。お読みになったかたも多いでしょうが、宮台はこの本では、理念はもはや理念自体としては無意味で、闘争に勝つための道具として割り切るべきだと、かなりはっきりメッセージを打ち出しています。そして、そのメッセージが一〇万人に支持されている。宮台の主張がきわめて論理的で理性的であるがゆえに、論壇や言論の未来を考えると、この状況にはいささか深刻なものがある。

宮台の話を始めると長くなりそうなので、詳しくは別の機会に譲りましょう。いずれにせよゼロ年代には、評論をまえにして、そこになにが書かれているのかを読むよりも、まずは「こいつなんでこの時期にこれを書いたんだろう」と勘ぐる、そんな態度のほうが急速に優勢になっていきます。むろんそれは嘆かわしい状況です。しかし現実にそうなっている。

そして『存在論的』はじつは、そのようなゼロ年代のモードではきわめて読みにくい本なのです。「東浩紀はなぜ一九九八年にデリダの本を書いたのか」と考えても、なにも出てこない。実際、『存在論的』はよく言えば反時代的、悪く言えば趣味的な本で、当時のぼくは単にデリダについて書きたかったから書いただけのことで（その理由は出版直後の取材でやたらと尋ねられていて、ぼくはなぜそんな質問が出るのかのほうがわからず苛立(いらだ)って答えを返しています)、その状況論的な意味などほとんど考えていなかった。『存在論的』がいま若い読者を戸惑わせるのは、内容の難解さ以前に、この状況への配慮の不在がゆえなのではないか。

むろん、ぼくはここで、自分の本をひとつの例として挙げているにすぎません。『存在論的』のほかにも、状況論的読解にうまく還元できないがゆえに、同じように内容以前の水準で撥ねられている仕事は多くありそうです。というよりも、おそらく、いま文学や思想がまともに読まれない、批評はサブカルと社会学だけになってしまったと言われる、その状況全体が以上のような選択の結果なのでしょう。

ゼロ年代の批評の読者は、あらゆる文章をまずは「ネタ」として、つまりパフォーマティブな効果において捉える。したがって、自分の言説や作品がネタとして処理されることを自覚しつつ、そんな状況すらも織り込んで戦略的に(「あえて」)ふるまう書き手が理想的だということになる。しかし逆に、その論理的な帰結として、彼らはじつは、積極的にベタに閉じている言説や作品、パフォーマティブな効果を封じ込め、コンスタティブなことしか考えないようにして記された、別種の「あえて」のテクストに対しては沈黙でしか答えられない。ここではこれ以上詳しく語りませんが、ぼくの見るところ、じつはこれは、ゼロ年代の批評の構造的な弱点になっています(ただ付け加えれば、福嶋亮大の最近の仕事は自覚的にその弱点を克服しようとするもののようですが——この話も別の機会にしましょう)。

いま若い書き手と読み手が担っている「批評」は、状況論的読解を行なうことでしか自らの公共性を仮構できないがゆえに、趣味に開き直って作られた、状況論的読解を拒絶するテクストに触れることができない。この特徴は、以前もこの連載で触れたように、そんな「批評」そのものがいまやマイナーな趣味のひとつでしかないことを考えると、いささか喜劇的というか、自己矛盾的だと言うことができます。

さて、ずいぶんと回り道をしてしまいました。ぼくは自作の小説と『存在論的』の関係について話をしていたのでした。

さきほども述べたように、ぼくはこの一年強、小説を書きながら、これこそが『存在論的、郵便的』の続編なのだと感じ続けてきました。

それは、本当は奇妙な話です。ぼくはいままで小説を書いたことがありません（『キャラクターズ』は例外的な試みでした）。それなのに、なぜ、突然に長い小説を、それも一〇年まえにすでに終わったはずの、言ってみればいちどは「青春の思い出」的にカタがついたはずの、抽象的でなんの役にも立たない思想の冒険を引き継ぐようなかたちで書き始めようと思ったのか。ぼくは、連載を進めながら、ずっとそのような問いに囚われていました。面倒なやつだと思われるかもしれませんが、ひとは、なにかを行為するときに、必ずしもそれを支える欲望を分析できているわけではありません。自分がなにを考えているのか、それは最大の謎です。

そして、連載を終えたいま、ぼくが感じているのは、ああ、そうか、ぼくは「書くことで考えること」を取り戻したかったのだ、だから評論ではなく小説を選んだのだな、という感慨なのです。

ぼくにしては、ずいぶんナイーブかつロマンティックな文章を記してしまいました。このままでは、新世代の読者にそっぽを向かれてしまいそうです。急いで註釈を付け加えましょう。

書くことで考えること。まず、それは決して抽象的な話ではありません。具体的な話です。

たとえば、ぼくは『存在論的』で、デリダという哲学者が「幽霊」や「郵便」という隠喩（いんゆ）をどのように用いたのか、その痕跡を追うことでデリダの思考を一般の理解とは異なったかたちで体系化する、という作業を行ないました。

そんな作業がなんの役に立つのか、それははたして「学」の名に値するのか、といういかにもゼロ年代的な疑問はとりあえず忘れてください。ここで重要なのは、その作業は独特の方法論を要求する、そしてそれは「読むこと」「書くこと」のリズムと密接に結びついているということです。

ぼくが『存在論的』で行なったのは、幽霊の概念一般、郵便の概念一般についての考察ではありません。ぼくが行なったのは、あくまでもデリダの、しかもデリダ自身が自覚的に体系化しなかった幽霊や郵便についての分析でした。したがって、それは彼のテクストを読むことから離れられないし、またその提示の方法も、彼のテクストにあるていど忠実でありながら、しかし決定的に異なる印象を与える別のテクストを書くという行為でしか実践できない。そこでは、単語ひとつひとつ、文末ひとつひとつの選択が、思考の深度と不可分に結びついてしまう。書くことで考えるというのは、たとえばそのような実践を意味しています。

ぼくは、「書くことで考えること」に心惹かれ、物書きになった人間です。そして、ぼくが文章を書き始めた一九九〇年代の前半には、まだ批評の読者は「書くことで考えること」を許していました。というよりも、それこそが批評だと言われていました。だからこそ、ぼくもまた批評誌で『存在論的』の元原稿を発表することができました。

けれども、前述のように、批評をめぐる現在の状況はさまがわりしている。あらゆる言論がネタとして消費され、分析されるその空間では、単語ひとつひとつ、文末ひとつひとつの選択が思考と切り結ぶような悠長なリズムは許されない。ゼロ年代の読者、少なくともその大多数は、異なったタイプの文章を批評に求めています。

誤解を避けるため付け加えますが、ぼくは必ずしも、その状況を一般に問題視しているわけではありません。考えることは、必ずしも書くことを必要としない（デリダたちはそう考えていたふしがありますが）。話すことで考えるひともいれば、画を描くことで考えるひとも、運動を組織することで考えるひともいるでしょう。ゼロ年代の批評も、ゼロ年代の批評なりの思考の強度がそこに宿っているのであれば、それでまったく問題ない。ぼくはそう考えます。ぼくはなにも、エクリチュールの絶対的な優位性を主張したいわけではないのです。

ただ、その状況が、ぼくに多少の不自由さを感じさせることは事実です。これもまたきわめて具体的な話です。たとえば、この連載の元ネタにもなっている、ルソーやグーグルや公共性を論じるであろう構想中の著作。

ぼくはその著作を、当初は、「書くことで考える」方法で組み立てようと考えていました。具体的には、『社会契約論』の一節を恋愛小説『新エロイーズ』に照らして読み返してみるとか、ルソーを読むデリダ（『グラマトロジーについて』）をプリズムのように挟み、『言語起源論』の読み替えを通じてグーグル的公共性の理念の地平を拓くとか、そのような作業を考えていました。けれども、この一年強、つまりまさに「ファントム」の連載と並行する期間、その著作の構想をあちこちで話し反応を窺うなかで、ぼくは、いま求められているのはそのような仕事ではないことを実感せざるをえなかった。現在の読者が批評家の東浩紀に期待しているのは、「書くことで考えること」を共有するような読書体験ではなく、グーグル的公共性なりなんなりについて、明快な論旨展開と充実した参照文献と適度な時代分析のもとでさくさくと結論が示されていくような、「ツールとして使える」知のパッケージなのです。そこでは、ルソーやデリダの読解など、口実としてしか必要とされない。

誤解を避けるために繰り返し強調しておきますが、ぼくは決して、そのような知のありかたを批判したいのではない。むろんそれはそれでいいのです。というよりも、新時代の一般意志なり公共性なりについてそのような著作が著せるのなら、それは掛け値なしにすばらしい。ぼくはそこに全力を投入すべきです。

けれども、ぼくは書き手としてはそれでは満足できない。どうしようもない息苦しさを感じてしまう。そう、それは端的に楽しくないのです。

ぼくはそういう状況のなかで、まさにその袋小路から抜け出すようにして、「ファントム、クォンタム」を書きました。

なにかを読み、それに触発されて文章を書き、その行為そのものが自分の思考を見知らぬ場所に導いていくような体験。ぼくは「ファントム」の執筆において、じつに久しぶりに、『存在論的』以来一〇年以上ぶりに、そのような快楽に無防備に身を曝すことができた。「ファントム」が『存在論的』の続編であるというのは、その意味においてのことです。

ぼくが書き手として試みたいこと、少なくともその一部は、いまの批評では実現できなくなっている。しかし、小説ならば、まだ可能性が残されているかもしれない。

そう信じられるかぎりにおいて、ぼくはまた小説を書くことになるでしょう。

——というわけで、今回はいつもとはかなり趣向を変えてみました。いかがでしょうか。次回からはまた前回までのノリに戻るので、思想系の読者のみなさんも見放さないでいただければ幸いです。

ところで、最後にひとこと補足（とささやかな宣伝）を。

以上の文章を読み、東浩紀の小説は『存在論的』の続編と言うぐらいなのだから、思想用語ばりばりの前衛小説にちがいないと思われたかたがいるかもしれません。しかし、それはまったくの誤解です。ぼくの小説は、小説としてはごく標準的、というか文芸誌の掲載作の多くよりもエンターテインメントに近い文体で書かれていて、基本的には読みやすい作品のはずです。『存在論的』の続編というのは、決してそういう意味においてではありません。

批評家生活を一〇年以上続けていると、自分の文章がだれに届くのか、だいたい予測できてしまいます。しかし、小説についてはぼくは完全に新人で、だれにどう届くのかさっぱりわからない。そういう経験ができた点でも、「ファントム」の執筆はとても希望を与えてくれました。

片方で長編小説を書いているという現実がなかったら、『思想地図』もゼロアカも、途中で心が折れていたかもしれません。

それでは、また来月……。

（「文學界」二〇〇九年八月号）

なんとなく、考える　14
動物化について（1）

こんにちは。文芸評論家の宇野常寛氏とともに同人誌制作のため奔走し、いささか夏バテ気味の東浩紀です。

いつのまにか連載も一四回目を迎えていました。いったいだれが読んでいるのか、いまだに読者層が摑めませんが、打ち切られないところを見るとそれなりに評価されているのかもしれません。

さて、この連載、あちこちに寄り道をしながらなにを主題にしてきたのかというと、要は公共性と「動物化」の関係について考え続けてきたのでした。

しかし、そもそも「動物化」とはなにを意味するのか。ここらあたりで明確にしておきましょう。

動物化とはなにか。

あらためて一般的な説明を繰り返せば、それはとりあえずは、社会が複雑化し、その全体を見渡すことがだれにもできなくなってしまい、結果として多くのひとが短期的な視野と局所的な利害だけに基づいて行動するようになる、そのような社会の変化を意味する言葉です。だからこそ、動物化の時代にいかにして公共性が成立するのか、問われなければならない。

さて、というのが一般的説明なのですが、これはもしかして誤解を招くかもしれません。というのも、それは、どことなく擬似社会学的に響く説明だからです。

この問題はじつは、このところぼくに向けられている深刻な誤解の源泉でもあります。そもそもぼくは、動物化という言葉を、二〇〇一年の『動物化するポストモダン』ではじめて導入しました。そしてこの本は、周知のとおり、現代日本のオタク文化の分析という外装をまとっていた。その選択にはそれなりの必然性があり、またおかげで多くの読者も獲得したのですが、かわりに無数の誤解が生まれました。そのひとつが、動物化とは、一九九〇年代の日本の、それも一部の若者文化の「観察」から生まれた「社会学的」な概念だというものです。

しかし、ぼくは社会学者ではない。統計の知識もないし、フィールドワークの訓練も受けていない。だから動物化は社会学の概念ではありえませんし、またそのように主張したこともありません。

そうではなく、動物化はあくまでも哲学的な概念なのです。つまりはそれは、観察からではなく、思想史から生まれた概念です。さらに言い替えれば、それは、具体的な社会状況を指し示す記述の言葉ではなく、むしろ社会の漠然とした方向性、時代精神とか無意識とか呼ばれるものを照らし出すための理念の言葉なのです。

では、あらためて、動物化とはいかなる理念を意味するのでしょうか。

まずは基礎の基礎を確認しましょう。動物化の「動物」は、言うまでもなく「人間」に対比された言葉です。それでは、人間とはなにか。

よく知られているように、ポストモダン思想では、しばしば「人間の終焉」が話題となっていました。たとえば、フーコーの『言葉と物』の末尾、「人間は波打ちぎわの砂の表情のように消え去るだろう」といった言葉はよく知られています。

いまではポストモダン思想は驚くほど人気がなく、「人間の終焉」という言葉もさっぱり聞かなくなってしまいました（余談になりますが、『動物化するポストモダン』は『オタク——日本のデータベース的動物たち』というタイトルで英訳されました。題名の改変の理由は、出版社によれば、とにかくポストモダンという言葉を入れると売れなくなるとのことだったのですが——あのミネソタ大学出版がそんなことを言い出すとは！）。しかし、そんな流行の推移とは無関係に、二〇世紀半ばの思想家たちがなぜあれほど強く「人間の終焉」という主題に取り憑かれたのか、その謎は残ります。

そもそもフーコーにしろ、あるいはドゥルーズにしろリオタールにしろ、決して生物学的な種としての、すなわちホモ・サピエンスとしての人類が消滅すると主張したわけではない（あたりまえです、カルトじゃないのです）。彼らの関心は、まったく別の問題に向けられていました。

ではそれはどんな問題だったのか。

結論から言うと、彼らの関心はじつは、人間そのものにではなく、「人間」という概念に向けられていました。

近代のヨーロッパは、独特の人間観、市民観、主体観を作り上げ、それはまた近代国家や近代科学の理念と分かちがたく結びついていました。ところが、二〇世紀も半ばになると、人類の大部分が、じつはそんな「近代的人間」とはまったく離れた考えかた、生きかたをしていることがだれの目にもあきらかになってくる。ポストモダンの思想家は、その事実に衝撃を受けたのです。

その衝撃は、おもに三つの領域から来たと言うことができます。

ひとつは、人文学内部における構造主義の出現です。

構造主義の祖といえば、ソシュールやフロイト、それにマルクスといった名前が挙がるのですが、ここではとりわけ、レヴィ＝ストロースの『神話論理』『野生の思考』をメルクマールと考えておきましょう。彼とサルトルの論争はあまりに有名ですが、レヴィ＝ストロースはつまりは、人間には、近代ヨーロッパ哲学の「弁証法的理性」とはまったく異なった、しかしそれなりに合理的な思考法があると主張した思想家だったわけです。その衝撃はじつに大きかった。

ふたつめは、二〇世紀半ばに生じた資本主義の質的転換、一九世紀的な市民社会の凋落と「消費社会」「大衆社会」「情報社会」の台頭です。

ボードレール／ベンヤミンは、一九世紀のパリに大衆社会の萌芽を見ていました。しかし、何百万人、何千万人といった規模の「大衆」が、テレビやラジオといった「マスメディア」に「動員」され、空疎な流行に熱狂して喜んで私財を投じる構図は、第二次大戦後にはじめてはっきりとしてきます（それは総力戦体制の落とし子でもあります）。そこに現れたのは、マルクス主義の言葉で言いかえれば、労働者こそが自ら喜んで疎外され、搾取されているかのような、いささか厄介な状況です。

そしてその混迷は、近代社会＝市民社会の理論ではどうにも扱うことができません。そんな状況の出現を啓蒙の失敗と捉えたのはアドルノですが、他方でバルトやボードリヤールは、その無意識にこそ、レヴィ＝ストロース的な意味での「神話」が宿ると考えました。その直感は、思想史的背景がまったく異なるとはいうものの、同時期のマクルーハン（『グーテンベルクの銀河系』）とも通底しています。彼らはともに、二〇世紀の消費社会、情報社会にこそ「野生の思考」の復活を見たわけです。

そして最後が、第二次大戦における大量虐殺、ドイツが遂行した「ユダヤ人問題の最終解決」の存在です。

アドルノの「アウシュヴィッツ以後、詩を書くことは野蛮である」という言葉は有名すぎるほど有名ですが、そこでの「詩」は「哲学」あるいは「人文学一般」と置き換えてもかまいません。トーマス・マンを生み、ブレヒトを生み、バウハウスを生んだ豊かなワイマール文化が結局はアウシュヴィッツのガス室に帰着するならば、人間について語ることになんの意味があるのか。この苦悩、というか一種の思想的な麻痺は、一九六〇年代のフランスの人文学にも受け継がれることになります。

ちなみに、消費社会の問題とアウシュヴィッツの問題は、表面的には対極にあるような印象を与えますが、じつは本質的に繫(つな)がっています。

そのことを見抜いたのは、ほかならぬハイデガーでした。彼は晩年のあるインタビューで、人間をモノとして処理するガス室のおぞましさは、大量生産大量消費の現代社会一般の問題と通底すると発言しています。この発言はたいへんな反響を呼び、同時に非難を招くことになるのですが（なんといっても、ハイデガーはナチスと関係した哲学者だったのですから）、その政治的かつ道徳的な不用意さは批判されるべきとしても、認識そのものとしては彼の指摘はまったく正しいと言わざるをえません。

ぼくたちは人間をモノのように処理する社会に生きている。その極限がアウシュヴィッツですが、原理的には消費社会の日常についても同じことが言える。

そういえば五年以上まえになりますが、住民基本台帳ネットワークへの反対運動が一部で盛り上がったとき、「ウシは一〇ケタ、ヒトは一一ケタ」というキャッチコピーが流通したことがありました。住基ネットが導入されると国民が家畜のように管理される、と危機感を煽るコピーだったわけですが、考えてみればぼくたちはすでに、住基ネットがなくても、クレジットカードをはじめ、あらゆる番号を受け入れてしまっているわけです。現代社会は、もはや、人間を家畜のように処理することなしには動きません。

——と、思わず学部生向けの講義のような口調になってしまいましたが、とにもかくにも、ポストモダンの「人間の終焉」論の背景には、以上のような三つの文脈があったわけです。

あらためて整理してみます。第一に、人間にはそもそも「近代的人間」の思考とは異なった思考の可能性がある。第二に、二〇世紀の人間は、すでに「近代的人間」とは異なったライフスタイルのなかにいる。第三に、いずれにせよ「近代的人間」はアウシュヴィッツを生み出したので、いまひとつ可能性がなさそうだ。

ポストモダン思想は、そのような三つの理由に基づいて「人間の終焉」を唱えていました。というより、唱えざるをえない状況に追い込まれていました。

動物化の概念は、そのような歴史を踏まえて提出されています。

ぼくはさきほど『言葉と物』の名を挙げました。

近代的な人間とはなにか。フーコーはこの著作で、近代的な「主体」すなわち人間の概念は、「経験論的＝超越論的二重性」で特徴づけられると記しています。いまここに世俗的に存在していながらも、その自分を見下ろす超越的で全体的視線をつねに探し求めているような存在、それが近代の人間の特徴だというわけです。

しかし、二〇世紀半ばの思想家たちは、一方で、人間にはそんな二重性を必要としない思考や秩序形成の道があること、しかも他方で、人間はすでにその道を歩んでいるように見えることを、ふたつ同時に発見してしまったのです。ぼくが「動物」と呼ぶのは、そこで発見された「非近代的人間」、超越性や世界視線を必要としない（できない）人間のありかたにほかなりません。

したがって、動物化の「動物」は、まずは思想的には「近代的人間」と対立する、あるいは代補する概念です。

そして「動物化」とは、そんな近代的な人間が現実においても理念においても危機に陥り、かわりに非近代的な人間が台頭する、そのような大きな人間像の交替を意味しています。

その交替が実在しているかいないか、それはもともとが理念の問題なのだから、議論してもあまり意味がありません。そんな交替など起きていないと言い張ることも、むろん可能でしょう。しかしぼくは、その交替が起きていると捉えたほうが、現代社会の理解は格段に深まると考えている。だから動物化という概念、思考のツールを使い続ける。さきほど記したような「社会学的」な説明は、じつのところ、その選択のあと半ば自動的に導かれるものでしかありません。

ぼくたちは近代的人間でいるべきではないし（アウシュヴィッツがあったから）、すでに近代的人間ではないし（消費社会と情報社会を迎えているから）、おまけに近代的人間とは異なった思考様式（野生の思考）も備えている。それならば、ぼくたちは今後は、近代とは異なった原理、異なったシステムで社会を構築し、実存を維持するべきなのではないか。

動物化の「仮定」を受け入れれば、二〇世紀の思想史はそのようにきわめてクリアに要約できるし、おまけに現代社会の課題もとてもシンプルに見えてきます。

ぼくが動物化をめぐる議論で提案しているのは、そのような思考のモードチェンジにほかなりません。

それにしても、ぼくはなぜそこで「動物」という言葉を選んだのでしょうか。

いちおうの形式的な理由は、『動物化するポストモダン』で参照したとおり、コジェーヴという思想家がそれを動物と呼んでいるからです。コジェーヴは、歴史の終わりのあとの人間、戦後のアメリカの消費者を動物と呼びました。

しかし、単にコジェーヴが動物と呼んだから動物と呼びました、という話で済まされるものでもありません。というのも、二〇世紀の社会が直面した「非近代的人間」のすがたをどのような言葉で名づけるか、そこにはじつはとても微妙な、政治的といってもいい判断が関わってくるからです。

たとえばそこで、ニーチェを参照して「超人」と、レヴィ＝ストロースを参照して

「野生人」と、あるいはドゥルーズ＝ガタリのように「ノマド」と名づければ、非近代的な人間像には、近代の抑圧から解放された、能動的な力強い存在という印象が加わることになります。そこから浅田彰の「スキゾ」やネグリの「マルチチュード」までは、ほんの一歩です。他方でそれをコジェーヴのように「動物」と名づければ、むしろ受動性や不能性が強調されることになる。前者を選べば、ポストモダンの市民に新しい政治や運動の可能性を見いだすことになるし、後者を選べば、ポストモダンの大衆はむしろ新しい管理社会の従順な犠牲者、愚かな大衆としか見えなくなる。

言うまでもなく、ぼくはその力学を十分に承知したうえで、「動物」という言葉を選びました。

したがって、それは表面的には、いささか反動的で保守的な政治的選択に見えるはずです。実際、ぼくがこの一〇年間ほど、同じポストモダン思想を背景にしながらも、『現代思想』系というか以文社系というか、つまりは毛利嘉孝氏が新刊のなかで「ストリートの思想」と括る左翼系のひとたちから忌み嫌われているのは（と感じているのですが）、おそらくはそのためでしょう。

けれども、ここからが多少込み入ってくるのですが（そしてこの連載の核と関連してくるのですが）、ぼくは必ずしも、「動物」という言葉の選択によって、ポストモダンの市民の政治的な可能性を否定しているつもりはないのです。

いや、というよりも、ぼくには逆に、ポストモダンの市民を「ノマド」や「スキゾ」

と名づけてその可能性を過剰に称揚することのほうが、言論人のロマンティシズムの発露であり、非政治的な幻想にすぎないように思われるのです。だからこそぼくは、あえて「動物」という否定的なニュアンスを備えた言葉を選ぶ。

現代人のほとんどは、かくいうぼく自身を含め、絶望的なまでに市場に従順で、メディアにだまされやすく、局所的な視野だけに基づいて生きています。というよりも、この複雑な世界においては、ぼくたちにはそれ以外に生の可能性がない。

だから、前掲の毛利氏が評価する「ストリートの思想家」にしたところで（毛利氏自身もお気づきだと思うのですが）、現実にはとくにクリアな状況認識や政治的な行動原理があるわけでもなく、小さなコミュニティのなかで、ちょっとした快楽や承認を得るために「運動」に飛びついているにすぎない。彼らは明日には運動をやめるかもしれないし、ちょっとしたきっかけですぐ対極の立場に振れるかもしれない。そのような「運動」に、ぼくは希望を見いだすことができない（感情的な反発を避けるため付け加えておきますが、これは自戒を込めて言っています。ぼくの仕事だって、世間からは同じように見えているにちがいないからです）。

しかし、だからこそ、まずはポストモダンの大衆をはっきりと「動物」と名指したほうがよいのではないか。そしてそのうえで、それら動物たちが、ひとりひとりは従順で無力な主体以前の存在のままでも、集団として見るとなんらかの意志決定に参画してしまっているような、そういう新しい「政治」を構想するほうが現実的だし、野心的なのではないか。といったところで、ようやく前々回までの議論に接続できそうになってきました。この項目、次回も続きます。

それでは、また来月……。

(「文學界」二〇〇九年九月号)

なんとなく、考える　15

書くことについて（2）

こんにちは。夏バテで参っている東浩紀です。

ところが、この原稿を書くにあたり前回を読み直したところ、そこにすでに夏バテ気味だと記してありました。ということは、ぼくはもう一月以上、夏バテと言い続けていることになります。だとすると、これはもはや夏バテではないのかもしれません。鬱とかスランプといった類のものかもしれません。とにかく、この夏ほど調子が悪く、頭が働かないのはめずらしい。

というわけで、今回は前回の続きを中断して、近況報告にします。タイトルが（2）となっているのは、今回の内容が、前々回の内容と深く繫（つな）がっているからです。

さて、ぼくはじつはこのところ、『思想地図』次号にむけて、編集会議を繰り返したりインタビューを収録したりと走り回っていました。

まえにも紹介したと思うのですが、『思想地図』は、社会学者の北田暁大氏とぼくが責任編集となって発刊されている思想誌（正確には論文集）です。けれども、次号は北田氏は編集には関わらず、かわりに文芸評論家の宇野常寛氏に編集協力に入ってもらっています。すでにぼくと宇野氏が中心になって、三つの座談会とひとつのインタビューを収録しました。

他方、その宇野氏とは、八月中旬のコミックマーケットに向けて評論同人誌も制作していました。そちらはそちらで、女優が表紙で一五〇〇部も刷る、なかなか本気の企画でした。そんな関係もあって一時期は宇野氏と毎日のように打ち合わせをすることになり、それに加えて八月上旬には熊野大学だゼロアカ最終結果の発表だとつぎつぎとイベントが通り過ぎて――と書くと、なんかあちこち忙しく顔を出していただけのように響くかもしれませんが、実際には『思想地図』執筆者も同人誌執筆者もゼロアカや熊野大学の関係者もすべて部分的に重なっていたので（たとえば前田塁氏は、次号の『思想地図』にも同人誌にも参加しており、熊野大学のコーディネイターでもあり、おまけに――これは本当にたまたまだったのですが――ゼロアカ優勝者の学生時代の教師でもありました）、ぼくとしては、この夏、全体としてひとつの大きな「編集会議」に参加し続けているような奇妙な感覚がありました。

では、そこではなにが話し合われていたのか。

いや、むろん、そんな「会議」の大半の時間は、だれとだれが喧嘩したとか昨晩の麻雀ではだれが負けたとか、あと仮面ライダーの次回はどうなるかとか（笑）、そんなくだらない雑談とアルコールで消費されているわけです。ぼくはべつに、その現実を糊塗するつもりはありません。

しかし、残った数割の時間で、ぼくや宇野氏、そしてその「会議」に入れ替わり立ち替わり参加してくる編集者や若い書き手が一貫して話し続けていたのは、要約すればたったひとつのこと、つまりは、東浩紀の『動物化するポストモダン』から鈴木謙介の『カーニヴァル化する社会』、宇野常寛の『ゼロ年代の想像力』や濱野智史の『アーキテクチャの生態系』を通って、いま『シノドス』や文学フリマやブログ論壇の傍らで若い批評家予備軍に繋がっているあるタイプの言説の流れ、文壇的には最近まで無視され、論壇的にはサブカル論として軽蔑され、左翼からは非政治的で現状肯定主義として非難されてきた、けれどももはや人文書としては無視できない数の読者を巻き込んでいるらしいこの「新しい批評」を、来るべき二〇一〇年代にどこに着地させるか、というきわめてシリアスな問題でした。

どこに着地させるか、というのは、つまりは、これからぼくたちはだれに向けて書くべきか、どの媒体で書くべきか、どんな企画を進めるべきかという具体的な問いを意味します。

ゼロ年代に立ち上がったその新しい批評の流れは、いままではオタク的で自閉的なゲームだと捉えられてきたし、実際そう非難されてもやむをえない性格を備えていました

（とはいえ、ぼく自身はそれはジャンルの誕生期には不可避だと思うのですが）。しかし、それはもはやそうではないし、かりにそこに止まろうとしても止まれない「力」を備えている。だとすれば、そこには当然「責任」も伴うわけです。いったい、来年から始まる二〇一〇年代に、新世代の批評家はだれに対してどのような責任を取るべきなのか。批評家が資本主義やら新自由主義やらを批判し、それだけで正義の味方を気取っていられる時代は過ぎ去ったというのがぼくたちの基本的な認識なのだから、その問いはますます喫緊のものとなる。ぼくたちの問いは、そんなふうに言いかえることもできるでしょう。

むろん、そんな問いにたやすく答えが出るわけではありません。実際、繰り返し強調しておきますが、ぼくたちの会話の大半はバカ話で消費されている。なにか党派的合意が形成されたとか、そのようなことはまったくありません。

しかしそれでも、上記のようなシリアスな話題が、何日も何週間も、断続的に面子を変えながら議論され続ける、そんな経験はなかなかできるものではありません。批評家の会話なんて、普通はスノビズムとルサンチマンで満ちていて、まったく生産的ではない。その点でおそらくこの夏は、奇跡的にさまざまなタイミングが合致した、節目の季節だったのでしょう。

正直に言うと、ぼくはいささかその熱気に当てられました。若者のあいだでは無理をしていますが、ぼくもすでに三八歳、さまざまな意味で限界を感じることが多くなってきました。一月以上にわたって夏バテを訴えているのは、そんな無理がたたったのかもしれません。

いずれにせよ、そんな熱い「編集会議」の成果の一部は、『思想地図』次号をひとつの核として、今年末から来年にかけて少しずつかたちになっていくことと思います。乞うご期待です。

さて。

――というのが批評家・東浩紀のこの夏についての「公式見解」なのですが、ここで記したいのは、じつはまたちょっと別のことです。

本当に正直に告白するならば、ぼくがいま疲れているのは、決して上記のような活動のためではありません。たしかに、紀伊半島の奥まで六時間列車に揺られて出かけたり、コミケのため午前五時に起きてそのまま打ち上げで徹夜をしたりすると、中年の身体には応えます。

しかし、そのような疲労は一日、二日休めば回復するものです。なによりも、祭りで溜(た)まった疲れというものは、祭りそのものの熱気によって癒(いや)されるところがある。だからぼくは、さきほど記したような狂騒は、じつのところ精神的にほとんど苦にならない。にもかかわらず、ぼくがもう何週間も苦しんでいるのは、そんな活動と並行して、ひそかに小説の改稿作業を進めていたからにほかなりません。

二〇一〇年代の批評はどうあるべきか、将来の言論はどう変わるべきか、深夜の飲み屋で激論を交わしたあと、自宅に帰ってこっそりとモニタに向かい、だれも読まないかもしれない小説の原稿をちまちまと個人的な美学だけに基づいて修正し続ける。ぼくは、この夏、そんな頭の切り替えをなんどもやり続けて、そのために疲れてしまったのです。どういうことでしょうか。

前々回にも記したように、ぼくは昨年春から今年夏にかけて、『新潮』で初の長編小説を連載していました。「ファントム、クォンタム」と名づけられたその小説は、「クォンタム・ファミリーズ」と改題され、早ければ年内にも単行本化される予定です。混乱を避けるため、以後はこの新しい名前のほうで言及することにしましょう。

さて、ぼくは評論では、連載原稿を単行本化するときには全面的に手を入れます。『存在論的、郵便的』も『動物化するポストモダン』も『ゲーム的リアリズムの誕生』も、連載版を知っているひとは、単行本がほとんど別物であることをご存じのはずです。『クォンタム・ファミリーズ』でもその癖は変わらず、修正箇所が多すぎて、改稿作業がなかなか捗りません。

とはいえ、別にそれで疲れが蓄積しているわけでもない。祭りの苦労が祭りの快楽で癒されるように、執筆の苦労も執筆の快楽で癒される。そんなものです。

しかし、問題はむしろ、それら祭りと執筆の「あいだ」にある。批評家として上記のような狂騒のなかに身を置いているときと、小説家として自宅で静かにモニタに向かっているときでは、ぼくはまったく異なる価値観、まったく異なる原理に基づいてものごとを判断している感じがする。そして、その落差が、心にとても大きな負担になっているのです。

いや、これではまだ誤解を与えてしまうかもしれません。

批評の仕事と創作の仕事は、言うまでもなく質的に異なるものです。テクストに対するまったく異なる態度が必要とされます。しかし、ここで問題になっているのは、おそらくは批評と小説の差異ですらない。もっと原理的で単純で、それだけに容易には調停しがたい差異です。

ぼくはいま、批評家としては、文章の力を信じることができない。しかし、小説家としては、文章の力を信じるほかない。そしてぼくは、もはやその差異を埋めることができないのです。

この連載はそもそも、ぼく自身が最近あまり批評を書きたくないのだ、という愚痴というか告白というか、そういう消極的な態度表明から始まりました。

そこから出発していろいろ議論を展開してきたわけですが、連載を始めてそろそろ一年半、堂々めぐりをしているように見えていろいろクリアになってきたこともあります。したがっていまでは、ぼくがなぜ批評を書きたくなくなったのか、その理由がはっきりと言語化できる。それは単純に、ぼくが、現代という時代は、よい批評家であることが必ずしもよい文章を書くことを必要としていない、そういう時代だと考えているからにほかなりません。

ここは文芸誌なので、このような主張が大きな反発を呼ぶことは承知しています。小林秀雄から蓮實重彥や柄谷行人まで、偉大な批評家はすべて偉大な文章家ではないか、と文芸誌の読者は言うでしょう。それはまったくそのとおりです。ぼくはその歴史を否定するつもりはまったくない（逆に文芸誌に不案内な読者のため付け加えておくと、以下で「よい文章」とは、特定のスタイルや表現を指すのではなく、書くことによって思考する、いわゆる「エクリチュール」の伝統全体を意味しています）。

しかし同時に、この一〇年間、そんな「よい文章」の伝統に立つ「批評家」たちが、社会的影響力を急速に落としてきたのもまた確かなことなのです。かわりに影響力を増したのは、みなさんご存じのとおり、社会学者であり心理学者であり、サブカルチャー評論家たちです。

そんな連中は気にする必要がない、すぐれた批評は「社会的影響力」など必要としないのだと、もしかしたら読者の一部は答えるかもしれません。なるほど、そういう考えもあるでしょう。というより、文芸誌ではそれが主流でしょう。しかし、その答えは、もはや批評の一般の定義を変えたところに成立している。

ためしに手元の国語辞典を引いてみましょう。批評とは「事物の善悪・是非・美醜などを評価し論じること。長所・短所などを指摘して価値を決めること」だとあります（小学館『日本国語大辞典』第二版）。価値を決めることは、社会的影響力なしにはありえません。批評はその本質からして、社会的な影響力を必要とするのです。少なくともそれが常識的な批評の定義です。

そして、その観点から見るかぎり、ゼロ年代とは、文芸誌の伝統を引き継ぐ「批評家」たちが軒並み社会的な機能を放棄し、かわりに批評そのものはそんな「批評家」たちとはまったく別の場所で、別の名のもとで組織されてきた、そんなねじれがだれの目にもあきらかになった一〇年だと要約することができます。ぼくはいま、そのような状況認識のもとで、新しい批評の市場を立ち上げたいと願っている。

それはとても世俗的で戦略的な判断を要求する目標です。たとえば『思想地図』は、残念ながら、出版社の無限の善意に支えられた雑誌ではありません。一定の部数が維持できなければ、すぐ廃刊になるでしょう。ぼくには、出版社に対しても読者に対してもそれを阻止する義務がある。

したがって、批評家としてのぼくには、もはや「よい文章」に配慮している余裕がないのです。具体的には、『思想地図』でもゼロアカでもいいのですが、ぼくが若い批評家志望者を「選別」する基準は、「よい文章を書くかどうか」などという単純なものには還元できなくなっている。文章の魅力だけではなく、本人のプロフィール、知識量、対談などにおけるパフォーマンス、すべてを考慮した総合力を見る必要に迫られている。

その新しい書き手がこれから批評の新しい読者をどれだけ摑むか、ぼくにとってはその可能性こそがまず重要な基準であり、自分が愛する作品に向かいあってきっちり思考を深めたいのだ、といった「素朴」な願いをもつ批評家候補に対しては、場所を提供できなくなっているのです。

むろんそれは貧しい。そして嘆かわしいことです。けれども、その貧しさを引き受けなければ、日本の長い文芸批評の伝統はいったん死に絶えるほかない。そのような危機感のもと、ぼくは、これからさき、もし批評を生き残らせたいのならばそれはもはや「よい文章」などに関わっているべきではない、とあえて主張します。

いや、「あえて」などと書くのはもはや逃げでしかない。ぼくは勇気をもって断言すべきでしょう。

批評によい文章は必要ない。

それは残念ながら、現在の日本では否定しがたい真実のように思われます。ブログや新書に「よい文章」を求める読者など、ほとんどいません。しかし、それはそれで、かつての批評の機能をそれなりに肩代わりしてしまっている。ぼくたちはそのような時代に生きている（繰り返し確認しておきますが、ここで「よい文章」とは単なる読みやすい文章を意味しません）。

だからぼくは、批評家としては、もはや文章の力を信じることができなくなってしまっている。前々回にも記したように、ぼく自身はじつは「よい文章」の伝統をとても愛している。けれども、そんな私的な感情とはなんの関係もなく、客観的には、もはや文章の力など信じることはできない、新しい批評の根拠はもっと複雑で多面的な戦略に求めるほかない、そう言わざるをえないところに追い詰められている。前述の熱い「編集会議」のあいだも、ぼくはおそらくは、若い書き手に対してそのような状況認識を執拗（しつよう）に語り続けていたはずです。

しかし、それならば、ぼくはなぜ、そのような「会議」のあと、自宅でこっそりと孤独に「よい文章」を書き続けているのでしょうか。

その矛盾が、この夏、ぼくを憂鬱に陥らせているのです。

冒頭に記したように、今回の内容、前々回と深く連続しています。

しかし、今回はその続編というより、むしろ修正版と理解してもらったほうがいいかもしれません。というのも、前々回には、ぼくは要は、批評では書けない「よい文章」が小説だと書けるのだ、だから希望があるのだと記しているからです。いま読み返すと、それはあまりにナイーブな認識だったように思います。

読者の一部は気がついているかもしれませんが、今回ぼくは、じつは、この連載で一貫して参照してきたポストモダン社会の二重性、「公的なもの」と「私的なもの」の乖（かい）離（り）と共存について、かたちを変えて議論しています。

繰り返しますが、問題は批評と小説の差異ではないのです。ぼくは公的には、文章の力を信じるべきではないと判断している。しかし私的には、文章の力を信じたいと願っている。そして、二〇〇九年に生きるぼくは、公的な信念と私的な美学のその差異を埋めることができない。そこにこそ、問題の本質がある。

ポストモダンのアイロニカル・リベラリスト（ローティ）は、公的信念と私的美学のその落差に耐えることこそが、新しい時代の倫理なのだと説きました。ぼくもまたその思想を支持するのですが、なるほど、この態度はたしかに維持するのがむずかしい。ぼくは、いろいろ考え直す必要があるのかもしれません。

というわけで、また来月……。

（「文學界」二〇〇九年一〇月号）

なんとなく、考える　16

仕切り直し

今回はちょっとした「宣言」から話を始めたいと思います。詳しくは書きませんが、最近、自分の行動について反省するきっかけがあったからです。

なにごとでしょうか。

ご存じのとおり、一九九八年の『存在論的、郵便的』から二〇〇一年の『動物化するポストモダン』にかけて、ぼくは仕事の方向性を大きく変えました。ひとことでいえば、八〇年代風のポストモダニズムからゼロ年代風のサブカル／ネット批評へと舵を切ったわけです。そして、あらゆる機会で再三繰り返しているように、ぼくはその転身は正しかったと確信している。

なぜか。そもそもその転身は、「批評が売れないから若い読者に媚びる」といった単純なものではありません。

ぼくはたしかに、批評は売れなければならないと考えます。ときには部数目標まで設ばならないからです。しかし、それはなにも儲けたいからではない。批評がまずは生き残らなければならないからです。

そもそもぼくたちが生きているのは、第一に冷戦が崩壊してイデオロギーの後ろ盾がなくなり（左翼の威光がなくなり）、第二にグローバリズムの進展によって海外思想の「輸入」に意味がなくなり（カタカナの威光がなくなり）、第三にエンターテインメントの構造が変わり文学が失墜した（文芸批評の威光がなくなった）、そんな時代です。したがって、その環境で思想や批評の市場を再起動させようとすれば、もはやサブカルやネットの厚みに頼るほかない。日本ではほかに選択肢がない。これは原理的な問題であって、ネオリベ化とか幼稚化とか言って回避できるものではない。その状況はぼくの決意とは無関係に存在し、『動物化するポストモダン』を書いたぼくは、ただその流れに早めに適応したにすぎない。

そして、その認識が正しかったことは、ここ数年の若手批評界の活況であきらかだと思います。

むろん最近では、そんな動きを「プチ思想ブーム」と呼び揶揄する向きもある（朝日新聞）。しかし、揶揄したいひとは揶揄すればいい。揶揄では状況は変わりません。ともかくにも、日本における思想の未来は、「軽薄」で「幼稚」で「ゲーム化」したそのゼロ年代の「プチ思想」の延長線上にしか存在しない。フランス人だかイタリア人だかの新刊をありがたく訳し、専門用語の羅列で思想特権性を確保するようなスタイルは、そもそもが戦後日本の特殊な条件で成立していたものであって、その条件が失われたいま、復活することは決してない。これは動かせない事実なのです。

というわけで、ぼくは自分の転身は正しかったと考える。

しかし、ぼくはたまたま、その状況の変化を代表し、下の世代の関心を先導するような場所に位置していました。その結果、いくつかの点で、ゼロ年代の流れに影響を与えたことも確かです。

そしてそのひとつが、教養の否定、抑圧の解除というものでした。

ひらたく言えば、ぼくはこの数年間、単純に『動物化するポストモダン』の著者であるという以上に、若い読者に「好意的に」接してきました。思想の新しい書き手、新しい読み手を掘り起こすため、従来の常識では思想や批評と見なせないものも思想や批評と呼んできたし、若い世代の発想については可能性をできるだけ拾いあげようとしてきた。その頂点が、つい先日終了した「東浩紀のゼロアカ道場」です。——まあ、あれはあれで極限まで行っていたので、ある視点で分析すればじつに刺激的で批評的な試みだったと思うのですが、いずれにせよ、ぼくが道場生に過剰に「好意」を振りまいていたことはまちがいない。

しかし、その結果、いまや若い読者の一部には、ブログを巡回し、ニコニコ動画を観て話題のアニメでも論じていればすぐに批評家としてデビューできるのではないか、といった著しいカンチガイが横行するようになってしまいました。あるいは逆に（その状況に嫉妬して？）、ゼロ年代の思想の流行に寄りかかっているくせに、ぼくや『思想地図』の成功を批判していればそれが正義になると思いこんでいる、困った「良識派」もネットを中心に現れることになった。この状況は、新しい思想状況を展開していくうえで障害になりつつある。……詳しく書けないのが残念なのですが（とはいえ書くほどに意味がある事件でもないのですが）、とにかく最近、そう思い知らされる経験が相次ぎました。

したがって、ぼくはこの点について、潔く反省することにしたわけです。

ぼくはいままで若者に甘すぎた。というよりもバカに甘すぎた。

ぼくの考えでは、その甘さは、ある時点までは思想状況のラジカルな転換のため必要悪として導入されたものでした。しかし、その転換が軌道に乗ったいま、状況全体にとって障害になり始めている。とすれば、さっさと方針転換をすべきなのでしょう。バカを相手にしてもしかたない。

輸入思想からサブカル批評への転換、『存在論的、郵便的』から『動物化するポストモダン』への転換は、決して、ゲームやネットを見ていればデリダなんて読まなくてもいいという開き直りを意味しません。ぼくがそこで訴えたかったのは、むしろ、ゲームやネットの知識や経験があるのであれば、そこに適切な変換さえ加えれば、デリダでさえ——というのはむずかしいにしても、ジジェクやボルツやキットラーぐらいであればけっこうたやすく読みこなすことができる、したがってもはやことさらにカタカナの専門用語など使う必要はない、左翼の呪縛に囚われる必要もないのだ、という教養の新しい再組織化の可能性だったのです。いまの若い読者にその根幹が伝わっていないのだとすれば、それはたいへん憂慮すべきことです。ぼくはこれからは、それがはっきり伝わるようにふるまうべきでしょう。

そしてそれは、政治的にも学問的にも、いまは微妙に舐められているゼロ年代の「プチ思想」の戦線を、大胆に拡げていかねばならないことを意味します。

実際、そんな話を前回にも紹介した飲み会兼「編集会議」で行なったところ（夏が終わってもあの祭りはいっこうに終わらず続いているのです）、同席していた藤村龍至さんと濱野智史くんから、今年から来年にかけて「メタボリズム２・０」をキーコンセプトに展覧会やシンポジウムを企画しているという刺激的な話が飛び出しました。他方でぼくのほうも、来年春に、宮台真司さんとともに東京工業大学で国際シンポジウムを開催する予定です。次号の『思想地図』には中沢新一氏と村上隆氏のロングインタビューも掲載されますし、おそらくはこれからの半年、一年で「プチ思想ブーム」の印象はがらりと変わることでしょう。

そういえばぼくも来月より、講談社の広報誌『本』で連載を始めます。タイトルは「一般意志２・０」（藤村濱野組の上記企画と名前が被ってしまったのはたまたまですが、ある意味では必然なのかもしれません）。ひさしぶりに思想の話を書きます。データベースとかオタクとかグーグルとかこの数年言い続けてきたことが、『存在論的、郵便的』

の問題意識の完全な延長線上にあるとともに、ラジカルな社会思想とも繋がっていることを明確にする予定です。フリードマンとかサイモンとかネグリとか、おそらくはぼくがいままで挙げたことのない思想家の名前も積極的に出します。じつのところぼくはこの数年、そういう威圧的な文体を禁じ手にしてきたのですが（というのも、いまではそういう名詞の羅列は、知識人の証明であるどころか、ブログしか発表媒体のない自称論客や自称研究者に特徴的な二流の文体でしかなくなっているからです――グーグルの時代、もはや固有名の羅列は知性や教養の証明にならない）、それも解除することにしました。外国人の名前を挙げないと読者が誤解するのなら、たとえ自分の美学に反しても、恥も外聞もなく羅列していくほかない。

まあ、とにもかくにも、ぼくはこれから本気でいきます。

いや。このさいだから正直に言ってしまいますね。『存在論的、郵便的』から長いあいだ、ぼくは拗ねてサボっていました。認めます。ごめんなさい。

来年は奇しくも二〇一〇年。仕切り直しにはいい年です。

というわけで、この連載も仕切り直しに向かうことにします。

この連載、読者のみなさんには、毎回の話題がずいぶんあちこちに飛んできたように見えると思います。しかし、じつは一貫した狙いがあったのです。

この連載の話をいただいたとき、編集部からの要望は「なにか時評的な文章を」というものでした。けれども、ぼくはそれだけでは意味がないと考えました。時評はどの媒体でもできる。しかしここは文芸誌です。

文芸誌は小説誌と異なる媒体です。少なくともそう言われています（少なくともむかしはそう言われていました）。そしてその差異は文学についての自覚性にあると言われています（いました）。したがって、ぼくはこの連載では、まずもって、いま批評家が時評を書くことにどのような意味があるのか、その自覚的な検討から始めないといけないと考えました。

そしてその検討は、必ずしも自慰的な自己言及に止まらない。というのも、ぼくの考えでは、いま批評が機能しないこと、あるいは批評のスタイルが大きな変容を迫られていることそれそのものが、現代社会の本質を反映しているはずだからです。

というわけで、ぼくはこの連載で、「批評が成立しない時代になっている」ことの意味を、主題と文体のふたつの水準で、分析と実存のふたつの水準で、あるいはコンスタティブとパフォーマティブのふたつの水準で、同時に追求するような奇妙な文章を書いてみたいと考えたのです。成功していたかどうかわかりませんが、じつはそれがこの連載のここまでの狙いでした。

しかし、上記の経験でついにぼくは悟りました。そんな上品で迂遠な試みは、いまや空回りをするだけなのだと。というよりも、それこそが「批評が成立しない」ということなのだと。

であるならば、もはや面倒な試みはやめてしまいましょう。

エクリチュールとしての批評がどうあがいても不可能ならば、そんな夢は捨ててしまいましょう。言いたいことだけをさくっと言い捨て、まえに進みましょう。批評にはもうそれしかできないのです。

残念ながら。


さて、そんなこんなで、ぼくのなかでなにかが吹っ切れました。

その前提のうえで、ぼくの関心の中心をあらためて要約します。それは、ひとことで言えば、「作者性（著者性）」と「アンバンドル化」の衝突、あるいは「ひとりで決めること」と「みなで決めること」の衝突ということになるでしょう。ぼくはこのひとつの問題をめぐって、大塚英志への違和感を表明したり、小説執筆について考えてみたりと、いろいろ藻掻いたわけです。

どういうことでしょうか。

言葉の意味をクリアにしましょう。作者性とはここでは、ある行為や作品をその環境から切り離し、ひとつのものにまとめる力を意味します。

作者性をコンテクストからの「切断力」として捉える発想は、デリダの『有限責任会社』から借りています。むろんデリダはこの発想に基づき、作者性は厳密には成立しないと説きました。しかしぼくはここでは逆に、「にもかかわらず作者性は信じられ続けている、その理由はひとが切断の虚構を必要としているからだ」という状況認識のためにデリダを用います。

他方でアンバンドル化は、その逆に、ある行為や作品をできるだけ断片に分解し、環境の集団的創造力へ還元してしまう動きを意味します。

文芸誌の読者のみなさんは、「アンバンドル化」という言葉にあまり親しみがないかもしれません。この言葉は本来は、事業やサービスを性格の異なる要素に分解することを意味する、情報技術的というか経営学的な用語です。けれども、ネットではこの分解の傾向が多岐にわたって見られるので、かなり広く使われます。

たとえば新聞は、紙に印刷されていたときには、一面から最後のテレビ番組表まで、ひとつの統合的な商品として販売されていました。しかしネットでは、新聞のコンテンツは記事単位で流通し、広告収入も記事単位で集計されます。つまり新聞は、ネットという新しいプラットフォームと出会うことで、いま否応なく「アンバンドル化」されつつあるわけです。そしてそれは、「朝日新聞」という固有名（作者性）の権威の喪失と表裏一体の関係にある。というのも、その最終的な形態においては（たとえばＲＳＳリーダあたりで読んでいれば）、もはや朝日新聞の記事も無名のブロガーの書き込みも見た目は変わらないからです。

ネットはアンバンドル化の強力な推進者です。それはコンテンツを分解するだけに止まりません。コンテンツの制作過程そのものをも分解してしまいます。たとえば一〇年ほどまえには、ウェブサイトを開設し動画を配信しようなどと考えたら、サーバを借りて特別のソフトウェアを組みこんで、とかなりの初期投資と専門知識を必要としました。しかしいまでは、どこか無料のブログサービスを利用し、ユーチューブのタグを組みこめばいいだけなので、コストはゼロで時間もほとんどかかりません。これはつまり、かつて情報の発信者が行なわなければならなかった多くの作業を、ネットではだれかが無料で肩代わりしてくれることを意味します。ネットでは、クリエイターはコンテンツの断片だけを作ればよいのです。

ご存じのように、この傾向は多くの論者から非難を浴びています。ネットでは断片ばかりが流通する、集団的創造性の代表と言われるウィキペディアやユーチューブにしたところで実態は断片の集積にすぎない、そんなメディアが文化の中心になって、はたして来る(きた)べき時代に偉大な小説や偉大な映画が生まれるのか。そのような疑念は、だれもがどこかで耳にしたことがあるのではないかと思います。最近では、ニコラス・G・カーの『クラウド化する世界』などに、その懸念がまとまっています（ちなみにこの本はけっこういい本です。お薦めです）。

つまり、作者性とアンバンドル化、ひとりでコンテンツを作ることとみなでコンテンツを作ることは、現代社会では衝突するふたつの傾向だと見なされているわけです。

しかしここには逆説があります。

なぜならば、歴史的にはむしろ、社会のアンバンドル化、コンテンツのアンバンドル化こそが、近代的個人を析出し作者性を生み出したものだと考えられるからです。私的所有権は土地所有のアンバンドル化であり、民主主義は合意形成のアンバンドル化にほかなりません。そもそも、アダム・スミスを引くまでもなく、資本主義の繁栄は分業に支えられている。アンバンドル化とはつまり分業のことです。この点では情報技術がいま推進している変化は、あくまでも近代の延長線上にあり、むしろその理想の実現だと解釈することができる。たとえばウィキペディアは、百科事典は数百人のひとで書いていた、それを数十万人、数百万人で書いてみよう、という発想で作られています。

　では、なぜ、ぼくたちはいま、作者性とアンバンドル化が衝突するように感じてしまうのでしょうか。

　その理由は、現代のアンバンドル化の技術が、ひとりひとりの人格よりもさらに小さな単位に手を差し伸べ始めているからだ、というのがぼくの答えです。

　つい最近までぼくたちの世界は、「ひとりで決めること」と「みなで決めること」の衝突を、まずはそれぞれの人間が自律した主体としてなにかを選択し（自己決定）、そのあとで各人の選択が集約されて全体の傾向が決まる（市場主義あるいは民主主義）という段階論で処理していました。そのかぎりで作者性とアンバンドル化は衝突しない。しかしいまや、ネットのアンバンドル化の技術――つまり検索や集合知や行動経済学（リバタリアン・パターナリズム）やデータマイニングの技術は、ぼくたちひとりひとりが選択を自覚する手前の段階で、生の断片そのものをじかに抽出し集約してしまうような世界を生み出しつつある。

すでに一部の読者は気がついていると思いますが、この問題、連載でちらちら語ってきた「全体性」や「動物」や「書くこと」の主題にじかに接続しています。次回は、グーグル・アドセンスの話題から入って、その接点を検討していくことにしましょう。

では来月。

（「文學界」二〇〇九年一一月号）

なんとなく、考える　17

「朝生」について

朝生とはいったいなにか。むろん「朝まで生テレビ！」という例の深夜の討論番組のことです。

去る一〇月二四日の未明、ぼくはその番組にパネラーとして出演してまいりました。今回はその経験を出発点に議論を膨らませたいと思います。

ちょっと待て、と読者のみなさんは思われたかもしれません。たしか前回、おまえは、この一〇年の仕事への反省とともに「仕切り直し」を宣言し、これからは読者サービスなど無視してがんがんハードなものを書くと宣言しなかったかと。具体的には、情報環境の変化によって生じる「作者性」と「アンバンドル化」の相克が云々とか、テーマまで予告していなかったかと。

それがなぜ、いきなりテレビ出演の経験談なのかと。さすがにそれは不誠実というものではないかと。

いやいや、違うのです。今回書かせていただきたいのは、番組出演の経験そのものについてではなく、それを契機に見えてきた言論の可能性についてなのです。

どういうことでしょうか。

ぼくが出演した回の朝生のテーマは、「激論！　若者に未来はあるか?!」というものでした。

パネリストは、猪瀬直樹、小沢遼子、堀紘一、森永卓郎というベテラン四人と、それに対立するべく並べられた二〇代から三〇代の若手論客八人。後者には、赤木智弘、雨宮処凛両氏のロスジェネ派ほか、コンサルタントや企業経営者、市会議員などが名前を連ねており、ぼくもその末席に押し込められたわけです。つまり、最初から、高齢者対若者という構図が設定されていた。

読者のみなさんもご存じのとおり、この世代間対立は、この数年、じつにさまざまな場所で反復されてきた構図です。そして不毛な構図です。若者が高齢者に向かって「あなたたちは若者の話を聞かない」と訴え、高齢者は「おれたちを説得するのがおまえらの仕事だ」と説教する。そして最後は絶対に年金の話になる。若者は高齢者を「おまえら年金もらいすぎだ」と批判し（それはそれでそのとおりですが）、しかしそんな批判をしたからといって高齢者が年金を返金するはずがないのだから、議論はつねにそこで止まる。まったく意味がない。

そこでぼくは番組冒頭で、つぎのようなことを言いました。

まず第一に、少子高齢化はこれからますます進む。だから若者はどんどん生きにくい社会になるが、それはもう避けようのない現実である。第二に、高齢者が数として多いのであれば、高齢者の意見が重視され政策が決まるのはあたりまえのことである。それが民主主義の原理だ。第三に、ぼくたちがそういう時代に生まれたのは不幸なのかもしれないが、そんなことを言ったら戦争に動員された世代なんてもっと不幸なわけで、そんな所与の条件を恨んでもしかたない。つまりは結論として、ここで行なうべきなのは、若者が恨みをぶつけるとか逆に高齢者が説教を垂れるとか、そういう不毛な図式での議論ではなく、高齢化が進み生産人口がどんどん少なくなる、そんな条件のなかでいかにうまく未来の日本社会を回していくか、そのポジティブなアイデア出しなのではないか。

——とまあ、ここまではじつは収録前に考えていたことだったのですが（そもそもぼくはこの数年間の、ロスジェネの苦労話と景気対策の話さえしていれば「政治的」だと考えている同世代の論客の単純さに、かなりむかついていたのです）、ここからさきがちょっと意外な展開になりました。

ぼくのその問題提起、というかちゃぶ台返しはそれなりに機能して、パネリストたちに新鮮な印象を与えたようでした。ぼくとしてはその時点ですでに朝生出演の目的は達していて、あとはどうでもいいというか、どうせぼくの考えている抽象的なこと、たとえば「動物化」なり「ポストモダン」なりがテレビで許容されるとも思わなかったので、そこからさきは聞き手に回ればいいぐらいに考えていたのです。

しかし実際にはそうはならなかった。司会の田原総一朗氏がいつもの調子で「じゃあどうすればいいの？」と尋ね、答えを求められたぼくは、場が白けるのを覚悟でルソーの名前を出しました。そう、あのジャン゠ジャック・ルソーです。そしてそこから、新しい情報技術を用いた民主主義の制度の抜本的な改革の方向に話をもっていった。ツイッターや集合知という言葉も飛び出した。それはもはや、朝生の当初のテーマとはなんの関係もない話です。しかしぼくはつねづね、いま本当に「政治」について考えるとは、郵政民営化がどうとか民主党がどうとかいうことではなく、国家や公共性や民主主義の原理そのものを新しい情報環境を前提にして根本から練り直すことだと考えてきた。それは本当に信念だったので、それがテレビでどう通用するかを考えずに、ただ乱暴に投げ出してみたのです。

そうしたところ、なんと、その過激で抽象的な問題提起は、パネリストにも、また（あとで確認した印象では）視聴者にもあるていど受け入れられてしまった。そこからさきの展開は、ぼくが一方的に報告するのも無粋な気がするので、ネットで感想を上げているブログでも探し出していただければと思います。

いずれにせよ、ぼくはその席上で、新しいコミュニケーションの技術を基礎とした直接民主制（後述のように、それは実際には必ずしも「直接民主制」と呼ぶのがふさわしいわけではありません、ただ話を簡単にするためにそう呼びました）の可能性を訴え、またそれに付随するものとして、福祉政策の原理としてベーシックインカム（基礎生存見の導入を提案した。そして、同席した若者世代の論客の多くが、ぼくのその意見に支持を表明してしまった。一方には市場原理主義的なコンサルタント、たとえば雇用問題であれば一方は派遣禁止で他方は規制緩和、そのようにイデオロギー的に対極にあると見なされている人々が、新しい直接民主制の採用とベーシックインカムの導入に関してはほぼ一致した意見を見せてしまったのです。

これは何重にも驚きの経験でした。むろん、ぼく個人としてはどうしても「自分の話が通じた！」という喜びがさきに立つのですが、決してそれだけではありません。

民主主義2・0（番組ではこの名は出していないのですが、かりにそのように呼んでおきましょう）にしろ、ベーシックインカムにしろ、一部の研究者やネットユーザーのあいだでこそ知られていた話ですが、日本のマスコミではほぼ無視されてきた話題です。そもそもこれらの話は、抽象的な思考と長期的な視野を要求するヴィジョンであり、来月の雇用改善や来年の景気回復ばかりを話題にしている（それそのものは悪いことではないのですが）論壇で扱えるような話ではない。にもかかわらず、その問題提起が、いわば一種の放送事故のようなかたちで（ぼくはその事故の媒介者にすぎなかった）、朝生という「論壇ショー」の場を乗っ取り、電波に乗って何十万人もの視聴者に届いてしまった。このインパクトはじつに大きい。

そして実際、ここでは詳しくは紹介しませんが、金曜深夜に放映された朝生のインパクトは翌週半ばまでネットを揺るがし、あちこちのサイトやブログでかつてない規模で直接民主制に関わる議論が交わされることになった。それはさすがに誇大な表現なんじゃないの、と疑うひとには、その金曜深夜から土曜未明にかけて、グーグル・トレンドの「急上昇ワード」でぼくの名前がトップになっていたとだけ言っておきましょう（まあ、それも実態は大したものではないのですが、いちおうの指標ではある）。放映以後、ぼく自身も混ざりネットで交わされた議論は、まとめサイト「2009/10/23 朝生後のTwitter上での議論まとめ」（http://togetter.com/li/399）にボランティアのかたがまとめてくださっています。

言うまでもなくテレビは水物ですし、ネットの盛り上がりなど儚いものです。番組放映後、ぼくのもとには「東さんもこれでテレビ知識人だね」とのからかいの言葉が迷い込んでいますが、ぼく自身はまったくそのように考えていない。ぼくの思考や仕事はどう考えてもテレビ向きではない。さきほども記したように、今回の件は一種の放送事故だと考えたほうがよいでしょう。

しかし、そのうえでぼくがもっとも驚いたのは、なんだ、日本のマスコミでもまだこんな「事故」が起きるんじゃないか、それならばテレビも新聞も使えるじゃないか、という発見に対してだったのです。事故がなければ時代は変わらない。そして事故は意外な場所で起きた。

だからこの経験は、批評家としてのぼくにとても大きな希望を与えてくれました。その点でぼくは、出演の機会を与えてくれた番組スタッフに素直に感謝しています。

さて、というのが番組出演の感想なのですが、今回は残りの誌面を使って、タイミングもタイミングなので、多少はぼくがそこで呈示した「未来社会」のヴィジョンについて記しておきたいと思います。それは、ここまでの連載の議論、公共性やら動物化やらの話とも直接に繋がっています。

まずは、ぼくが理想と考える社会とはどのようなものか。それを明確にしておきましょう。

それは、多少露悪的に言うのならば、「働く気のないやつは働かなくてもなんとかぎりぎり生きられて、社交性もとくに要求されなくて、ひきこもりのオタクがただだらだらと自分の好きなことにだけツッコミを入れていたりすると、それがいつのまにか集計されよりよい統治に活かされる社会」です。この時点で多数の批判が寄せられそうですが(そのようにあえて挑発的に書いているのですが)、ここでは批判は無視してさきに進むことにしましょう。

ただここで、この理想は決して労働意欲や社交性を排除しないこと、別にその価値を貶めるものではないことだけは強調しておきます。未来社会においても、働く気のあるひとはどんどん働けばいいし、社交的なひとはどんどん社交すればいい。ぼくはここでは、労働意欲や社交性を、成人の必須条件から「オプション」に変えようという提案をしているにすぎません。

では、そのような理想を実現するためにはどうすればいいのか。

ひとことで言いますと、ぼくはそこで必要なものこそ、ルソーの有名な概念「一般意志」を本気で文字どおりに実装するための新しいシステムであり、またそれだけであると確信しているのです。『社会契約論』が出版されて二世紀半が経ちますが、じつはこの書物の可能性は十分に展開されていない。ルソーはそこで、代議制民主主義などよりもはるかにラジカルな政体を提案しており、それはあまりにもラジカルなのでいままでは全体主義と混同され避けられてきたのですが、いまこそその提案を新しい条件のもとで真剣に検討すべきだ、というのがぼくの考えです。ぼくはその新しいシステムを「一般意志2・0」と呼びたいと思います。

ならば、その「一般意志2・0」はどのようなものであるべきなのか。

駆け足でアイデアだけ並べますと、まず第一に、それは人格と人格のあいだを調整する制度ではなく、データとデータのあいだを調整する制度になるべきです。より具体的には、市民と市民が「議論」し、自覚的に「合意」を形成して一般意志を作り出すのではなく、市民ひとりひとりの生活や行動から断片的な意志を抽出し、あるいは断片的な意志を提示してもらい、それらを課題ごとに処理することで一般意志が数学的に生成するようなシステムになるべきです。

あるいは、こういうふうに言うとイメージが湧きやすいかもしれません。たとえばウィキペディアがある。集団で作る百科事典ですが、あれがうまくいっているのは、淘汰されるのはテクスト（執筆項目）でありひと（執筆者）ではないからです。同じように一般意志2・0は、ひと（政治家）が淘汰されるのではなく、テクスト（政策）が淘汰されるようなシステムにしなければならない。なにを言っているのかさっぱりわからん、とお叱りを受けそうですが、詳しくは次回以降に回すとして、とりあえずさきに進みます。

　第二にそれは、オープンソース的な「透明性」を大々的に導入するべきだと思われます。『社会契約論』は政治思想史的には人民主権の基礎文献ですが、人民主権の概念には循環論理が刻み込まれています。人民が主権者を支配し、主権者が人民を支配するのだからです。この循環論理をどのように実装するのか、それは一般意志2・0の実現にとって肝になる部分ですが（そうでないと、いつまでたっても「アーキテクチャの権力とかいうけど、そのアーキテクチャはだれかが設計したんでしょう」というステレオタイプの批判が繰り返されることになる）、ぼくはそれは具体的にはオープンソースの歴史に学ぶことで解決できるのではないかと考えます。

　第三に、一般意志2・0は、単数の制度ではなく複数の制度の重ね合わせ（レイヤリング）として構想されるはずです。『社会契約論』はじつは国民国家論の起源でもあるのですが（ルソーはじつにさまざまな思潮の起源なのです）、その理由は、彼が一般意志を単数の人民の意志として、つまり、ある特定の境界により区切られた人間集団の単数の意志として捉えたからです。だからこそ、『社会契約論』には、あの悪名高い「部分的社会の禁止」という項目がある。

しかしぼくは、これは現代においては逆に再解釈できるのではないかと思います。現代人はひとつの共同体に属しているわけではありません。家族にも地域にも会社にも、そしてネットワークのうえのコミュニティにも同時に複数属している。だとすれば、ひとりの人間の意志が、局面に応じて、規模も性質もまったく異なった共同体の「一般意志」の生成の材料として同時に処理されてもいい、というかそうなるべきです。このようにしてじつは、一般意志2・0は国民国家の境界の絶対性を自動的に融解させるものにもなるはずです（というとまた批判が来そうなので慌てて付け加えておくと、この主張は決して国民国家の消滅を意味しません。国家はこれからも残るでしょう。しかし、国家は、未来の市民にとっては複数の帰属先の有力なひとつになるにすぎない――実際、EUなどを見ているともうその動きは始まっているように見えますが、いかがでしょう）。

というのが、たいへん駆け足になりましたが、じつはぼくの構想なのです。

ぜいたくを言えば、朝生でぼくが本当に提案したかったのは、このラジカルな一般意志2・0の可能性です。夢物語のように見えるかもしれませんが、少なくとも、学際的な研究プロジェクトぐらいは立ち上げるに値するアイデアではないかと思うし、どこかの小さな自治体で実験を行なってみてもいい。そういうことを話したかった。

けれども、番組をご覧になったかたはご存じのとおり、実際にはその場では、テレビ的な、というよりも周囲のパネリストの理解を考えて、「ミクシィやツイッターのような新しい技術が新しい直接民主制の可能性を指し示している」と言ってしまった。そのため、いまネットではずいぶんと趣旨が誤解されているのですが（そしてそれは自業自得なのですが）、本当は以上のような提案であり、「ブロガーや2ちゃんねらーが話し合っていろいろ決めていこう」などというシケた提案ではない。本誌で記してもネットには届かないかもしれませんが、なにかの補足になるかもと思って、書かせていただきました。

といったところで、今回は筆を措くことにしましょう。

今回の連載、じつのところ、きわめて過酷な、批評家人生最大の修羅場中の修羅場で書いているために（というのも『思想地図』の校了と『クォンタム・ファミリーズ』の入稿と朝生の大騒ぎとこの連載の締め切りと、あともうひとつ新連載の締め切りがすべて同じ一週間に集中したのです）、乱文乱筆になっていることと思います。わかりにくいところも多々あると思いますが、今回はお許しください。次回は、もう少し落ち着いた環境で書ける——はずです。

それでは、また来月。

（「文學界」二〇〇九年一二月号）

なんとなく、考える 18
ツイッターについて

先月は休載になり申しわけありませんでした。二ヶ月ぶりの東浩紀です。

ぼくのほうはこの年末は、例年にもましてばたばたしています。そもそも今年は、夏まえから『思想地図』の界隈で妙に人間関係が濃密になり、ただでさえ疲れが溜まっていました。ところがそのうえに、秋にはその四号の出版と初めての長編小説『クォンタム・ファミリーズ』の脱稿と出版が重なり、そしてさらに「朝まで生テレビ！」の出演とそれに触発された新しい取材や原稿依頼が乗っかっていまに至っている。最悪の修羅場は越えたものの、いまも毎日仕事をこなしつつ、なんというか、ずっと目眩に襲われ続けているような、ふわふわした感じなのです。

とはいえ、それは必ずしも不快な経験ではありません。というのも、その忙しさは、決して単なる量的なものではない、むしろ質的な混乱に基づくものだからです。そして、その混乱こそが、ゼロ年代の末にふさわしいというか、来るべき一〇年代の批評の可能性を示している直感がある。

どういうことでしょうか。

別の角度から話題を設定しなおしてみましょう。

ご存じの方も多いかもしれませんが、ぼくは最近ツイッターを始めました。ツイッターというのは、二〇〇六年に米国で始まり、日本でもこの夏からブレイクし始めている新しいネットサービスです。

ではどのようなサービスなのか。詳しく説明し始めると誌面がなくなるので、ここでは乱暴な紹介に止めましょう。

ツイッターとは要は、登録したユーザーがみな独り言（ツイート）を呟き続け、他方では自分の聞きたい独り言を集めて独自のサイト（ホーム）を作り、それら他人の独り言がブラウザのうえをリアルタイムで流れていくさま（タイムライン）を見続ける、そんな奇妙なコミュニケーションサービスです。利用に特別のソフトは必要なく、だれでも無料で登録できるので、興味が湧いた読者はネットで検索して、自分でとにかく触ってみてください。ぼくの独り言も「hazuma」というｉｄで見ることができます。

さて、このツイッター、すでにあちこちで述べているのですが、ぼくの考えでは、人間のコミュニケーション一般の本質を鋭く抉り出している――というとなんか妙にむずかしく響きますが、つまりは、いままでのメディアでは隠されていたある本質をきわめてざっくばらんに、さっくり露呈してしまったところに魅力の源泉があります。

いま記したように、ツイッターのユーザーは、情報の発信者としては独り言を呟くくらいしかすることがありません。しかもツイッターはブログと異なり、一回の投稿が一四〇字以内という厳しい制限があるので、それほどまとまったことは言えない。

ところが他方、情報の受信者としては、ツイッターのユーザーはほかのユーザーを自由に「フォロー」して（原則的に相手方の承認は必要ありません）、それぞれの独り言を集め、好きなようにタイムラインを編集することができます。これが意味するのは、ツイッターにおいては、ブログのコメント欄やＳＮＳのコミュニティとは異なり、すべてのユーザーがそれぞれ異なったタイムラインを見ているということです。したがって、たとえばあるときどこかで「議論」が盛り上がったとしても、あるユーザーにはその議論のすべてが見えているかもしれないが別のユーザーには議論の一部しか見えないかもしれない、極端な場合には参加者のひとりが突然虚空に向かって声を張り上げているようにしか見えないかもしれない、そういう誤解が普通に起こりうる。実際、ツイッターのヘビーユーザーであれば、この種の誤解が毎日のように起きていることを知っているはずです。

ツイッターには、ある集団全員が共通に見ているタイムラインというものが存在しません。ツイッターにおける議論の参加者は、じつはすべて、それぞれ異なったタイムラインをまえに、それぞれ異なった聴衆をまえに話しています（細かく言えばいろいろ例外もあるのですが、ここではシステムの基本的な方向性について話していると考えてください)。そして、さらに厄介なことに、ツイッターにおいてはフォローは一方的なので、必ずしも発言の宛先がその発言を聞いてくれるとは限らない。あるひとのある発言に対して鋭いツッコミを入れたつもりが、その本人はまったく気付かず、別のひとによってまったく異なる文脈で引用される、などという「誤配」も頻繁に起きます。ツイッターのコミュニケーションはそのようなたいへん危うい環境のうえに成立しているのであり、したがってそこでは表面的に「議論」が成立していたとしても、すべて本質的には、共通の前提なしの、それぞれ勝手に発せられた独り言の集積にすぎないとしか言えないのです。言い替えれば、ツイッターにおいては、原理的に対話は成立しないのです。独り言の集積を、聞き手側で対話に見せかける装置(タイムライン)があるだけです。

そして、この奇妙な性格はぼくには、決してツイッターだけの特徴とも、またネット特有の新しい現象とも思えません。それはむしろ、人間のコミュニケーション一般の性格を、きわめてわかりやすく、ほとんど戯画的なまでに単純に「可視化」した結果として現れたものなのではないか。

というのも、多少とも現代思想に触れたことのあるひとであればご存じのように、二〇世紀後半の人文科学や社会科学はまさに、そんな「ツイッター的状況」について手を替え品を替え考え続けてきたという歴史があるからです。その例はデリダでもいいしルーマンでもいいしクリプキでもいいですが、彼らはみな口を揃えて、言葉が意味を伝えて理解を促進するというのはフィクションだ、コミュニケーションとは要は成立しているから成立しているとしかいいようのない危うい記号の連鎖なのであり、共通の前提などはなく、その根拠の底は抜けているのだと主張していました。コミュニケーションは成立するはずがないが成立する、その逆説について彼らはじつに難解な道具立てを使って語ったわけですが、ツイッターに参加すると、なるほどデリダ／ルーマン／クリプキが言っていたのはこの状況のことだったのかと、じつに素朴に体感することができます。

誤解を避けるために付け加えますが、これは決して、ツイッターが「批評的」で「先鋭的」なサービスであるということを意味しません。むしろまったく逆です。

デリダたちが言っていたのは、そもそもぼくたちのコミュニケーションはすべて、日常的に底が抜けているということです。ところがひとは、その当のコミュニケーションについて考えはじめると、途端にその危険な性格を忘れてしまう。そして対話とか弁証法とか言い出すことになる。ヨーロッパの哲学者たちはその忘却を回避するため複雑な修辞をめぐらせたわけですが、ツイッターはその危険性をシステムとして、だれの目にもあきらかなものとして見せてくれる。ツイッターの本質はここにあります。

つまりはツイッターは、コミュニケーションの「自然」なかたちにきわめて忠実に作られたサービスなのです。だからそれは一般のユーザーに熱烈に支持されるとともに、いままでのコミュニケーション論の観点からすれば先鋭的に映ることになる。

じつは、日本のユーザーは、その両義的な性格を「ゆるい」という絶妙な言葉で名づけています。ツイッターのコミュニケーションは「ゆるい」。なぜならばそれは、つねに誤解と誤配に曝(さら)された危険なコミュニケーションであり、だからこそ逆に、人々はそこでは「きちんとした」理解を求めて神経質にならなくて済むからです。その両義性は、哲学的に言えば、おそらくはデリダが「エクリチュール」という言葉で呼んだものにかぎりなく近いものでしょう。

回り道が長くなってしまいました。最初の話に戻りましょう。ぼくはそもそも、このところの忙しさには、単なる量的なものではない質的な変化が感じられると記していたのでした。

ぼくがそこで言いたかったのは、つぎのようなことです。

ぼくの読者はこの一〇年、おもに三つの集団に分かれてきました。二つではなくて「三つ」です。ひとことで言えば、思想系、オタク系、そしてネット系の三つの集団。少し詳しく言えば、一九九八年の『存在論的、郵便的』の読者と、二〇〇一年の『動物化するポストモダン』の読者、そして二〇〇三年から二〇〇六年にかけ、国際大学グローバル・コミュニケーション・センターに所属していたときに断続的に発表していた、情報社会論系の仕事の支持者です。

おそらく文芸誌でも、ぼくの読者が思想系とそれ以外に分裂していることは知られていると思います。しかし、その「それ以外」がさらに二つの集団に分かれていたことはあまり知られていないのではないでしょうか（まあ、そもそもぼくの読者層なんて他人には知ったことでないようにも思うのですが、その疑問は措いておくとして)。

オタク系の読者とネット系の読者、たとえばアニメやゲームに興味を抱く読者とグーグルやニコニコ動画に関心を向ける読者は、文芸誌の観点からすれば似たものにしか見えないかもしれません。しかし、その両者を区別することは、ゼロ年代の批評シーンを理解するうえでとても重要です。というのもその差異は、現代の社会現象や文化現象を分析するときに、作品の内容(コンテンツ)に焦点を当てるのか、それともそのような作品を生み出した環境(アーキテクチャ)に関心を向けるのか、批評的態度の大きな対立に繋(つな)がっているからです。『思想地図』(というよりもその周辺のツイッター)の読者であれば、いまその前者を宇野常寛氏が、後者を濱野智史氏が代表していることになっているのをご存じかもしれません。

実際、ここでは詳しくは語りませんが、両者の集団には職種や志向の点でもかなり大きな差異があります。『動ポモ』はサブカル系ライターによく読まれた本ですが、情報社会論の仕事はむしろIT系の起業家や研究者に繋がっている。きわめて直感的に言えば(本当に直感なのであまり深刻に受け止めないでほしいのですが)、『動ポモ』は早稲田の文学部でよく読まれているが、情報社会論は慶應SFCに連なっている。そしてその双方とも、東大の駒場からは遠く離れている――それが、ぼくのこの一〇年間の若い読者の「地政学的」な把握だったのです。そしてぼくは長いあいだ、それら三つの集団に対して、それぞれ異なった顔を見せて仕事をしてきた。言い替えれば、一種の三重人格を演じてきたわけです。

ところが、じつはこの夏あたりから、どうもその演技が機能しなくなってきた。裏返せば、いままではかなりはっきりと分かれていた、思想系、オタク系、ネット系の三つの集団が分かれなくなってきた。三者は急速に越境し融合し、ひとつの大きな集団にまとまるようになってきた。ぼくにはこのところそのような感覚があり、実際『思想地図』最新号では、その直感に基づいて「ハイブリッド」をテーマとして、中沢新一、村上隆、宮台真司から山本寛（アニメ演出家）まで、じつに多彩な参加者を招いてかなり大胆な領域横断的目次を試みたところ、予想以上の成功を収めることにもなりました。ゼロ年代といえば、みなが小さな趣味の世界に閉じ籠もった「島宇宙」乱立の時代というのが定説だったのですが、その島宇宙の境界は、少なくともぼくのまわりでは、つまりは二〇代から三〇代にかけての新しい世代の批評の読者のあいだでは、急速に崩れ始めているようなのです。

さて、それで話を戻します。じつはぼくの最近の忙しさは、仕事量の増加というよりも、その読者層の融合によるところが大きい。島宇宙の溶解のせいで、ぼくのまわりでは、いままで繋がらなかった人々が急速に繋がりつつあります。そして、いままでにはなかったタイプのイベントやコラボレーションが数多く生まれている。

たとえば『アーキテクチャの生態系』の著者は、いまやフランス大使館で美術家やドゥルーズの研究者とともにニコニコ動画について語っている。『ケータイ小説的。』の著者は建築家やデザイナーとともにショッピングモールを回っているし、『Twitter社会論』の著者は政治学者やエンジニアとともに未来の民主主義について語っている。それどころかこの年末には、声優イベントとセットで秋葉原で「民主主義2・0」のシンポジウムまで開かれる予定になっている。じつにアナーキーな事態です。そしてそのようなイベントのすべてが『思想地図』と連携しており、ぼくもまた、責任編集としてその流れに追いつくためつぎつぎとスケジュールをこなさなくてはならない。ぼくがいま投げ込まれている混乱というのは、そういうタイプのものです。

そして、ぼくにはその事態の展開は、さきほど分析した意味で、じつに「ツイッター的」であるように見えるのです。

実際にいま紹介した領域横断的なイベントの多くは、ツイッターで告知され言及されています。しかし、それだけの話ではありません。前述のように、ツイッターは原理的に誤解と誤配に満ちたコミュニケーションの場です。だからだれも完全な相互理解を期待しない。「ゆるい」。そんなツイッターの特徴が、じつはいま日本では、ゼロ年代的な読者の「島宇宙」を切り崩す大きな原動力になりつつあるのではないか。そしてそれは決してぼくのまわりだけの現象ではないのではないか。

前述のようにツイッターでは、特定の議論を交わすための「共通の場」（共通のタイムライン）なるものを設定することが基本的にできません。そのため、たとえば思想系の読者が現代思想や文芸批評の話題を目的として、ぼくのツイッターアカウントをフォローしたとしても、容赦なくオタク系やネット系の話題が配信されることになる。そして、同じことがあらゆるユーザーについて言えるはずです。ツイッターのうえでは、SF小説の話題を目的としてSF作家をフォローしたら実際には釣りの話ばかりだったり、時事問題の解説を期待して社会学者をフォローしたら料理日記だったり、というような誤配がしばしば生じている。そして、ツイッターは徹底して属人的な、つまり「個人」を単位としたサービスであり、ひとつのアカウントの呟きを複数の共同体にソートして届けるような親切な仕様は持ちあわせていません。

したがって、そこではユーザーは（しばしばネットコミュニケーションについて言われる特徴とはまったく逆に）、自分で集めた呟きに耳を傾けているだけで、もともと所属していた共同体からいつのまにか「外」へ連れ出される可能性につねに曝されていることになるのです。そもそも、すべてのひとにはなんらかの多面性があります。多くのひとはそこで複数の顔を使い分けて社会生活を送っているわけですが、ツイッターの「ゆるさ」にはそのような警戒感もなし崩しにしてしまうところがある。結果として、そこでは、SFファンがいつのまにか釣りに興味を持ち始めたり、社会学の学生がいつのまにか料理を始めたりする「事故」が頻繁に起きることになる。

むろんぼくはここで、ツイッターという特定のサービスが日本の読書界の空気全体を変える、などと誇大な主張をするつもりはありません。しかし、ゼロ年代の一〇年間、純文学にしろエンタメにしろ、日本の読者があまりに細分化されたジャンルに閉じこめられていたことは事実であり（前掲『思想地図』ではそれを「ミニマリズム」という表現で呼んでいます）、そして、さすがにみなその閉塞状況に飽き飽きし始めてきている、というのもまたありうる話だと思うのです。もしかしたら、この夏になって急にツイッターの「ゆるい」コミュニケーションが注目を浴び始めた背景には、そんな時代の空気があったのかもしれない。だとすれば、ツイッターを原因と言おうが結果と言おうが、あまり本質は変わりません。

ゼロ年代は、宇野氏の言葉を借りれば、だれもが周囲の空気を気にして、勝ち組か負け組かを競い合う神経症的な「バトルロワイヤル」の時代でした。しかし一〇年代は、そのような神経症的な闘争を「なんとなく」揺さぶり崩しぐずぐずなものに変えてしまう、ツイッター的な「ゆるさ」の時代になるのかもしれません。というよりも、そうなるといいな、とぼくは考えています。

今回は、一般意志の話も未来社会の話もなにもしませんでした。でも、じつのところぼくとしては、最近は逆にどこでもルソーや公共性の話題ばかり要求されて、いささかうんざりしているのです。今回はちょっと一息ということで、お許し下さい。

それでは、また来月。

（「文學界」二〇一〇年二月号）

なんとなく、考える　19

第二作について

あけましておめでとうございます。東浩紀です。

ご存じのかたも多いと思うのですが、というよりもこのコラムではしつこいくらいに宣伝を繰り返してきたわけですが、去る一二月にはじめての長編小説『クォンタム・ファミリーズ』（新潮社）を刊行しました。おかげさまで好評で（ツイッター上で高橋源一郎氏や阿部和重氏、仲俣暁生氏から高い評価をいただきました）、増刷も決まり安堵（あんど）しています。

批評家が、それもぼくのようなキャリアの批評家が小説を書くとなると、やはりいろいろと複雑な反応が生じるものです。批評家のぼくのイメージから逃れられず、戸惑う読者も多いですし、批評家の書く小説など断じて読まないと最初から拒否するひともいる。まあ、それはしかたのないことです。そもそも『クォンタム・ファミリーズ』は小説なのだから、好き嫌いで判断してもらってかまわない。

ただ今回もっとも怖かったのは、小説の内容以前に、「なんだ、東、小説書いたらぜんぜんだめじゃんw、こいつの批評とかもう読まなくてよくねww」という判断が直感的に出版直後に下されてしまうことでした。これは小説なのだから、言い替えれば「商品」なのだから、ぱっと見てそう思われるのであれば反論の余地はない。小説家としては終わりです。いやぼくの場合、小説家として終わるどころか、おそらく批評家としても終わる。したがって、とりあえずはその反応がなかっただけで、ぼくはいまとても安堵しています。とにもかくにも「商品」がきちんと作れた、この実績は物書きとして大きな自信になりました。批評家というのは、世間からは偉そうで自信満々な職業に見えるのかもしれませんが、実際には内心はクリエイターへの劣等感と罪悪感でいっぱいになっているものです。少なくともぼくはそうです。

だから、創作というオプションが開けたことは、率直にぼくの人生にとってプラスでした。なんか、ここ数年間感じ続けてきた（そしてこの連載でも愚痴々々と記していたような）閉塞感が、ふわっと解けていったような感じがします。

いやほんとに。

さて、本来ならば今回は、その『クォンタム・ファミリーズ』の内容について話をしようと思っていました。せっかくの第一長編なのだし、批評家が小説を書くのは珍しいことなので、なにが狙いだったのか、なぜ小説を書く気になったのかとか、内容に絡めて語ってみようかなと。

けれども、考えが変わりました。というのも、この一ヶ月、ツイッターで小説についてかなり記してしまったことに加え、さまざまな取材を受け、さらには大森望さん、佐々木敦さん、安藤礼二さんたちとそれぞれかなり内容に踏みこんだトークショーをしてしまったため、むしろあの小説については「語りすぎ」の感がするからです。むろん、そんな発言のほとんどは本誌読者は知らないでしょうから、ここであらためて「なぜ村上春樹を参照したのか」とか「なぜアリゾナとショッピングモールが舞台なのか」とか「三五歳問題とはなにか」とか語ることにも意味があるのでしょう。けれども、いまひとつ意気が上がらない。

というわけで、『クォンタム・ファミリーズ』については読者のみなさんそれぞれに読んでいただくことにして、ここではちょっと別の話をします。

別の話とはなにか。

新作小説の話です。

ええ、そう。ぼくはむろん、これからも小説を書くつもりなのです。

じつはすでに第二作の依頼を、大森望さん責任編集の書き下ろしSFアンソロジー『NOVA2』(河出文庫)よりいただいています。原稿も書き始めています。

といってもじつのところは、「原稿を書き始めている」というほどの量は書いてはいない。しかしそれでも、とりあえずはデスクトップにファイルがあり、数千字のテクストが書き連ねてはある。そしていまの予定では、その短編のあとも、しばらく同じ世界観、同じ登場人物で連作短編に挑戦してみるつもりです。

　では、今度はどのような小説を書くのか。

それは第一作とはかなり異なった小説になるはずです。

お読みになったかたはご存じだと思いますが、『クォンタム・ファミリーズ』は多分に私小説的な要素を抱えています。しかしそれは、必ずしも主人公が作家の分身という意味ではありません（そのように読めるようにも作ってありますが、それそのものが商品としての仕掛けです）。そうではなく、『クォンタム・ファミリーズ』という小説は、SF小説としての外見を守りながらも、そのじつ、東浩紀という書き手が「なぜ自分は小説を書くのか」という問いをそのままぶつけて物語を紡いだような、そういう入り組んだ構造を内部に抱えている。その点において「私小説的」だということです。つまりは、内容によってではなく、動機において「私小説的」なのですね。

　付け加えれば、それはちょうど、かつて二〇代半ばのぼくが、『存在論的、郵便的』という本を、現代思想の読解のような外見を守りながら、そのじつ「なぜ自分は哲学をやるのか」という問いに支えられながら書いていたことと相同をなしています。ぼくはしばしば『クォンタム・ファミリーズ』は『存在論的、郵便的』の「続編」だと述べているのですが、前者は小説、後者は思想書であり、常識的な意味ではそのふたつは繋がっているはずがない。にもかかわらず、ぼくが前者を「続編」と呼び続けるのは、そのような問いのかたちの連続性があるからにほかなりません。

というわけで、『クォンタム・ファミリーズ』は、いささか複雑な私小説的なテクストになっているわけですが、しかし「なぜ自分は小説を書くのか」などという問いは、いちど突き詰めれば十分です。『存在論的、郵便的』のあと、思想を語るためにもはやデリダという依代（よりしろ）が必要なくなったように、ぼくはこれからは、物語を語るために、『クォンタム・ファミリーズ』のような入り組んだ設定を導入する必要はない。

だから第二作には私小説的な要素はありません。

そして舞台は火星です。未来です。ＳＦです。作家の分身が登場する並行世界とかではなく、普通に未来の宇宙で少年と少女が出会う物語です。

では、あらためてどのような物語なのか。

むろん、ここで物語のあらすじを教えるわけにはいきません。しかしそれでも、多くの読者が思うであろう、つぎの疑問には答えてもいいかもしれない。

なぜ火星なのか？

まあ、ぶっちゃけて言えば、ぼくが単純に火星が好きだからです。

しかし、ではなぜ火星が好きなのか？

火星といえば砂漠です。火星には大気はありますが海はなく、砂漠しかありません。かつて海があったとも生命がいたとも言われていますが、いまや砂嵐が吹き荒れる極寒の惑星です。

そしてぼくは、砂漠が文学的に好きなのです。文学的に好き、というのも変な表現なのですが、ぼくはむかしから、文学的想像力の起点としてなぜか砂漠に惹かれるところがある。高校生のころはジイドとカミュとサン＝テグジュペリを愛読していました。ジイドといえば『背徳者』です。サン＝テグジュペリといえば『人間の大地』です。カミュは——カミュはべつに砂漠を舞台にしていなかった気もしますが、それでもアルジェリアの「灼熱の太陽」だけは強く印象に残っている（高校生のぼくには、アルジェリアも砂漠もあまり区別がついていなかったのです）。のちぼくは大学でデリダを研究対象に選ぶことになりますが、彼はほかならぬアルジェ出身で、だからその選択にも「アルジェリア的なもの」への漠たる憧れが影響していたのかもしれません。

ぼくが砂漠に惹かれるのは、月並みな表現になりますが、そこでは人間と自然が、文化や歴史を介さずに直接に対峙しているからです。

多少ゼロ年代風に言いかえれば、そこにはいっさいコミュニケーションがない。メタ化とネタ化と自意識の面倒な雑音がない。人間は裸の存在として、直に「モノの秩序」に出会う。ぼくは——おそらくはぼく自身がつねにコミュニケーションに悩まされているからだと思いますが——、そのような環境にとても惹かれます。

『クォンタム・ファミリーズ』の出発点にも、いまから一〇年ほどまえ、初めて訪れたアリゾナの砂漠の強烈な印象がありました。ぼくはそのとき、義父の取材に同行するかたちで、「サバイバリスト」と呼ばれる人々を訪れています。彼らは、文明社会から自ら離脱し、国道沿いの荒地に鉄条網を張りめぐらせ、ライフルと犬で武装して、発電機と貯水タンクを完備したトレーラーハウスで自給自足の生活をしている。夜には周囲は完全に闇に包まれ、満天の星空の下でコヨーテが啼く。ぼくはその光景をまえにして、変な言い方ですが、なんだ、これこそ本当の「セカイ系」じゃないか（当時はまだこの言葉がなかったかもしれませんが）、ここでは最初から社会が壊れているんじゃないか、アメリカって、フロンティアって、つまり社会が欠如した空間のことじゃないか、と思ったものです。

だから次回作でも砂漠を舞台にしたい。ぼくはそう思いました。

歴史と文化が失われた、いやはじめから存在しない世界を舞台にしたい。できれば地球じゃないほうがいい。もう私小説的な仕掛けは必要ない。それならばとことん現実から離れた舞台のほうがいい。

というわけで、火星を舞台にしようと考えたのです。

ところで、そんなふうに直感的に次回作の舞台を決めたものの、ぼくは他方で批評家であり、小説執筆に専念できる環境にはありません。

とりわけ、ぼくはいま、この連載でも数回前まで話題にしていたように、ルソーの『社会契約論』の現代的な再解釈を仕事の中心にしています。昨年末からは、講談社の

『本』という広報誌で、「一般意志2・0」と題する新連載も始めています。

したがってぼくはいま、火星小説の下拵えとして、ブラッドベリの『火星年代記』やらグレッグ・ベアの『火星転移』やらキム・スタンリー・ロビンスンの『レッド・マーズ』やらを読み続けながら（それどころか、宇宙エレベーターやテラフォーミングについての資料を収集しながら）も、他方で社会思想の書物も読まなければならない、そのような状況に陥っています。この環境はなかなかストレスが溜まるものです。ぼくは本当なら、すべてを打ち捨てて、火星の物語だけを書きたい。

しかしそういう状況だからこそ出てくる認識もある。

そのひとつが、ぼく自身気づいていなかったのですが、ぼくがここで火星を舞台に選んだことには、じつは、まさにそのルソーの再解釈の仕事、「一般意志2・0」の議論との深い関わりがあるのではないか、という発見でした。

どういうことでしょうか。

その繋がりはじつは「アメリカ」という問題に関係しています。

一方で火星は、SFの想像力のなかで、繰り返し植民地時代のアメリカの似姿として表象されてきた惑星です。

たとえば『火星年代記』では、地球人の入植が火星人の絶滅と対で描かれることになります。それが、北米大陸への白人入植者とネイティブ・アメリカンの関係の隠喩になっていることはあきらかです。『火星転移』も『レッド・マーズ』も、まさに火星の地球（旧世界）に対する独立戦争の物語です。これ以上は詳しく語りませんが、火星ＳＦの歴史を辿れば、似たような例はほかにもいくらでも挙げることができるでしょう。

他方でアメリカの問題、より正確には「新大陸」の問題は、社会契約論の歴史にも深く関係しています。この連載で繰り返し述べてきたように、ルソーは「野生人」の自由を謳いあげ、コミュニケーション（社交）なしの新しい政治を夢見ていました。しかし、ではルソーがそのような夢を抱くことができたのはなぜか。

それは、ひとことで言えば、アメリカという「無垢」な新大陸、自然状態と社会契約についての思弁を可能にしてくれる社会思想の広大な実験場が、たまたま一五世紀末に「発見」されて、ヨーロッパ人に差しだされたからにほかなりません。旧大陸は隅々まで歴史の蓄積で満たされている。あらゆる土地がだれかの所有物になっている。しかし新大陸にはなにもない。だれもいない（とヨーロッパ人は考えた）。だからそこでなら人間は、広大な自然の恵みに向かいあい、まったくの原初状態から、理性だけに基づいて新しい社会を構築することができる。社会契約論はそのような世界観を背景に現れたのであり、だからそれはおそらくは、もし世界にアメリカ大陸がなかったら、まったく別の展開を遂げたはずの思想なのです。

そして実際にアメリカという土地は、一九世紀以降、自由と民主主義の実験場として大きな発展を遂げることになります。一八三〇年代、トクヴィルが当時のアメリカを視察して記した『アメリカの民主政治』はあまりにも有名な書物です。

アメリカという「新大陸」が存在したという偶然。その僥倖が生み出した自由と民主主義の理念。そしてその理念が実際に「アメリカ」によって現実へと移され、逆に旧世界へと輸出されていく歴史……。

そのような循環に思いを馳せるなかで、ぼくはあるとき、いま火星を描くことは、社会契約論の基点としてのアメリカの、つまりは自由と民主主義の起源の問題を考えることにほかならないのだ、ということにハタと気がついたのです。

そして、前述した「サバイバリスト」のトレーラーハウスのすがたが、ルソーの再解釈と、さらにはNASAの探査機が撮影した火星の砂漠の映像と重なり、そこになにか新しい社会、新しい人間が焦点を結んだように感じたのです。

むろん、小説は思想書とは異なります。それにぼくは、小説を特定の思想の宣伝や解説のために記すつもりはまったくない。小説はまずは商品でなくてはならない。それも娯楽商品でなくてはならない。だからいま記したような文脈や連想は、実際の作品では完全に後景に退き、設定の片隅にかろうじて残るだけになるはずです。

しかしそれでも、その認識は、新作の世界観を整えるに際して、大きな助けになってくれました。

次回作の舞台は、テラフォーミング（地球化）があるていど進んだ、二六世紀か二七世紀か、とにかくそこらあたりの火星になるはずです。薄い大気はあるけれども、ひとはまだ屋外ではマスクをつけている。湖はあるけれども海はまだない。林はあるけれど森はない。共同体はあるけれど統一政府はない。そんな時代の植民地惑星。

そのうえである技術的なブレイクスルーがあり、火星が新大陸で、フロンティアで、民主主義の実験場だった平和な時代が突然に終わることになる。そして火星人たちは地球型の主権国家と対峙することになり、混乱の時代が始まる……。

なんて、アニメの企画書みたいなことを考えながら、トクヴィルを読んだりグーグルの中国撤退について考えたりしているのが、ぼくの最近の日常なのです。

それでは、また来月。

（「文學界」二〇一〇年三月号）

なんとなく、考える　20

固有名について

こんにちは。年が明けて多少は暇になるのかと思いきや、いっこうに忙しさが変わらない東浩紀です。

正直、ぼくはしばらく現実のことなど考えたくない。批評も思想もどうでもいい。いまはただ、心機一転、新人ＳＦ作家としてがんばりたいと思っているのに、『思想地図』第二期の準備やらニコニコ動画で始めた討論番組の新企画やらがつぎつぎ押し寄せ、とてもそんな雰囲気ではない。この二週間ほどはそもそもモニタのまえに座る時間すら十分取れていない。というよりも、モニタのまえに座っているときはツイッターばかりしていて仕事にならない。いや、最後の問題はただの自業自得なのですが……。

ちなみに、その「ニコニコ動画で始めた討論番組の新企画」なのですが、読者のなかでご覧になった方はいるでしょうか。「ニコニコ動画」の中心は動画共有サービスですが、じつは同サイトでは、サービス運営会社自体がスポンサーになって、テレビに似た生放送の番組も制作しています（ニコニコ生放送、略してニコ生と呼びます）。テレビに比較すれば視聴者数は少ないのですが、そのかわり、ニコニコ動画のシステムを用いて視聴者とリアルタイムで意見交換ができる。そこでその枠のひとつを借りて、ぼくが司会者となり、例の「朝まで生テレビ！」に似たスタイルの討論番組を作ってみたのです。番組名は「朝までニコニコ生激論」。略して「朝ニコ」。むろん朝生のパクリ……もといオマージュです。

内容も少しだけ説明しておきましょう。この番組は基本は政治討論番組ですが、「政治とカネ」とかではなく、もう少し原理的で長期的視野に基づいた――というのが格好をつけすぎならば、いわば空想的な問題を扱いたいと思って始めたのでした。

たとえば今回の討論のテーマは「ベーシック・インカム（キリッ）」（文末の「キリッ」はネット特有のスラングで、そのニュアンスを説明するのは無意味なうえに厄介なのでここでは省略します）。ベーシック・インカムは「基礎所得」とも訳される、最近話題の理念です。ひとことで言えば、社会保障や年金を一元化し、すべての国民に現金を定期的に無条件で給付することで、福祉行政をスリム化するとともに貧困も解決しよう、そしてとりわけ、若者が安心して挑戦ができる社会を作ろうという思想です。このベーシック・インカム、ぱっと聞くと「そんなの財源がないから無理だろう」と思いがちなのですが、実際にはそうでもないという試算が複数の研究者から出されています。要はぼくたちの政府は、すでにそれぐらい高コスト体質になっているわけですね。

放映時間は二月二〇日深夜一二時半(二一日〇時半)よりおよそ三時間。「およそ」というのは、これがネット番組であり、電波を占有することがないので、時間の管理がルーズで延長も可能だからです(実際に三〇分ほど延長しました)。討論の参加者は、元ライブドア社長の堀江貴文、作家・アクティビストの雨宮処凛、ブロガーの小飼弾、コンサルタントの城繁幸ら三〇代を中心に八人。面子(めんつ)的には決してテレビにも見劣りしない(というよりもこの四氏はすべて本家の朝生にも出演している)そんなメンバーとともに、四時間近くにわたって、ベーシック・インカムの実現可能性について侃々諤々(かんかんがくがく)の議論を交わしてきました。

しかしそれにしても、忙しい忙しいと言っているくせに、いったいなぜこんな番組を始めたのか。

まったくそのとおりなのですが、ぼくとしては、この企画もまた、イロモノのように見えて『思想地図』などと並ぶ重要な「次の一手」だと考えています。ゼロ年代に批評の言葉が貧困化するなかで、抽象的な議論の場こそが失われてしまった、その問題意識についてはすでにこの連載でもいくどか記したので繰り返しません。とにもかくにもいまこの国で必要なのは、社会改革のための具体的な数字や処方箋だけでなく、その手前の肩慣らしというか柔軟体操というか、硬直した言論を解きほぐし、固くなった頭を柔らかくすることだ、というのがぼくの考えです。来年の景気がどうとか、今度の選挙ではどこが勝つのかとか、そんなことばかり話していてもまったくおもしろくない。

そういう思いに共感するひとも多かったのか、視聴者の反応もまた上々でした。視聴者数は累計で五万人。ニコ生ではいまのところ同時視聴が一万人までしか受容できないらしいので、出たり入ったりでその数字ということになりますが、事前に広告らしい広告がほとんど行なわれず、ツイッターやブログの口コミだけで広がった深夜放送の第一回と考えると、これはなかなかいい数字です。今後一〇万人、二〇万人と広がってくれば、マスコミも無視できなくなるでしょう。

それにしても、今回、企画を立ち上げるために動いて実感したのは、やはりネットの身軽さです。そもそもこの企画は、昨年末、朝生に出たもののなにも次に繋がらない、そんな状況への不満をツイッターでぶつぶつ呟いていたところ、それがニコニコ動画の運営会社（ドワンゴ）の上層部の目に止まり、それならばということでトップダウン式に一気に決まったものなのです。ぼくの呟きから企画実現まで二ヶ月強、それでも慎重に時間を掛けたくらいで、ドワンゴさんとしてはもっと早くの実現を考えていたのだけど、むしろぼくが途中で音を上げたくらいでした。その速さと軽さは、やはり出版社やテレビ局とまったくちがう。

むろん、そのような突貫工事で作られた番組だから、プロから見ればアラは目立つかもしれない（たとえば音楽が用意されていないとか、あるいはスタジオがあまりに殺風景だとか）。しかしそのようなアラは、往々にして視聴者には気にならないものです。視聴者が求めているのは、映像としての完成度ではなく討論の臨場感であり、カメラワークなどにこだわっているのはじつは制作者の側だけ、ということは十分にありうる（同じことは書籍や雑誌についても言えます）。その点では今回の企画、ニコニコ動画のコメントやツイッターのハッシュタグを積極的に活かしたこともあり（またここでは煩雑になるので説明していませんが、ユーザー自身が自分のPCからの中継でスタジオに介入できる別のシステムも用意していました）、双方向討論番組としての存在感は十分に示すことができたと思います。

いまの技術を前提とすれば、明確な目的とスリムな組織さえあれば、きわめて低コストで、すぐに簡単に数万人が観る討論番組が作れてしまう。裏返せばそのような番組を作れないのは、技術ではなく人間の側に問題があるから、つまり目的が明確でなく、組織が肥大化しているからにほかならない。これはじつは、規模こそちがいますが、討論のテーマだったベーシック・インカムについても言えることです。

現代社会では、技術や経済（アーキテクチャ）が可能にすることと、ぼくたちの人間関係（コミュニケーション）が可能にすることのあいだに、あまりに大きな乖離が起きています。

ぼくたちは本来は、もっともっといろいろなことができる。にもかかわらず、その可能性を実現に移そうとすると、すぐに人間関係の障害にぶつかる。というよりも、そのような人間関係を処理することばかりが、この国では「現実的」な「大人」のふるまいだと言われる。しかしそれは、ほんとうに正当なことなのでしょうか。ぼくはずっとそのようなことを考えています。

いずれにせよ、番組はいちおう成功しました。生放送なのでいまは見れませんが、近いうちにネットでアーカイブとして公開されるはずですので、関心のあるかたはぜひご覧になってください。

思わず朝ニコの話で盛り上がってしまいました。しかし今回おもに記そうと考えていたのは、じつはその翌々日の別のイベントについてです。

朝ニコが終了して一日半後、二二日の夕方からぼくは今度は、東京大学の駒場キャンパスで講演を行ないました。一九七八年生まれの千葉雅也氏、一九七四年生まれの國分功一郎氏のふたりが中心になって、『存在論的、郵便的』と『クォンタム・ファミリーズ』の関係を主題とする哲学系シンポジウムが開かれたのです。

シンポジウムはUTCPのプログラムとして開催されました。UTCPは「東京大学グローバルCOE：共生のための国際哲学教育研究センター」の略称とのことです。つまりは研究所らしいのですが、最近の大学制度はじつに複雑なので不用意な説明は避けておきます。とにもかくにも、千葉氏と國分氏はともにそのUTCPの研究員で、フランス哲学が専門です。そしてぼくよりも若いおふたりは、一一年まえ、『存在論的、郵便的』の出版に大きな影響を受けてくれたらしい。それで今回、その「続編」が小説というかたちで出版されたのを契機に（『クォンタム・ファミリーズ』がどのような意味で『存在論的、郵便的』の続編と言えるのか、その理由については何回かまえの連載をご覧ください）、あらためて同書の意義を考えなおす場を用意してくれたのでした。

一九九八年に出版された『存在論的、郵便的』は、ぼくの出世作ということになっていますが、実際はあまり読まれていません。内容がむずかしいから、というだけではなく、現代思想や表象文化論の専門家にも（知名度のわりに）驚くほど言及されたことがない本なのです。その理由について語り始めるとまたいろいろ厄介な業界政治に触れそうなのでここでは止めておきますが、いずれにせよ、そんな状況に長いあいだ絶望を感じてきたぼくにとって、同書の内容が純粋に知的に受け止められ、議論され語られる場が一〇年越しで開かれたことは、なんというか、個人的な喜びを超えて大きな感動をもたらすものでした。

聴衆は二〇〇人以上。学外からの参加者も多く、会場は熱気に包まれていました。決して専門家だけの閉じたサークルではない、開かれた観客をまえにして、超越論性は複数なのか単数なのか、動物にとって並行世界とはなにか、『存在論的、郵便的』の固有名がクリプキ的だとすれば『クォンタム・ファミリーズ』の可能世界はむしろルイス的なのではないか、そんな「空中戦」を情熱をもって語り合える場がふたたびやってくるとは、正直想像もしていなかった。過剰なロマンティシズムがぼくの目を曇らせていないのだとすれば（むろんその可能性も高いですがw）、そこにはたしかに、往時の『批評空間』や『インターコミュニケーション』を支えた緊張と熱気が再来していたように思います。

いやはや、しつこいかもしれませんが、本当にこの一〇年間の批評は貧しかった。文明論もなければ哲学もなかった。あるのは景気の話と承認の話ばかりだった。しかも書き手と読み手が若くなればなるほど、その傾向が強まっていた。

けれども、さすがにその流れも節目を迎えているのかもしれません。状況は変わりつつあるのかもしれません。朝ニコと東大駒場講演、両者には内容的にはなんの関係もありませんが、続けて出演することでどこかそのような感触を得ました。

そんな講演の機会を与えてくれた千葉氏と國分氏に、あらためてこの場を借りて感謝したいと思います。

ところで、そんな講演会でなにが話し合われたかと言えば、さきほどもちらりと記したとおり、中心になったのは「固有名」の問題です。

固有名とはふしぎなものです。それは言語の内部にありながら、言語の外部と繋がっている。三角形の定義や赤色の定義を過不足なく並べることは可能だけど、「夏目漱石」という固有名を「〇〇の性質を満たす人間を漱石と呼ぶ」というかたちで定義することはできない。これは素朴な実感としてもそうですが、論理実証主義や分析哲学の成果を踏まえると、固有名が決して定義（専門用語で「確定記述」と呼びます）の束に解消されない、つまりは言語内では決してその意味を十分に定義できない、奇妙な性質をもっていることを論理的に示すことができる。ここでその議論を紹介すると長くなってしまうので、興味をもたれたかたは、ソール・クリプキの『名指しと必然性』や柄谷行人の『探究II』をご覧ください。

さて、ぼくはじつは、むかしからこの固有名の謎に深い関心をもっています。固有名が決して確定記述の束に解消できない、それはそれでいいとして、ではその「解消不可能なもの」はどこからやってくるのか。それがどうも理解できない。だって、ぼくたちはどうしたって言語のなかで生きている。漱石という名前もあくまでも言語のなかで知る。それなのに、いつのまに、どういうわけで「夏目漱石」に「解消不可能なもの」が宿ることになるのか？——勘のよい読者であればおわかりのように、これはまた「私」の生成の謎でもあります。

そして『存在論的、郵便的』と『クォンタム・ファミリーズ』はじつは、この観点からするとまさに兄弟のような著作だと言うことができるのです。前者でぼくは（論証はふたたび省略しますが）、固有名に宿る「解消不可能なもの」は、決して神秘的に（否定神学的に）解釈するべきものではなく、コミュニケーションのネットワーク（郵便）が引き起こす特殊な効果にすぎないのだ、と主張しました。否定神学から郵便へ、という『存在論的、郵便的』の核をなすテーゼは、じつはデリダの読解だけではなく、ここからも導かれています。

他方で『クォンタム・ファミリーズ』はまさに（量子脳計算機科学という架空のＳＦ設定によって）、コンピュータ・ネットワークが入り組み、確定記述の束が発散し、可能世界が露呈してしまった世界において、家族四人がそれぞれ「私とはだれか」を探求する物語として書かれています。そこでは主人公たちは、だれもが同時に複数の人生を生きている。だから人生の記憶は自分の根拠になりえない。しかしかといって、それ以外の根拠があるわけでもない。だからそこで展開するのは、否定神学的な「私」、あらゆる確定記述の彼岸にある絶対的な何かを信じられない主人公たちが、郵便的な別の「私」を求めてさまよう物語です。『存在論的、郵便的』の固有名論から『クォンタム・ファミリーズ』の可能世界設定までは、この観点で見ると一直線に繋がっている。というよりも、だからこそ上記のようなシンポジウムも開かれたわけで、そこで固有名の謎が話題になるのは当然のことでした。

しかし——しかし、ぼくはそのとき会場で述べたのでした。いや、本当はこのようなかたちでクリアには整理できていなかったかもしれないけれど、とにかく言いたかったのでした。

ぼくが言いたかったこと、それは、このような解釈、すなわち『存在論的、郵便的』である哲学的な「理論」が示され、『クォンタム・ファミリーズ』でその理論が「物語」として表現されたという構図は、じつは肝心なところでズレてしまうのだということです。

そうではないのです。本当は（いま振り返れば）『存在論的、郵便的』の理論は、それを理論的に展開しようとすればもはや理論的なスタイルそのものを無効化してしまうような、それゆえたとえば物語やフィクションを書くことをひとに要求してしまうような、そういう「理論」だったと考えなければならないのです。ぼくはあのまま固有名論を深化させることはできなかった。小説を書くしかなかった。そして、そこでこそ固有名論はふたたび中核的な役割を果たす。ひとことで言えば、ぼくは、『存在論的、郵便的』の思考を継続するためには、もはや固有名を別のかたちで使うテクストを書くほかなかった、だからこそ「登場人物」が存在する小説というスタイルを選ぶほかなかったのだと考えるべきだと思うのです。

——いまぼくは、小説家としての東浩紀の動機を批評家として再解釈し、理論化するような変な作業(いわば自分で自分をキャラ化するような作業——だって、現実のぼくとしてはそんなむずかしい動機で小説を書いたわけではないことを十分に知っている!)をしているので、いささか読みにくい文章になっていると思います。なんでこんな面倒な作業をやらなければいけないかと言えば——まあそれが、批評家が小説を書くということの業なのでしょう。お許しください。

この話、次回も続けます。

それでは、また来月。

(「文學界」二〇一〇年四月号)

＊連載「なんとなく、考える」はこの回で中断となりました。

iii

2010-2018

現実はなぜひとつなのだろう

第二三回三島由紀夫賞をいただいた。

賞をいただいたのは意外だった。ぼくの文章が純文学の世界でおもしろく読まれるとはまったく思っていなかったからだ。しかし、それ以上に驚いたのは、受賞が決まったあと、じつに多くのひとがぼくの受賞を祝い喜んでくれたことだった。

記者会見には知人の編集者が詰めかけ、ホテルのラウンジには読者が花束とともに現れた。朝方まで続いた祝賀会には、平日深夜にもかかわらず、続々と友人が駆けつけてくれた。帰宅すれば無数のメールとツイートと花束が待っており、返信を返すや否(いな)やふたたび自宅に友人が集まり始め、またもや朝までの祝宴となった。そして、会うひと会うひとから、おめでとう、よかったねと声を掛けられた。

文学賞の受賞というのは、こういうものなのかもしれない。三島賞なんてまだ地味なほうで、芥川賞や直木賞となると出身地の市長からも祝電が届くという話も聞いたことがある。

しかしぼくにはこれと似た経験はまったくない。一一年まえに、今回の受賞作とも深い関係にある評論『存在論的、郵便的』でサントリー学芸賞を受賞したときには、そもそも一報を受けたのが外国での早朝の電話でだれも駆けつけようがなかったし、贈呈式では多くの招待客に出席を断られた。じつに寂しい思いをすると同時に、ぼくの人生なんてどうせこんなものなのだと、諦めに似た感情を抱いたのを記憶している。

ぼくの仕事は世界から祝福されない。ひとはそれを幼稚な感情だと言うかもしれない。しかしたとえそれが幼稚だろうと、その感情に囚われた現実は変わらない。そしてそんな鬱屈は、ゼロ年代、評論家としては表舞台から撤退し、マイナーな文化シーンで地味に若い読者を集めているあいだに、もはやそれと意識しないほどに当然のものとなっていった。実際、ここではわざわざ列挙しないが、ぼくの仕事は長いあいだ失敗、というか「不発」の連続だったのだ。波状言論しかり、ｉｓｅｄしかり、「ギートステイト」しかり……。

だから今回、はじめての単独小説で受賞が決まり、そしてそれをかくも多くのひとが祝福してくれたことは、ぼくには奇跡のようにしか思えない。

そしてその奇跡の感覚は、『クォンタム・ファミリーズ』という小説により引き起こされた事態をめぐり、その作者が抱くものとしては、じつにふさわしいものでもある。

二〇〇五年にぼくには娘が生まれた。娘の名は汐音（しおね）という。『クォンタム・ファミリーズ』の登場人物のひとり、汐子（しおこ）の名はここから取られている。

作者みずから言うのははしたないことなのかもしれないが、『クォンタム・ファミリーズ』はけっこう複雑な小説である。この小説を「私小説」として読むのは、数ある読解のひとつにすぎないし、その読解は（後述のように）小説全体のメッセージと相反するように仕掛けが施されてもいる。

しかし、それでもあえて分類するならば、この小説が、やはり一種の、現代的でネット的な世界観（ゲーム的世界観）と想像力（マルチエンディングとデータベースの想像力）を前提として、それでもさらに文学の伝統とつなげるかのように、アクロバティックな道具立てを駆使して作られた変わった「私小説」であることはまちがいない。そして、そのかぎりにおいて、『クォンタム・ファミリーズ』の基底にあるのは、ぼくに娘ができたという単純な事実である。

ただしぼくはこの小説で、娘の誕生をめぐる喜びや驚きについて書いているわけではない。というより、ぼくにはまだそのような小説は書くことができない。むしろぼくは、そのはるか手前で、現実の人生で娘を授かり、そして娘を愛し平穏な家庭を築き上げることが（いまのところは）できているということ、その現実そのものがあまりにも非現実的で信じられないがために、むしろその現実全体を虚構化するために、娘がいなかったかもしれない、妻がいなかったかもしれないもうひとりのぼくの三〇代の人生を擬似体験するために、小説を書いた。だからそれは、私小説でありながら、まったく私小説ではなく、「私」をむしろ複数の世界を横断するキャラクターの断片に分解してしまうような小説だ。『クォンタム・ファミリーズ』はそのような小説なのである。

だからぼくはいまも、同じように、三島賞を逃し、このいまの自分を取り巻く祝福の言葉に触れられなかった、もうひとりのぼくについて考える。

そのもうひとりのぼくが抱くであろう疲労と諦念と失望について、そしてそれに囚われたまま足を踏み入れるであろうもうひとつの四〇代の人生について考える。

というよりも、ぼくはそのもうひとりのぼくの人生こそが本当の人生だったはずだと考える。少なくとも、そのような人生はあったはずだと考える。そして、たまたまぼくがいまグッドエンドに向かっているように見えるのは、そのようにしてバッドエンドに陥った、いくどかの人生の周回があったはずだから、ぼくには決して接触できないどこかの人生でささやかな犠牲があったはずだからだと考える。今回の受賞でもっとも驚き、と同時に底知れぬ怖れを感じたのは、じつに多くのひとがぼくの受賞を喜んでくれる、その幸せな光景が、たかが文学賞の落選ごときで完全に無に帰していたのかもしれないという、その現実の残酷さに対してだった。

現実はなぜひとつなのだろう。

たかが賞ではないかと、ひとは言う。

他人に評価されてもされなくてもいいではないか、賞など受賞してもしなくても同じではないか、作品の価値が変わるわけではないのだから、とひとは言う。

それは真実だ。しかし同時に、そのように考えなしに言うひとは、人生がいちどきりであること、じつに多くのことが偶然で決まることを忘れている。

三島賞を受賞してもしなくても、『クォンタム・ファミリーズ』の価値はむろん変わらない。しかしぼくの人生は変わる。受賞でしか見えないものがあり、逆に受賞により見えなくなるものがある。

そのどちらがよいかはわからない。もし一一年まえに『存在論的、郵便的』が三島賞を受賞していたら、それからのぼくの活動はまったく異なり、「ゼロ年代の批評」の代表者である東浩紀はおそらくは存在しなかっただろう。同じように、『クォンタム・ファミリーズ』が三島賞を受賞したことで、確実にぼくのひとつの可能性、ひとつの未来は消滅したはずだ。それはもう確定している。決して取り戻すことはできない。

だからぼくにできるのは、そのもうひとりのぼくに思いを馳せ続けることぐらいしかない。

そして、今後も、そのもうひとりのぼくでも納得するような小説を書いていくこと、それぐらいしかない。『クォンタム・ファミリーズ』の物語は、主人公が可能世界の娘から手紙をもらうことで始まる。同じようにぼくはこれからも、小説を可能世界に向けて手紙のように書いていきたいと思う。

ありがとうございました。

（「新潮」二〇一〇年七月号）

大島弓子との三つの出会い

大島弓子の名前にはじめて出会ったのは、コミックではなく、一九八四年に劇場公開されたアニメーション映画『綿の国星』においてである。といっても、劇場に観に行ったわけではなく、友人から借りたビデオテープがきっかけだ。当時ぼくは中学一年生で、あるとき同級生から、数本のアニメ映画の入ったVHS三倍モードのビデオテープを突然渡されたのである。大学生の兄から借りたというそのテープには、『綿の国星』に加えて、竹宮惠子原作の『地球(テラ)へ…』と押井守監督の『うる星やつら2 ビューティフル・ドリーマー』が入っていて、いまから思えばじつに考え抜かれたセレクションだった。いまでいう違法コピーだが、当時はまだ世間はその種のコピーに寛容だった。

いずれにせよ、ぼくはそこで冨永みーな演じる須和野チビ猫に出会い、その愛らしさに一瞬で心を奪われた。大島の名は脳裏に刻まれ、すぐに原作も手に入れてむさぼるように読んだ。彼女の作品は当時すでにカルト的な人気を誇っており、関連する作家や作品も多かった。とはいえ、それらは一三歳の男子中学生にはあまりにも繊細すぎて、正直に告白すれば、関心はそれほど長く持続しなかった。大島の魅力を理解するためには、ぼくはまだまだ子どもだったのだ。

そんな大島との第二の出会いがいつだったのか、そちらは正確に覚えていない。大学生かそれとも院生か、とにかく二〇代前半のどこかの時点で、ぼくはもういちど大島の作品に出くわし、ふたたび衝撃を受けることになった。ただしこんどの出会いは、アニメではなく原作とであり、衝撃を受けたのも、キャラクターに対してではなく、現実と妄想、客観と主観が交錯する高度な表現に対してだった。

大島の作品はいずれも魅力的だが、なかでもひとつ挙げろと言われれば、ぼくのお気に入りは一九八七年の短編「秋日子かく語りき」である。交通事故にあった高校二年生の主人公・秋日子に、同じ事故で死んだ五四歳の主婦・竜子の霊が取り憑くという五〇ページほどの物語なのだが、二種の語りが並行して進んでいて、最後まで読んでも、憑依が現実の出来事だったのか、それとも秋日子の演技だったのかは決定できない。そしてすばらしいのは、現実と妄想いずれにしろ、一連の事件が終わり憑依が解けたとき、関係者がそれぞれ現実（秋日子の成長、竜子の死、そして語り手が秋日子に抱いていたコンプレックス）を受け入れる結末になっていることだ。『綿の国星』や「バナナブレッドのプディング」といった名作長編の本質が、ここにはきわめてコンパクトかつクリアに現れている。

大島の作品の魅力は、ひとことで言えば、現実と妄想の交錯、それそのものを「もう一段うえの避けられない現実」として捉えるという、ちょっとメタなリアリズムの感覚にある。ぼくたちはもともと無数の妄想に囲まれて生きている。そして、それらを忘れ、たったひとつの現実を受け入れることで大人になる。それが成熟と呼ばれる。小説でもマンガでもアニメでも、子どもの妄想をそのままぶつける作品、逆に大人の現実をしっかりと描く作品はあまたある。けれども大島は、マンガ特有の複雑な語りを使って、本来は妄想と現実の区別がつかなかったぼくたちがその区別を渋々と受け入れる、その推移こそを現実として描写することに成功している。

そのような推移は多くは思春期に起こる。だから大島は多くの場合、少女を主人公に選んでいる。そして世間でも少女の感性を描く作家だと考えられている。しかし、現実と妄想の交錯こそが本当の現実（メタ現実）である、というこの認識は、本来はきわめて一般的なものである。ぼくたちはみな、大人になっても、いつもちょっとだけ妄想を抱いて生きている。人間の現実とはそもそもそういう構造をしているのだ。ぼくはこの点で、大島の作品はとても普遍的で、少女特有の問題を超えた問題に触れており、だからこそ多くの読者に感銘を与えるのだと思う。ぼくは、大島の作品が「少女マンガ」だと感じたことはあまりない。

最後に、大島との出会いということであれば、どうしても付け加えておくべき思い出がある。読者にはよく知られていることだが、大島は長いあいだ東京都下の吉祥寺に仕事場を構えていた。そのマンションの模様は作品やエッセイで頻繁に描かれているので、場所は簡単に特定できる。そんなわけで、第二の出会いの数年後、近くの区に住んでいたぼくは、妄想めいた第三の出会いを求めて、ふらふらと周囲をさまよってみたことがある。いまでいう聖地巡礼——いや、むしろストーカーだが、あのころはまだ世間はストーカーにも寛容だった……と思いたい。

言うまでもなく、作家に会うことはできなかった。そもそも大島は顔を公表していないので、出会ってもわかるはずがなかった。けれども、ぼくはマンションまえの公園からマンガ片手に風景を照合し、部屋のあたりをつけることができた。マンションの入口にセキュリティはなく、目的の場所に立つと、なんと本当に「おおしま」と書かれたそっけない表札が現れた。一五年以上が経ったいまも、あの瞬間の動揺は忘れられない。表札はマジックの手書きのひらがなで、柔らかく女性的で、でもどこか現実を投げ出したような乱暴さが残り、ぼくはすぐにそれが作家自身の手書きだと確信した。扉を開ければ、そこには作家と飼い猫のサバがいるはずだった。ぼくはあの瞬間、たしかにチビ猫や秋日子と同じ街に生き、同じ空気を吸っていた。

むろん、現実には、大島という姓はけっしてめずらしいものではないから、あれは別の大島さんの部屋だったのかもしれない。作家の部屋だったとしても、アシスタントさんの手書きだったのかもしれない。いや、そもそも、仕事場のマンションがそこだというのは大島が作り出した「設定」で、現実には彼女は別の場所に住んでいたのかもしれない。けれども、ぼくはいまでも、あれは本当に大島弓子の部屋で、あれは本当に作家の手書きの文字だったのだと信じている。それがぼくの現実で、大島の作品にはそのような現実を生み出す力があった。

ぼくたちはみな、大人になっても、いつもちょっとだけ妄想を抱いて生きている。

（『大島弓子 fan book　ピップ・パップ・ギーととなえたら』青月社、二〇一五年一月）

少数派として生きること

このエッセイのため、二〇年ぶりに『こころ』を読み返した。あらためて強く印象に残ったのは、同性愛的な表現の豊かさである。とくにそれは「先生と私」の章で著しい。たとえば章の冒頭、「私」と「先生」は鎌倉の海水浴場で出会う。海水浴場というその設定がすでに艶（つや）めかしいが、描写はさらに具体的に官能を喚起する表現に満ちている。そもそも「私」の目がはじめて捉えた先生は、「丁度着物を脱い」だばかりの半裸のすがたをしている。そのとき先生の隣には「猿股一つの外何物も肌に着けていない」西洋人がおり、「私」はそちらにも気を惹（ひ）かれる（嫉妬だろうか）。会話ひとつ目配せひとつなかったにもかかわらず、「私」はその瞬間からふたりから目が離せなくなり、彼らが去ったあともひとりで「ぽかんとしながら先生の事を考え」る（しかし会話もないのになにを考えるというのか。裸だろうか）。そして翌日も翌々日も次の日も海岸に出かけ、先生を追うものの話しかける勇気はなく、ようやくその翌日（四日目）、「広い蒼い海の表面に浮いているものは、その近所に私達二人より外になかった」状況で、先生のほうから声をかけられるのである。「私」はその瞬間、「自由と歓喜に充ちた筋肉を動かして海の中で踊り狂った」。筆者には、これらの描写は、人生の師に出会った学生というよりは、少女との恋に落ちた青年のそれだとしか思えない。大正期の読者は、これらの文章をどのように読んだのだろうか。

いずれにせよ、「私」の先生への愛には尋常ならざるものがある。そして小説のなかには「私」の性的志向を明確にする記述はないので、彼が同性愛者だった可能性、それも自覚的な同性愛者だった可能性は十分にある。というよりも、そうでなければ、なぜ彼はひとりで毎日のように海水浴場に通い、半裸の中年男性を追いかけたりしたのか、動機が理解しにくい。つまりは「私」は、先生に恋をしていた可能性が高いし、また先生もそのことに気づいた可能性が高い。そしてそのように考えたとき、筆者はふと、先生の自殺の理由がいままでになく胸に落ちる気がしたのである。

『こころ』が同性愛を隠れた主題にしていることは、研究者によりときおり指摘されている。この作品は一般に先生と「K」と「御嬢さん」の三角関係を描いた恋愛小説として知られているが、物語を動かしているのはじつは、先生と御嬢さんではなく先生とKの関係である。先生はKの将来を憂慮する。渋るKと強引に同居する。御嬢さんの家族が自分の心を溶かしたように、自分もKの心を溶かせないかと考える。そして最終的には、先生はKの自殺を追うようにして自殺する。それゆえたしかに、先生は御嬢さんよりもKを愛していて、その愛が叶(かな)わなかったがゆえに死んだのだと、そのような読解も成立しないことはない。けれども実際には、「私」が先生に向けた愛の赤裸々な肉感性に比べて、先生がKに向ける愛ははるかに精神的なものにとどまっている。「私」が先生を鎌倉の海水浴場で見初めたことに対応するように、先生はKとともに房総の海水浴場に向かう。けれども、そこでは先生は「自分の傍にこうじっとして坐っているものが、Kでなくって、御嬢さんだったらさぞ愉快だろうと思う」だけであり、Kの肉体に目を奪われたりはしない。なるほど、先生はたしかにKに同性愛的欲望を抱いていたかもしれない。しかしその欲望は、Kが生きているあいだは、決して自覚はされなかったのである。

だとすれば、先生が自殺したのは、Kへの罪悪感（倫理的問題）ゆえでもなければ人間存在への絶望（存在論的問題）ゆえでもなく、ましてや明治天皇の死（政治的問題）のゆえでもなく、単に、「私」に出会うことで彼が性的な真実に気づいてしまったから（性的問題）、妻帯者だというのにいまさら自分が同性愛者であることを自覚してしまったがゆえなのではないかと、筆者はそのように思う。先生と御嬢さんに子はいない。「仲良く暮ら」す「幸福な」夫婦ではあったけれども、性関係は途絶えていたかもしれない。そんな彼が、眩しい鎌倉の夏の海で、数日間にわたりじっと自分を見つめている若い男性にみずから声をかける。『こころ』の物語はそこから始まる。「先生の遺書」は、ずっと自分を異性愛者と信じ、妻帯者として生きてきた中年の同性愛者が、若い同性愛者に向けて記した長い長いラブレターなのだ。だからこそ、先生は遺書で「妻には何も知らせたくない」といくども念を押すのである。

マイノリティとして生きること。それが辛いのは、数が少ないからではなく、ひとはだれでも最初は自分がマジョリティだと誤解してしまうから、自分がマイノリティだと気づくのに時間がかかるからではないだろうか。先生はそのあいだに、Kを死に追いやり、御嬢さんを不毛な夫婦生活に閉じ込めてしまった。先生の罪はそこにある。先生は「私」にその罪を繰り返すなと説く。だから先生は遺書に「腹の中から、或生きたものを捕まえ」てみろと、自分の欲望を隠すなと記す。「私の鼓動が停った時、あなたの胸に新らしい命が宿る事が出来るなら満足です」。

「私」は先生に恋していた。そして恋を隠さなかった。何日も視線を向け続けた。そんな「私」は、先生に、海よりも眩しく映ったにちがいない。

（石原千秋責任編集『夏目漱石『こころ』をどう読むか』河出書房新社、二〇一四年五月）

日記　二〇一一年

五月七日（土）

午後『思想地図β』震災特別号の鼎談収録。近隣の喫茶店でスタッフと待ち合わせてから、西麻布にある猪瀬直樹事務所に向かう。猪瀬事務所は地下に暖炉を備えたリビング、屋上には小さなプールまであるなかなかの建物。収録場所に足を踏み入れると、村上隆氏がひとりぽつんと所在なげに座っている。村上さん不調の模様。猪瀬氏は対照的に快調。鼎談終了後は居酒屋で打ち上げ。村上春樹論から流れ、思いもかけず日本文学史には家長の系譜と放蕩息子の系譜があるという話に。鷗外は家長で漱石は放蕩息子なのだ、という整理には膝を打った。なるほど、だから柄谷行人は漱石論から始まったのか……。

五月八日（日）

前日の酒のせいで頭が痛い。最近はめっきり身体が弱くなった。年齢のせいか。年齢といえば翌日五月九日は四〇歳の誕生日。社のスタッフが誕生会を開いてくれるとのことで、夕方酒の抜けたあたりでコンテクチュアズ五反田オフィスへ。ドアを開いて驚愕。社員どころか三〇人を超える人々が集まっている。懐かしい面々もいる。乾杯のあとレストランにぞろぞろと移動。市川真人氏に、こんなに人数いるなら妻と娘も連れてくればよかったなと呟くと（娘は市川くんが大好きなのだ）、いやぼくもすぐ帰っちゃうんでと諭され、それもそうかと思い直す。二度目の乾杯のあと渋谷慶一郎、もふくちゃんのふたりと歓談していると、今日二度目のサプライズ、なんと妻と娘が花束をもって現れる、ぼくが出るときは出かけるそぶりすら見せておらず、完璧に騙された。感動。娘をぎゅうと抱きしめる……はずが、娘は渋谷慶一郎への蹴り攻撃に忙しく失敗（市川くんとは対照的に娘はなぜか渋谷をライバルかなんかだと思っているようなのだ）。一次会が終わりふたたびオフィスに戻り、持ち寄ったワインやシャンパンを次々開ける無礼講に。ツイッターで誕生会開催を知った読者がぞくぞく合流、Ｕｓｔｒｅａｍで中継、例によって最後のほうはぼく自身も面子がよくわからないカオスな飲み会に。いつのまにか夜も明け、最後は記念写真をとって盛大に解散。記念写真直後、五反田の町に足早に消えていく男女二人組が出るというオチまでついた。興奮と酒で途中からは記憶も曖昧だが、とにもかくにもたいへん楽しい誕生日会だった。むしろ死亡フラグというやつなのではないかと思うぐらい。幹事役を務めてくれた東大表象院生の入江哲朗くんに感謝！

五月九日（月）

本当の誕生日。四〇歳になった。昼過ぎに起きる。二日連続の酒でただひたすら身体がだるい。昼はベッドで伏せって、深夜に仕事をすることにする。というわけでほぼ寝ていただけの一日。「東さん体力ありますね」と言われることが多いが、実際には酒飲んだ翌日は家で大人しく寝てるのである。

五月一〇日（火）

奈良出張一日目。『PAPYRUS』で始まる新連載「パラリリカル・ネイションズ」の舞台取材兼グラビア撮影で一泊二日の小旅行。インタビューとともに飛鳥(あすか)の地に立つ写真がどーんと載るらしい。さすが幻冬舎。批評家時代には想像もできなかったおもてなし。やっぱ作家はいいねえ……。と感心している場合ではなく、取材旅行に行く以上、とりあえず原稿はそのまえに送らねばまずい。というわけで未明にもぞもぞと起きだし原稿の最後のまとめ。なんとか目途をつけて担当者に送った……と思ったら車が来る時間に。慌てて鞄(かばん)に荷物を詰め込んで家を飛び出る。品川から京都へ、そして近鉄特急で飛鳥へ。橿原神宮前には昼過ぎに到着。レンタカーで明日香村(あすかむら)を回り、博物館に寄り藤原宮跡に行く。天気に恵まれないが、性器信仰の石像が妙に多いのが予想外で印象に残る。カメラマンE氏のノリに巻き込まれ、マラ石なるペニス状の石像にまたがったり、使えそうにない写真ばかりを撮影する。吉野泊。替えの下着を忘れていた。

五月一一日（水）

奈良出張二日目。雨止まず。ニュースによると台風が来ているとか。雨の合間を縫って吉野を散策。続いて持統帝が頻繁に訪れた吉野宮跡＝宮滝遺跡へ。吉野が縄文時代にすでに一大流通センターだったことを知る。明日香村に戻り石舞台遺跡を見学したあと、足を伸ばして斑鳩の法隆寺へ。飛鳥から斑鳩は遠い！　梅原猛が言うように、聖徳太子がこの距離通勤はありえないだろう。法隆寺では豪雨が頂点に。全身ずぶ濡れになりながら六角堂など見学し、奈良盆地を離脱。夜一〇時過ぎ自宅着。娘はまだ起きてアニメを見ていた。『魔法少女まどか☆マギカ』。オタクリテラシーだけはぐいぐいと上がっているようだ。

五月一二日（木）

午後よろよろと大学へ。東日本大震災の影響でなんと木曜の授業はこの日が初回。リレー小説を書く演習と批評を書く演習。図書館でアイヌ語関連書籍を漁るが、そもそもじつに少数しか出版されていないことに気がつく。ほか特記事項なし。

五月一三日（金）

午後大学へ。金曜授業は二回目。ＳＦを読む演習と「ゼロ年代」批評を読む演習。後者は教室ぎっしり。履修登録者より人数が多い気がするが、ここは不問で進めるのが大学人の従来の常識というもの。授業後はＮＨＫの番組収録のため世田谷区某所へ。津田大介氏と合流。番組内に津田氏とぼくの対談コーナーがあるためだが、番組はオタクネタの紹介に特化していて、正直なぜ対談が必要なのかわからない。遠からず降板を申し出ることになりそうとの予感を覚える。収録終了後、自由が丘に流れて朝まで打ち上げ。震災後の言論人の役割や政策サークルの無能ぶりについて意見交換し、エールを交わす。打ち上げのほうがよほど公共的な話をしていたと思うが、それがテレビの限界か。打ち上げ終了後、代行業者に電話したらすでに業務は終了しており、車は駅まえの駐車場に置いてタクシーで帰宅。明日の駐車料金が怖い。

（「新潮」二〇一二年三月号）

福島第一原発「観光」記

この一年半ほど、福島第一原発観光地化計画なるものを提唱し活動している。まず筆者は、自身が経営する小さな会社を母体に研究会を立ち上げた。研究会には、社会学者やジャーナリスト、観光学者や建築家などが参加している。昨年（二〇一三年）は、その成果をまとめて『チェルノブイリ・ダークツーリズム・ガイド』と『福島第一原発観光地化計画』の二冊を出版した。年末には東京で美術展「『フクシマ』へ門を開く」を開催し好評を得ている。新聞やテレビでも紹介されているので、名前はご存じの方が多いかもしれない。

福島第一原発観光地化計画とはなにか。それは、文字どおり、福島第一原発事故の跡地を、将来的に「観光地」にすべきだという提言である。

この提言は、観光という表現があまりに挑発的に響くのか、発表以来多くの反発を呼んできた。いまでも筆者のもとには、ときおりネットで非難の声が届く。けれども筆者たちの問題意識は単純であり、真意を理解した被災者や関係者の方からは応援をいただいている。

その問題意識とはつぎのようなものである。福島第一原発の事故は世界史に残るものである。したがって事故の教訓は後世にきちんと伝える必要がある。とはいえ、福島第一原発のある福島県浜通り地域は、もともと交通の便がよくなく過疎化も進んでいた地域。博物館や公園を作っただけでは訪れるひとは限られる。であれば、ただ跡地を保存するだけでなく、できるだけ多くの、そして多様な人々を効果的に「動員」する仕掛けを作らなければならない（あらゆるコミュニケーションについて、情報の質だけではなく「経路」を考慮しなければならないということ、それは一六年まえの著書『存在論的、郵便的』以来の筆者の一貫した主張である）。動員は全体主義国家では容易だが、日本はそのような国家ではない。自由主義で資本主義である現代社会において、さまざまなイデオロギー、さまざまな趣味関心に分断された多様な市民をひとつの場所に動員すること、それは現実的には、そこを「観光地」にすることでしか達成されない。事故跡地を観光地として公開すること、それはまた、右翼でも左翼でも富裕層でもニートでも日本人でも外国人でも、観光客であればだれでも処理作業を見ることができるようになることを意味する。だからそれは絶対的な情報公開の実現でもある。事故跡地の観光地化こそが、悲劇の伝承の条件であり、また事故処理をめぐるオープンな議論の条件なのだ。

以上の提言は、理論的であるとともに、また具体的なものでもある。詳しくは前掲の二冊を読んでいただきたいが、福島の事故から二五年まえ、同じ深刻な事故を起こしたチェルノブイリでは、数年まえから観光客向けのツアーが実現している。他方福島でも富岡町や浪江町では、すでに有志により希望者向けの被災地ツアーが実現している。それゆえ、チェルノブイリの事例に学びながら、福島第一原発の事故跡地をめぐるツアーを制度化することはきわめて現実的である。

そもそも欧米の観光学では、近年、戦争遺構や災害遺構など、悲劇の痕跡を巡る「ダークツーリズム」の現象が注目されている。日本語では「観光」というと軽薄な印象が強いが、広島や水俣を抱え、修学旅行が盛んな日本は、そもそもダークツーリズムの先進国でもある。観光は学びの契機になる。原爆ドームが、広島の重要な観光資源であると同時に、核兵器の残酷さを伝える貴重な遺産でもあることを疑うひとはいない。そして、広島は、その悲劇の遺構を積極的に保存し、公開してきたからこそ、大戦後の国際政治において重要な役割を果たしてきた。筆者たちの提言は、その経験を福島の原発事故に適用しようというものでもある。原爆投下から七〇年、いまや広島が「ヒロシマ」となり、世界中から観光客を呼び寄せているように、福島もまた将来的には世界の「フクシマ」となるべきではないだろうか。少なくとも、今後策定されるであろう復興計画に、そのような視点が組み込まれるべきではないだろうか。筆者と七人の委員は、そう考えてさまざまな活動を展開している。

さて、そのような活動をしている筆者は、去る一二月、委員の一部とともに、事故を起こした福島第一原発の敷地内に入り、数時間にわたって処理作業の現実を間近で見ることができた。

だれもが知っているとおり、福島第一原発では三つの原子炉がメルトダウンを起こしている。昨年の秋になって汚染水漏れがつぎつぎに指摘されるなど、廃炉作業はほとんど進んでいない。放射線量も局所的にはきわめて高く、作業員は厳重な防護のもと劣悪な環境下での労働を強いられている。少なくともそのように報じられてはいる。東京電力への視線が日々厳しくなるなか、大手新聞やテレビなど、いわゆる「報道関係者」以外の立入取材が許可されることはきわめて稀(まれ)である。

報道関係者は報道のプロである。彼らはじつに簡潔に、そして効率よく必要な情報を切り取る。それは尊敬すべき営為だが、しかしまた同時に、プロ特有の「効率のよさ」が現実の多様性を消してしまうことも確かである。どのような現実にも、悲劇と喜劇が、絶望と希望が、深刻さと滑稽さが混在しているものだが、その「あいまいさ」は、記事の大きさや放送時間の制約のなかでどうしようもなく失われる。筆者たち、福島第一原発観光地化計画の委員は、この点ではいずれも報道のアマチュアである（委員で唯一のジャーナリストである津田大介も、報道記者としての訓練は受けていない）。それゆえ、筆者たちの目には、通常の報道では切り捨てられるはずのさまざまな細部が映り込む。それは決して効率がよくないが、そのかわり、多様な現実を一色で塗りつぶしたりはしないで済む。『チェルノブイリ・ダークツーリズム・ガイド』のあとがきで記したように、それはおそらくは、取材者というよりも、それこそ観光客に近い視線である。あるいは、本誌の読者には、ヴァルター・ベンヤミンのいう「遊歩者（フラヌール）」の視線だと表現したほうが伝わるだろうか。筆者たちは、観光客＝遊歩者として、関心の赴くまま、自由に無責任に現実のモザイクを観察する。だからこそ筆者たちは、昨年春の取材において、日本の報道がいままで切り捨ててきた、観光地化するチェルノブイリの悲喜劇を摑（つか）まえることができた。

それでは、そんな観光客＝遊歩者には、福島第一原発事故跡地の現在はどのように映ったのか。以下、簡単な報告をお届けしよう。

本稿はあくまでも「観光」記である。つまりは一種の紀行文である。だからあえて、筆者の個人的な関心を中心にまとめられている。処理作業の模様や職員の発言、構内各所の放射線量など、通常の報道であればまずは重視されるはずの「事実」については、ここでは逆に割愛している（詳細な記録は取ってあるので、別の機会に活字にすることはあるかもしれない）。そもそも今回の取材は、後述するように完全な管理のもとで行なわれたので、筆者たちに示されたたいどの情報は、すでにすべて報道され、周知のものとなっているはずである。筆者たちは、その点ではなにひとつ「新情報」を摑んでいない。だから本稿の目的は、新たな情報の呈示にではなく、むしろ、すでにみなが知っているはずの情報をひとつの「体験」に練りあげるための、新しい文脈や視角の呈示に置かれている。チェルノブイリにしても、観光地化の事実そのものは、ネットで公開され、周知の状態にあった。ただ日本では、報道関係者がだれひとりそれを重視しなかっただけのことなのである。

報道のプロが福島第一原発をどのように言語化するのか、わたしたちはすでに十分すぎるほど知っている。それでは、アマチュアが同じ場所を見ると、どのような言葉が出てくるのか。本稿はそのひとつのサンプルだ。

筆者が福島第一原発に入ったのは、昨年の一二月五日のことである。取材参加者は、筆者のほか、福島第一原発観光地化計画（以下「観光地化計画」と略す）委員であるジャーナリストの津田大介、社会学者の開沼博、建築家の藤村龍至、美術家の梅沢和木。それに加えて、写真家の新津保建秀、ロシア演劇研究者の上田洋子、映像作家の小嶋裕一と神経科学者の藤井直敬、さらに筆者の会社と津田の会社それぞれのスタッフを含め、総勢一三名だった。新津保、上田、小嶋の三氏は、昨年四月のチェルノブイリ取材の同行者でもある。

取材の手配はすべて津田が行なった。津田は、事故以前に東京電力の現広報部長である矢野伸一郎と仕事をしたことがあり、事故後も個人的に関係を維持していた。筆者は昨年秋に、彼の仲介で矢野部長と会食をもち、また東京電力副社長であり福島復興本社代表の石崎芳行にも取材を行なった。石崎への取材の模様は『福島第一原発観光地化計画』にも掲載されており、そのせいか、観光地化計画は東京電力内であるていど好評をもって迎えられたようだ。今回の取材は、そのような積み上げがあってはじめて実現している。立入取材は東京電力の一存で許可できるものではない。担当者は、政治家でもなければマスコミでもない、海のものとも山のものとも知れない任意団体の「視察」(東京電力はこの言葉を使っていた)を可能にするため、関係省庁を奔走してくれたようだ。

行程は、午前中が福島第一原発、午後が福島第二原発、そして夕方には、現在閉鎖中で将来的には「廃炉資料館」への転用が予定されている東京電力エネルギー館(富岡町にある福島第二原発所属の広報施設)に寄り、さらに夜には意見交換会があるというハードなもの。じつは筆者たちが希望したのは第一原発の取材のみだったのだが、「壊れた原発だけではなく、正常時に近い状態の原発も見学し理解を深めてほしい」との提案が広報部側からあり、行程に第二原発も組み込まれた。結果的にそれは大成功であり、その意義についても本稿の最後で少しだけ触れるが、本文では誌面の都合上、第一原発のみを紹介することにする。全体の所要時間はなんと一二時間。前掲の石崎復興本社代表と矢野部長がすべてに同行し、ときにみずから解説していただけるという、たいへん恵まれた条件での取材になった。

と、このように記すと、観光地化計画はやはり東京電力と通じていたのか、原発推進派なのかと疑念をもたれるかたがいるかもしれない。けれどもそれは拙速な誤解である。筆者たちは、取材や研究にあたり、官民問わず外部のどの団体からもいっさい資金面の援助を受けていない(個人の支援者はいる)。エネルギー政策についても、特定の立場を支持してはいない。東京電力とのつながりは、津田と矢野部長のあいだの個人的な信頼関係に尽きている。

個人的な信頼関係などと記すと、それはそれで疑いの目を向けられそうだが、社会を変えるのは、結局のところ、独立した個人と独立した個人のあいだのそのような関係だけではないだろうか。政府は悪、電力会社は悪、「彼ら」が諸悪の根源で「わたしたち」はみな犠牲者だと世界をふたつに分割してしまえば、たしかに耳あたりはいい。政治とは友と敵を分割し、敵を殲滅(せんめつ)することだと喝破したのは、ナチス支持で悪名高い法学者、カール・シュミットだが、まずは原発推進なのか反原発なのか、その分割こそを新しい政治の基礎にしようとした震災後の状況は、まさにその友敵理論の戯画的な具現化だったと言える。けれども実際には、政府も電力会社も個人の集合であり、話ができるひともいればできないひともいる。それを見定めてこそ、本当の改革、本当の政治が可能になるのであり、その態度は単純な友敵の分割からは生まれることがない。その認識が観光地化計画の出発点であり、それゆえ筆者は、東京電力との対話や協力を避けるべきではないと考えた。友敵の分割を越える個別の関係こそが、正義を生み、よりよき社会を可能にする――現代哲学に親しんだ読者であればおわかりのように、これはつまりは、ジャック・デリダがいう「友愛」の問題であり、リチャード・ローティがいう「連帯」の問題である。震災後の困難な状況のなか、東京電力幹部との友愛＝連帯を貫いた津田のふるまいこそ、「理論的に」正しいのだ。

話が逸れた。いずれにせよ、報道のアマチュアによるものとしてはきわめて稀な筆者たちの原発取材はそのようにして許可された。当日の動きを時系列で追っていこう。

筆者たちは、まずは午前九時に、福島県広野町と楢葉町の境界にあるサッカートレーニング施設、通称「Jヴィレッジ」に集合した。東京からは車で約三時間。参加者の一部はいわきで前泊した。Jヴィレッジは、福島第一原発から南に二〇キロ、旧警戒区域の外縁に位置しており、もともと東京電力の出資で設立された施設という経緯もあって、震災直後から原発事故対応拠点として活用されている。『福島第一原発観光地化計画』でも、将来的にビジターセンターの敷地候補と考えられている施設だ。東京電力の福島復興本社もここに置かれている。

Jヴィレッジの会議室では身分証明書の呈示が求められる。事前に届けを出した人間と同一人物かを確認するためだ。続いて三〇分ほどのブリーフィングを受けたあと、マイクロバスに乗って福島第一原発へ。取材中は、ツイッターなどリアルタイムメディアへの投稿は許可されず、事前に登録したカメラ以外での撮影も禁じられている。いちどはすべての携帯電話を預けるようにと命じられたが、石崎の判断により通話用としての持ち込みは可能になった。津田は二七万、筆者は一二万のツイッターフォロワーを抱えている。原発敷地内から「フクイチなう」ができればかなりの注目を浴びただろうが、その夢は叶わなかった。

Jヴィレッジから原発までは四〇分ほどの道のり。福島第一原発には午前一〇時半に到着し、筆者たちはまず正門横の入退域管理施設に入る。ここで入場者には、携帯線量計とともに、マスク、手袋、靴カバーの三点が配付される。マスクも手袋も薬局で市販されている簡易なもの。敷地内は車で移動し、外気に曝（さら）されるのは短時間なので問題ないと説明を受ける。

今回の取材での最初の衝撃がここにある。マスク、手袋、靴カバーの三つしか配付されないということは、すでに現時点でも、特別の放射線防護は必要なく、物理的にはだれでも敷地内に入ることができることを意味している。観光地化計画を唱えてからこの一年、筆者のもとには、事故跡地の観光など気ちがい沙汰（ざた）だ、健康被害を考えないのかと、嘲笑に近い批判が数多く寄せられてきた。そして筆者自身も、漠然と、放射線防護の観点から、一般人の入場が可能になるのはかなりさきのことだろうと考えていた。けれども現実は異なっている。筆者たち自身が、軽装で構内を回り、取材を通しての積算被曝（ひばく）量も大したことがなかったのだから（被曝量は後述する）、福島第一原発の市民への公開はじつはいまも可能なのである。障害はすでに、放射線そのものから、むしろ制度や心情のほうに移っている。見学者の受け入れにはさまざまなコストが伴う。廃炉作業を妨げてはならないし、テロ対策との兼ね合いもある。作業員の感情も考慮すべきだろう。けれども、裏返せば、それらいくつかの問題がクリアされ、政府と東京電力が決断しさえすれば、政治家でも報道関係者でもない、一般市民が事故跡地を巡ることができる日は意外と近いかもしれないのだ（最初は抽選で月に一〇〇人、半分は福島県民などというアイデアもありうるだろう）。事故跡地の一般開放は、国民の原発事故に対する理解を大きく押し進める。観光地化計画では、今後「原発事故ツアー」の実現にむけて関係各所に働きかけていきたいと思う。

誤解を避けるために付け加えるが、これは決して福島第一原発が「安全」になったことを意味していない。そうではなく、放射性物質の危険が、わたしたちが日常で親しんでいる物質の危険とは質的に異なるので、その挙動について想像がむずかしいことを意味しているのだ。放射線は毒ガスとは異なる。敷地いっぱいに「放射能」が満ちているわけではないし、吸い込んでもただちに死ぬわけではない。局所的に放射線量が高くても、適切な遮蔽を行なえば被曝を避けることができる。そのかわり積算被曝量こそ重要なので、見学者にとっては安全でも作業員にとっては危険ということがありうる。これらは知識としては知られている。けれども、いくらそのことを知ってはいても、それでもやはりわたしたちは、「福島第一原発事故跡地」といえば、どこもかしこも「放射能」だらけで、一瞬も気を抜けない「死の土地」といったイメージを抱いてしまう。筆者ですらそうだった。想像力には意外と限界がある。

知識とイメージの落差。それは、この事例にかぎらず、広く「フクシマ」の未来を考えるうえで、今後決定的に重要になる課題である。その落差は一般に「風評被害」という言葉で知られている。そして風評被害は、啓蒙活動や情報公開によって解消されうると信じられている。しかし、知識とイメージの落差は、そもそも原理的に、知識の増加だけで埋まるものではない。おそらくはその落差は、身体性を伴った「体験」によってしか埋まらない。だからこそ観光地化が必要になる。現実にひとを「連れてくる」こと。それでしか伝わらないことは確かにあるのだ。

行程の紹介に戻ろう。筆者たちは、そのようにして、マスク、手袋、靴カバーを身に着け、線量計を首からぶら下げて新たなバスに乗り込んだ。原発構内と構外では、当然のことながら車も変わる。

ここからのち、本稿では紹介しない福島第二原発の取材を含め、筆者たちの動きは東京電力の完全な管理下に置かれる。午後五時に第二原発の敷地を離れるまで、どこをどのように回るか、スケジュールは分刻みで定められ、そして筆者たちは、つぎつぎに入れ替わる担当職員に導かれるまま、それこそまさに「ツアー客」のように「見どころ」を回っていくことになる。多くの政治家や報道関係者を受け入れてきた経験からだろう、その進行はじつにスムーズで洗練されている。要所要所でパワーポイントを使った説明が入り、昼食の弁当までついてくる。しかしそのかわり自由はなく、気になったところで立ち止まることすらできない。原発への入場はこの点で、本質的な意味で、観光の経験に、それも修学旅行やガイド付き団体旅行の経験に似ている。そしてこの状況は、筆者たち以外を対象とした、政治家の「視察」や報道関係者の「取材」においても同じはずである。福島第一原発「観光」記、という本稿のタイトルに抵抗を感じた読者も多いかもしれないが、わたしたちはじつは、福島第一原発については、そもそもまだ「観光客」にしかなれないのである。

入退域管理施設から、最初の目的地である「免震重要棟」までは一キロほどだ。天気は快晴。バスはまぶしい青空のもと、立ち並ぶ汚染水タンク、乾式キャスク（使用済み核燃料保存容器）の仮保管設備、試運転中の多核種除去設備（ALPS）などを望みながら、ゆっくりと進む。ところどころで、真っ白な防護服で全身を覆い、全面マスクをつけた作業員たちとすれちがう。屋外作業の多くは昼で終わる。筆者たちは午前中に訪れたので、作業員を多く目にすることができた。

バスが止まる。駐車場から免震重要棟入口まで、短い距離とはいえ、筆者たちは防護服なしで福島第一原発の外気に曝されることになる。凜（りん）とした東北の空気が気持ちいい。深呼吸の誘惑に駆られるが、線量は一二から一三マイクロシーベルト毎時。東京の三〇〇倍といったところだ。すぐそばでは完全防護の作業員が働いており、いささか奇妙な感覚に囚（とら）われる。早足で棟内に駆け込むと、線量は〇・七から〇・八マイクロシーベルト毎時に急降下した。

免震重要棟は、その名のとおり、大地震の発生時でも対応に支障をきたさないよう、免震構造を採用し、通信や電源など重要設備を集中させた施設である。二〇〇七年の中越沖地震を教訓に整備計画が生まれ、二〇一〇年に完成したというから、東日本大震災での活躍はまさにぎりぎりのタイミングだったことになる。前述のとおり事故処理の実務拠点として使われているほか、作業員の休憩場所としても活用されている。仮眠室もある。ここでは小野明所長みずからに案内していただいた。

免震重要棟の中心をなすのは、東京本店や福島第二原発ほか、さまざまな場所と通信回線で結ばれた広大な会議室「緊急時対策本部」だ。壁一面のスクリーンを背に楕円形(だえんけい)の巨大なテーブルが控え、幹部の名札がずらりと並ぶさまは、映画のセットを思わせる。そのせいか、筆者は入室した瞬間、チェルノブイリ原発の制御室に入ったときにも似た、現実と虚構が混入しあうかのような軽い目眩(めまい)を感じた。

緊急時対策本部はそもそも、名前のとおりの緊急時用の空間で、日常業務の場ではなかった。それは上述のような空間設計に端的に表れている。けれども取材時にはそこに、多くの机と機材が持ち込まれ、何十人もの職員が出入りする騒然としたワークスペースと化していた。ケーブルが床を這(は)い、書類が山のように積まれ、防護服を着た作業員がそこかしこを歩いている。その光景はまさにパニック映画の一場面かのようだったが、それはまた同時に、震災から二年半、ここ福島第一原発ではずっと「緊急時」が続いていることを示してもいる。彼らは非日常を日常として生きている。

放射性物質の独特の性質は時空の感覚を歪(ゆが)ませる。免震重要棟内には、ところどころにガムテープで白線が描かれている。筆者たちはなにげなく跨(また)いでいる。これはなにを意味するのかと尋ねると、放射線管理区域の境界で、そのなかに入場可能な職員とそうでない職員がいるのだとの答えが返ってくる。放射線業務従事者の被曝限度量は法律で厳密に定められている。定められた期間で一定量を被曝した従事者は、それ以上は管理区域内で働くことができない。そして免震重要棟には、除染のレベルに応じて、同じ建物内でも高線量の管理区域とそれ以外の区域が存在する。そこで東京電力としては、限度量を超えた職員について、低線量の区域のみで働けるよう配置換えをするなどして、事故処理に遅れが出ないよう工夫しているのだという。リノリウムの床に貼られたなんの変哲もないガムテープ、その「こちら」と「あちら」では、五感ではなにも捉えることができないにもかかわらず、世界が異なっている。日常は廊下のまんなかで突然に断ち切られ、ケガレを蓄積したものは「あちら」に立ち入ることができない。それはまるで聖と俗、神の領域と人間の領域を分割する「結界」のようであり、ひとが放射能に感じる畏怖をみごとに表現してしまってもいる。昨年のあいちトリエンナーレを訪れた読者であれば、宮本佳明の最新作「福島第一さかえ原発」を連想するかもしれない。むろん、当の職員や作業員には、そんな「意味」に思いを巡らす余裕はまったくないだろう。しかし原子力は、その短い歴史のなかで、いくども執拗に「神」や「太陽」といった超越者の顕現に喩えられてきた。原子力施設の文化人類学的な、あるいは宗教学的な意味については、もう少し真剣に考えられてよいのではないか。

　免震重要棟の取材を終えたあとは、ふたたびバスに乗り、いよいよメルトダウンを起こした一号機から三号機、そして燃料棒取り出し作業中の四号機の見学に向かう。バスはもういちど汚染水タンクの群れを通り抜け、まずは四つの建屋を見渡せる標高三五メートルの高台へ。福島第一原発は、本来の台地を大幅に削り、わざわざ低くして原子炉を建設したために、津波が押し寄せて電源を喪失することになった。その悲喜劇は敷地を巡るとよく体感できる。

バスが停まり、案内が始まる。線量は一六マイクロシーベルト毎時ていどだが、ここでは降りることはできない。四号機からは二〇〇メートルと離れておらず、真新しい建屋カバーと、燃料棒取り出し作業のため新設された巨大な鉄骨構造が間近に迫る。遠くには五号機や六号機も望める。迫力の光景にみな釘付けになり、新津保はカメラを向けるが、職員の介入で撮影はなかなかうまくいかない。じつは、この撮影に限らず、今回の取材では静止画の撮影に強い制限が課せられていた（なぜか動画については監督が緩かった）。そしてその制限もまた、事前に予想されるものとは大きく異なっていた。わたしたちは一般に、撮影禁止というと、なにか特別の建造物や人物を撮ってはならないのかと考える。ところが今回の取材において、担当職員がなによりも気にしていたのは、重要施設の撮影ではなく、むしろ、筆者たちにとってはあまり関心のないセキュリティ関連設備、フェンスや監視カメラの撮影のほうだったのである。わたしたちはなにを撮影してもよかったのだが、ただフェンスと監視カメラだけは撮影してはならなかった。この条件は、撮影の対象はあまり限定しないが、画角は強く限定することになる。監視の視線を「見返す」ことの禁止が、オブジェクトではなくフレームを決定する。それはまるで、ジョナサン・クレーリーの『観察者の系譜』がそのまま具体化したかのような、視覚と政治が交差する独特の経験である。新津保はのち、冒頭でも触れた観光地化計画関連美術展で、その交差を主題とした興味深い作品を提出している。

高台での説明が終わると、バスはふたたび動き出した。急坂を下り、原子炉建屋が建つ標高一〇メートルの地域へ移動する。四号機建屋を直下から見上げ、藤村が「これはいま日本で最大の建築現場だな」と感慨を漏らす。実際、福島第一原発の廃炉には、現時点で少なくとも一兆円が投じられることになっている。将来的にどれほどの費用がかかるのかはまったく未定であり、長期的にはリニア中央新幹線の建設費を上回る可能性すらある。技術的にも大きな挑戦が行なわれている。福島第一原発の事故処理を、「壊れてしまったものをもとに戻す」過去志向の作業としてではなく、日本最大の「建築現場」として未来志向で捉え返す。それもまた新たな文脈の再設定になるだろう。

四号機見学のあとは、同機建屋を南から回り込み、さらに標高の低い海岸地区へ。ここらあたりになると津波の爪痕（つめあと）が生々しく残っている。タービン建屋は壊れたままで、かつての取水口付近には瓦礫（がれき）がまだうずたかく積みあがっている。トラックが行き来しているのは、汚染水海際遮蔽壁の建設のためか。線量はさらに上がり、車内でも一〇〇から一五〇マイクロシーベルト毎時。あまり長居はできない。短い説明のあと、バスは急きたてられるように発進する。続いて岸壁を右手に望みながら、四号機から三号機、二号機、一号機と、メルトダウンを起こした原子炉のすぐ横を北に向かって走り抜ける。

道路のアスファルトはいまだ波打ち、除染は進まず、ところどころホットスポットが残っている。配付された携帯線量計が警告音を鳴らし始め（線量計は一定の被曝量ごとに警告音を鳴らすよう設定されている）、緊張がにわかに高まる。けれども不安はつねに興奮と表裏一体だ。筆者たちの高揚を感じとったのか、職員による車内線量の実況が始まる。七〇〇、八〇〇、一〇〇〇……。瞬間的に一二〇〇を記録し、数値が下がり始めると、溜息（ためいき）が漏れ、小さな歓声があがる。一二〇〇マイクロシーベルト毎時とは、すなわち一・二ミリシーベルト毎時。年間許容被曝線量として喧（やかま）しく議論されている一ミリシーベルトを、わずか一時間で超えてしまう空間線量だ。けれどもそのころには、参加者の全員が、数時間まえとはどこか決定的に異なる感覚で、その数値を受け入れるようになっていた。

取材のハイライトはここで終了。その後、バスは五号機と六号機の周囲を回り、震災で倒れた高圧線鉄塔を経て、正門横の入退域管理施設へ戻った。マスク、手袋、靴カバーを外し、携帯線量計を返却する。時刻はおよそ一二時半。二時間近い構内取材で、積算被曝量は三〇マイクロシーベルト。二〇マイクロシーベルトの同行者もいる。筆者は車内で窓に張りついていたので、被曝量が多かったらしい。二時間で三〇マイクロシーベルト、この数字が大きいか小さいかは個人の感覚によるが、東京からニューヨークまでのフライトで片道五〇マイクロシーベルトと言われていることを思えば、世界史的な事故現場の「観光」の代償としてはまったくの許容範囲だと、筆者は感じた。

以上が、筆者の福島第一原発「観光」記である。

本稿は、まだ発生から日の浅い、発生の記憶が新しい原子力災害の現場を、加害者でもなければ被害者でもなく、報道する側でもなければ報道される側でもなく、あえて第三者の立場から観光＝遊歩するものとして見た報告である。読者のなかには、このような筆者の態度を軽薄だと感じるかたもいるかもしれない。しかし、そのような「軽薄さ」を、言いかえれば、自由にフラットに、関心の赴くままにものごとを観察する視線を再導入することなしには、「フクシマ」をめぐる議論はすべて単純な友と敵の分割に回収されてしまう、それこそが筆者の問題意識である。

観光学者のディーン・マキャーネルは、近代の観光産業は、あらゆる階級、あらゆる職業の人間をすべてフラットに対象とするため、社会の統合において重要な役割を果たすと指摘している（『ザ・ツーリスト』）。実際、わたしたちは日常では、自分の関心の外にある多くの情報をフィルタリングして生きている。自宅と職場、行きつけの店のほかに足を踏み入れることはめったにないし、知人以外の人間に声をかけることもまたほとんどない。ところが観光においては、心の構えがまったく変わってしまう。わたしたちはそこでは、旅行案内に載っていたから、「見どころ」だからという理由だけで、ふだんなら決して訪れるはずのない場所を訪れ、ふだんなら決して接するはずのない人々に接することになる。マキャーネルは、一九〇〇年のパリ万国博覧会の訪問者のために英語圏で編まれた旅行案内が、すでに、下水道や死体公示所、そして屠殺場さえも「見どころ」にしていたさまを指摘している。観光は階級を超える。

むろん観光による越境には限界がある。その視線はときに暴力に変わる。死体公示所や屠殺場を訪れたとしても、観光客はなにも本質を理解しないだろうし、「観光対象」になる労働者は恥辱を感じるだけではないかと、そう批判することも可能だろう。しかし、それは裏返せば、わたしたちを分断する階級や趣味、イデオロギーの壁が、観光の軽薄さのまえではたいした障害にならないということも意味している。ひとは、軽薄で無責任なときにこそ自分の限界を超える。マキャーネルと同じく、筆者はそこにこそ希望を見る。被災地や廃炉の現実に接し、原発事故の意味を考えてくれるのであれば、訪問の動機は物見遊山でも怖いものみたさでもなんでもよいではないか。福島の内と外、原発推進と脱原発、被災者と非被災者、友と敵に分割されたこの国は、いま「軽薄な統合」こそを必要としている。

一二月五日の経験を機に、考えたこと、感じたことは、ここに記したこと以外にも無数にある。そもそも本稿で紹介しているのは、当日の行程のごく一部、最初の三時間ほどにすぎない。

最後に駆け足で、今後書くかもしれない第二の観光記のためのアイデアを短く記しておこう。筆者はじつは福島第二原発の見学においても、第一原発の見学と同じくらいに深い衝撃を受けた。

福島第二原発の取材では、筆者たちは、職員の詳細な説明のもと、構内を歩き、燃料プールを覗き込み、格納容器のなかにまで入ることができた。その過程で筆者が痛感したのは、わたしたちは、原発についてあまりにも知らないということである。なるほど、大ざっぱな原理や構造はいくらでも報道されている。ちょっと検索すれば、図面や写真はいくらでも手に入る。しかし、わたしたちの多くは、その廊下の天井をダクトがどのように這い、ケーブルにどのようなタグがつけられ、格納容器とはどのようなすがたをしていてどのような手触りで、使用済み燃料プールを満たす水がどのような色をしているのか、ほとんど知らない。そして、さらに困ったことに、原子力の未来について語るとき、そのような細部の知識が必要だとは考えもしない。けれどもおそらくは、原子力の魅力は、そのような細部の官能に宿っているのだ。

原子力は、単に便利で安価だったから選ばれたわけではない。それは、崇高で、美しく、そして偉大だったからこそ、政治家と技術者たちを魅了した。崇高さと滑稽さが入り交じった、誇大妄想的とも言える原子炉のデザインには、そのような欲望の生々しさがみごとに現れている。原発事故をめぐる思考は、最終的には、なぜわたしたちは原子力を欲望してしまうのかという、哲学的で美学的で精神分析的な問題に辿りつかざるをえない。筆者はいつか、その問題にきちんと取り組んでみたいと思う。

「フクシマ」はひとつの思想である。なぜならば、原子力には人類の賢さと愚かさが詰まっているからである。そして福島の事故は、その賢さと愚かさを問い直す最良の鏡を提供しているからである。原発推進か脱原発か、放射能は安全か危険か以外に、考えるべきことは無数にある。わたしたちは、いまだフクシマについてあまりに考えていない。その名をめぐり、いま日本社会を覆っている思考の硬直を、できるだけ早くほぐさなければならない。筆者はこれからも、フクシマについて考え続ける。

（「新潮」二〇一四年三月号）

震災は無数のコロを生み出した

二上英朗さんという福島県南相馬市出身の郷土史家のかたがいる。震災後、福島まわりを取材するなかで知り合った。浜通り地域の歴史を研究のテーマとしており、『原町無線塔物語』ほか多くの著作がある。とはいえ、そのほとんどは地方出版や自費出版なので、中央では知られていない。一九五三年生まれで、還暦を回ったぐらいの年齢だが、まだまだ元気でエネルギッシュなかたである。

震災から四年目になる三月一一日の前日の一〇日、南相馬市博物館でその二上さんと八ヶ月ぶりにお会いした。同博物館には英朗さんの甥（おい）、二上文彦さんが勤めている。ちなみに英朗さんの従兄弟の裕嗣さんは、南相馬市文化財保護審議会の会長を務められている。歴史家一家なのだ。

二上さんには、復興の現状や原発の行方など、さまざまな話題について意見をうかがうことができた。しかし、そのなかでとくに印象に残った言葉がある。それは「南相馬はいま愛犬コロの銅像を建てるべきだ」というものである。

愛犬コロとはなにか。南相馬市にはかつて羽根田利夫というアマチュア天文家がいたらしい。羽根田氏は一九七八年にハネダ・カンポス彗星（すいせい）を発見する。ときに氏は六九歳。世界最年長の彗星発見者として一躍世に知られるようになったのだが、そのとき氏を発見に導いたのが愛犬のコロだった。発見当日は曇天で、羽根田氏もかなりの高齢、観測をなかば諦めていたところに、コロが雲が途切れた天空の一角を示して鳴いたというのだ。そこで望遠鏡を覗（のぞ）き込んだら新しい星があった。天文マニアのあいだでは有名なエピソードらしく、ときおり発見地を訪れるひともいるとのこと。

心温まる話ではあるが、銅像を建てるほどのことだろうか。建てるとしても羽根田氏のほうではないのか。最初は真意がわからなかったが、話を聞くうちに腑に落ちてきた。ハネダ・カンポス彗星には、その名が示すとおり、羽根田氏と別にもうひとり発見者がいる。そちらのホセ・デ・シルヴァ・カンポス氏は地球の裏側の南アフリカ在住。まだアパルトヘイトの時代で、日本とは政治も宗教も風俗もなにもかもがちがう。けれども、そんな羽根田氏とカンポス氏が、彗星発見をきっかけに友情を交わし、手紙をやりとりし電話を掛けあう仲になる。

二上さんは、それがすべてコロの鳴き声から始まったことを強調する。むろん、コロが彗星を発見したわけではない。コロはたまたま、いいタイミングでいい方向を向いて鳴いたにすぎない。けれども、その奇跡のような「たまたま」の連鎖こそが大事で、そんな偶然の力を忘れてはならない——二上さんはそう言いたいのだ。実際に二上さんは、のちにそんな「たまたま」の縁を辿るため、私費を投じて南アフリカまで出向いたらしい。カンポス氏に託されたグラスを靴下で包んでもってきたんだ、それはいま博物館に展示されている、と誇らしげに語ってくれた。

二上さんの話はいつも皮肉とユーモアに溢れている。復興予算なんてどうせろくなことに使わないんだから、犬の銅像でも建てたらいいんだという話も、むろん冗談と受け取るのが正しいのだろう。

けれども、震災から四年が経ち、復興の現実をまえに当初の理想が急速に色褪せているいま、「たまたま」の力を忘れないことこそが重要なのだという二上さんの言葉には、冗談で済ませてはならない洞察が含まれているように思う。

そのことをあらためて感じたのは、翌日の三月一一日のことである。その日、ぼくはこんどは友人の案内で、同じ浜通り地域のいわき市を回った。いわき市は広い。東京二三区の倍近い面積がある。一〇以上の自治体を、国策にしたがい強引に合併して作られた広域市で、誕生から半世紀を迎えるいまもまとまりは弱い。そのような土地柄なので、同じいわきと言っても、風土や文化にかなりの違いがある。所得格差も大きい。今回の取材では、そんな複雑な域内格差が、原発事故避難民に対する住民の反発や、海沿いの漁村の強引な復興計画につながっていることを、現地のひとの説明で具体的に知ることができた。

各種報道で知られるとおり、原発作業員と土木関係者が落とすカネで、いま浜通りには時ならぬバブルが訪れている。被災地の海岸はどこまで行っても工事中だ。他方で、昨年秋の福島県知事選はまったくの無風で、原発は争点にならず前の副知事が選ばれた。その状況は県外からはあまりにも保守的に見えるが、現地を辿れば、たしかにそれしかないと思わせる光景がある。「いわきは東京のバックヤード。ぼくたちは東京に依存することでしか生きていけないんですよね」と、あるひとはため息交じりに語ってくれた。原発事故にはグローバルな意味がある、東京なんか気にせずどんどん世界とつながればいいではないかといった主張は（それはぼくのかねてからの主張で、だからチェルノブイリに行ったりもしているのだが）、そんな言葉のまえでは紙切れのように薄っぺらなものに響く。ぼくは一一日、取材が進むなかで次第に無口になっていった。

しかし、それでもやはり希望を捨ててはいけないのだと、コロのエピソードは教えてくれているのだと思う。さきほども記したとおり、羽根田氏は彗星発見時に六九歳。おまけに曇天。目が弱った高齢のアマチュアが新しい星など発見するわけがない、それが常識だし「現実的」な判断というものだろう。ずっと貧しく遅れていた浜通りが、東京の重力から逃れられる奇策を打ち出せるわけがないように。けれども、コロはそんな常識をやすやすと超え、羽根田氏を世界に導いた。現実でがちがちになった合理性は、そんな「たまたま」の力を捕まえることができない。けれども本当は、世界には「たまたま」が満ちているのだ。

三年ほどまえ、「震災はぼくたちをばらばらにしてしまった」と記したことがある。

震災はたしかに人々の絆(きずな)を打ち砕いた。とくに原発事故は打ち砕いた。原発の是非、健康被害の有無をめぐって論争が生じ、多くの家族が壊れ、友情が壊れ、組織が壊れた。

けれども同時に、いま振り返れば、震災はまた、人々を新たな絆でつなぐものでもあったように思う。そしてその絆は多くが偶然で生まれていた。たまたま同じ場所で被災したひと、たまたま同じ場所に避難したひと、たまたま同じテレビを見て、たまたま同じツイートをリツイートしたひと。震災直後には、そんな人々がつぎつぎと新たなつながりを築いていく光景が見られたし、そのダイナミズムの痕跡はいまも残っている。考えてみれば、ぼくが二上さんに出会ったことそのものが、そんな「たまたま」の産物なのだ。二上さんが歴史を追っている南相馬、そこがたまたま津波に襲われなかったら、ぼくは決して彼の知遇を得ることはなかっただろう。

震災は無数の愛犬コロを生み出した。震災から四年、ぼくたちに必要なのは、もういちどそれらコロたちの呼び声に耳を傾ける心の余裕を取り戻すことではないかと、ぼくはいま考えている。

（「一冊の本」二〇一五年四月号）

日記　二〇一七年

一月二九日（日）

ゲンロンこども教室の日。ゲンロンでは隔月で、カオス＊ラウンジの三人を講師に迎え、小学生以下対象のアート教室を開いている。すでに一八回目を迎えている。今回は架空の町の市長像をみなで造る。トランプそっくりの像を造るチームがあり大笑い。一八回もやっていると参加児童も成長してくる。初回は小学校にもあがっていなかった少年が、世界平和のため将来はシリアに日本の鉄道を輸出する仕事につきたいと言っていて驚愕（きょうがく）。そういえばシリアは、帝国主義末期、ウィルヘルム二世の世界戦略（3B政策）でドイツの鉄道が敷設された地域だった。

一月三〇日（月）

昼前に起きる。自宅で次の著作『ゲンロン0　観光客の哲学』の執筆。夜はJ‐WAVEのラジオ出演。畏友津田大介のレギュラー番組で、月イチで言いたいことを言わせてもらっている。メディアからはほとんど忘れられているので、ありがたい。今回はトランプ大統領の話。帰宅して、へろへろになりながら朝方午前四時に『観光客の哲学』の第六章を編集部に送る。すでに第一章から第三章までと第五章は送っている。ここまでで原稿用紙三一七枚。完全書き下ろし。会社経営しながらこんなに書いている自分に驚く。

一月三一日（火）

ゲンロン会議の日。ゲンロンは毎週火曜に会議が集中している。そして会議が妙に長い。というか会議が多い。この一年ほどで社がかなり大きくなったので、主要社員全員が情報共有をするという原則に限界が来始めている。こうやって官僚主義が必要になるのだなと変な感慨。いつもなら深夜まで在社するところだが、原稿がまずいので早めに帰宅。娘がこども教室での不振が悔しかったのか、謎の立体物（市長が乗るヘリコプター）を作っていた。こいつは受験勉強をしているのだろうか。

二月一日（水）

いま乗りに乗っている国際政治学者、三浦瑠麗を迎えて津田大介とともにゲンロンカフェでトークイベント。三浦さんの新刊記念。話題はむろんトランプ大統領。ゲンロンのイベントではぼくはどうしても司会側になり、言いたいことを言えないことが多い。

しかしこの日は好き勝手に話させてもらった。壇上で会話するなかで、だんだんと、リベラリズムが完全に崩壊し始めたいまこそ、むしろリベラリズムを再構築するのが自分の役割なのかなという気がしてくる。もはや政治学者の現実感覚ではリベラリズムは守れない。普遍主義の理念を、この文化相対主義の時代に（トランプはじつはその論理的帰結である――アメリカ第一、ほかの国は勝手にしろというのは相対主義そのものではないか？）いかに再構築すればよいだろう。イベント終了後、打ち上げ。朝方帰宅。最近飲みすぎだ。

二月二日（木）

二日酔いで完全に使いものにならなかった。原稿も書けない。二日酔いのときは自由に寝る時間がとれる、これこそがおれの健康の秘訣なのだと思い込んで、自分を慰める。

二月三日（金）

気分爽快。早朝に起きてひたすら原稿。『観光客の哲学』第七章。一一月のカンヅメでいったん五〇枚の原稿が書けている。それを微妙に修正するだけ――のはずが、いっこうに終わらない。だんだんと焦りで胸が苦しくなってくる。この本が出ないと経営計画が狂う。小さなソフトハウスのクリエイター社長のような気分だ。夕方ゲンロンへ。ゲンロンで二年まえから、カオス＊ラウンジと共同で「新芸術校」という名のアートスクールを運営している。日曜日にその成果展が開かれるので、設営を見に行く。

二月四日（土）

早朝に起きてふたたび原稿……のはずだったが、どうにもこうにも行き詰まる。七章はドストエフスキー論なのだが、肝心の箇所の論理がうまくつながらない。映画を見に行くことにして、娘を連れ川崎チネチッタへ。カルチャーセンターの授業を終えた妻と合流し、三人でスコセッシの『沈黙』を見る。いろいろ感銘を受ける。カトリック女子校出身の妻にも、ぼくとはまたちがった感銘があったようす。娘は、司祭に棄教を勧める日本人が圧倒的に正しいと感じたとのこと。実際この映画では、イッセー尾形演じる井上筑後守と浅野忠信演じる通辞のほうが、棄教を頑なに拒む（しかも最終的には棄教する）司祭よりも合理的で知的に見える。しかしぼくはそこにこそスコセッシの仕掛けがあるように感じた。どうにも設営が気にかかったので、映画のあとゲンロンへ。カフェには掘っ立て小屋のようなものが、アトリエ（ぼくは五反田にオフィスとカフェとアトリエの三つの場所を借りている）には銀色のエマージェンシーシートで覆われた紫の部屋ができていた。明日は講評会。

二月五日（日）

新芸術校第二期成果展講評会の日。第七章を講評会のまえに仕上げるという夢をあきらめ、まずはワタリウム美術館へ。コンタクトゴンゾのケンカパフォーマンス（あえてそう呼ぼう）を見て、宇川直宏と短い対談。終わったあとはタクシーに飛び乗りゲンロンへ。会田誠、堀浩哉、和多利浩一（ワタリウム美術館キュレーター）、岩渕貞哉（「美術手帖」編集長）を迎えて、黒瀬陽平とぼくを加えた六人で、二〇人以上の生徒の作品を巡回する。絵画ありインスタレーションありパフォーマンスありで、会場もふたつにわかれ、講評を終えたあとはへとへとへと。優勝は紫の部屋を作った磯村暖。第一期の優勝者と同じく、ワタリウム地下での個展の権利が与えられる。ゲンロンを起業してもうすぐ七年。いろいろ紆余曲折があったが、ゲンロンの名のもとに世に送り出した人々はかなりの数にのぼる。ぼくのこのような活動を見て、東浩紀は批評家を辞めたと笑う人々もいる。けれど三月には『観光客の哲学』も出る。数年後、数十年後には、いまのぼくの活動こそがもっとも批評家的だったと評価されるはずだと自分に言い聞かせながら、打ち上げで優勝者にビールを注ぐ。

（「新潮」二〇一八年三月号）

悪と記念碑の問題

ぼくはむかしから人間の悪に関心があった。それも、個人がなす悪ではなく、集団がなす悪、つまり、政治や組織の力によって媒介され増幅される悪に関心があった。

その関心は、子どものころからいままで一貫していて、ぼくの仕事の隠れた基調をかたちづくっている。ぼくは、旧ソ連の巨大収容所システムを告発した作家、ソルジェニーツィンについてのエッセイでデビューし、アウシュヴィッツの悪について考え続けたユダヤ系の哲学者、デリダを主題に最初の本を書いた。そして震災後は、定期的にチェルノブイリに通っている。

あまり記したことがないのだが、ぼくのそのような関心の原点は、森村誠一『悪魔の飽食』の読書体験にある。同書は、第二次大戦期の満州で日本軍（関東軍七三一部隊）が行なった残酷な人体実験を記したもので、一九八一年に刊行された。

ぼくはこの本に、実家近くのレストランで出会った。そこは家族でときおり訪れる家庭的な小さなレストランで、凄惨なノンフィクションが置かれるにはまったくふさわしくない場所だった。おそらく店主は、この本について、ベストセラーを連発するエンタメ作家が出した新刊としか認識していなかったのだと思う。

　ぼくはそのときまだ一〇歳で、その店では毎回、手間のかかる手ごねハンバーグを注文していた。待ち時間はときに一時間近くにおよび、ぼくはそのあいだ暇つぶしのため店の雑誌棚に手を伸ばすのがつねで、あるときたまたま『悪魔の飽食』を手に取ることになった。冒頭を一読して内容に衝撃を受け、そのときから数回にわたって、レストランを訪れるたびに、不審がる両親をまえに『悪魔の飽食』を読み進めることになった。肉が焼かれる匂いを嗅ぎながら凍傷実験や生体解剖の記述を読み進めるなど、いま思えば悪趣味で不謹慎きわまりないが、当時はそんなことはなにも気にかからなかった。それぐらい心を摑まれたのである。

　関東軍が行なった人体実験はいまでは広く知られている。『悪魔の飽食』はそれが世に知られるきっかけとなった著作である。この著作については、のち一部記述の信憑性を疑う声も出ている。とはいえ、人体実験の存在そのものはたしかで、それを世に知らしめた功績はじつに大きい。

　人体実験についての森村の描写は鬼気迫るもので、幼いぼくに深い印象を残した。けれども、それ以上に衝撃を受けたのは、そもそもそれらの実験の多くがたいして科学的必要性があるものではなかったこと、そして、犠牲者のなかには、選ばれる理由も必然性もない人々が数多く含まれていたという記述だった。彼らは敵国民でも捕虜でもなく、たまたま日本軍の目についた一般市民にすぎなかった。にもかかわらず、彼らは楽しみ半分で実験対象にされ、解剖され、殺された。著作には元軍医の証言が多く載せられ、小学生だったぼくでも自分を重ねやすい、中国系の少年やロシア系の母子についてのエピソードも載っていた。彼らには、研究所に来るまえの人生があり、家族があり、物語があった。けれどもそこでは「丸太」とだけ呼ばれ、そして実際に木材のように消費され、切り刻まれた。七三一部隊は、実験対象を「丸太一号」「丸太二号」と番号で管理し、人数ではなく本数で数えていた。ぼくはその残酷さに震撼した。

ぼくがそこで出会ったのは、いま振り返って名づけるとすれば、人間から固有名を剥奪し、単なる「素材」として「処理」する、抽象化と数値化の暴力である。人間は世界を抽象化し数値化する。それはあらゆる知の源泉である。けれどもその同じ力は、人間をかぎりなく残酷にもする。ぼくは当時、レストランに行き、手ごねハンバーグを注文するたびに考えた。テーブルのまえには父がいる。母がいる。妹がいる。なにかしら人間的な会話が交わされている。笑ったり怒ったりしている。けれどもそのすべては、ある観点からは完全に無で、ぼくたちは単なる四本の丸太にすぎない。ぼくたち家族と、あの中国系の少年やロシア系の母子とのあいだにはなんら有意な差はなく（だって彼らからすればすべての人間は丸太なのだから）、犠牲者に降りかかった災厄はいつなんどきでもだれにでも降りかかりうるのだ。

一〇歳のぼくは、まだ歴史や民族のことはよくわかっていなかった。だから『悪魔の飽食』が描く残酷さが、「日本」という国の「軍国主義」の犯罪だという意識をもつこともなかった。ぼくはむしろ、七三一部隊についての記述を、人類全体の問題として、人間が人間であるかぎり陥ってしまう無限の残酷さへの警告として読んだ。

ぼくはその後、中学では本多勝一をむさぼるように読み（彼の著作についてもさまざまな評価があることは承知している）、高校でソルジェニーツィンに出会い、大学入学後は南京とアウシュヴィッツを訪れた。ぼくの仕事はいまでも、三七年まえのあのレストランでの衝撃の延長線上にある。

抽象化と数値化の暴力。その悪は素朴にはあきらかだ。けれども、少し真剣に考えてみると、その悪に抵抗するのは意外とむずかしいことがわかる。なぜなら、その暴力は、いま記したとおり、そもそもが人間の知の源泉でもあるからである。

それは科学の話にかぎらない。人間から固有名を剝奪し、「素材」として「処理」することができなければ、ぼくたちは国家も作れないし資本主義も運営できない。国家の基礎となる各種統計は数値化の暴力そのものだし、資本はそもそも労働力から固有名を奪うことで成立している。むろん、国家も資本主義も暴力であり絶対悪であり、すべて許すべきでないというのはたやすい。けれども、国家も資本主義もないところでどのような社会が構想できるかといえば、結局はなんのまともなアイデアもなく、巨大な官僚制度のもとでますます非人間的な社会をつくるしかなかったというのが、二〇世紀の共産主義が残した教訓である。

人間は国家と資本主義のもとでしか人間たりえない。けれども国家と資本主義は、人間を無限に残酷に、非人間的にする。人間を人間たらしめるその同じ条件が、人間を人間から無限に遠いものへと変える。そこに厄介な逆説がある。

ぼくは最近、モスクワ郊外に設置された、スターリン時代の虐殺*の記念碑を訪れた。記念碑は、市の中心部から南に二五キロ弱、東京でいえば府中ぐらいの距離にあるブトヴォという町に建てられている。あたりはかつてソ連内務人民委員部（ＮＫＶＤ）が所有していた射撃場で、一九三七年から三八年にかけて二万人以上が射殺され埋められたことが知られている。現在一帯はロシア正教管理下の公園になっていて、一般市民に開放されている。なぜ正教が管理しているかといえば、犠牲者のなかに約一〇〇〇人の聖職者が含まれていたからである。

ブトヴォの記念碑は二〇一七年に建設されたもので、まだ新しい。記念碑は、高さ二メートルの花崗岩の壁が左右に一五〇メートルずつ続く回廊状の構造で、正面から見て左の壁に三七年の犠牲者、右の壁に三八年の犠牲者、合計二万七六二人の名前が刻まれている。印象的だったのは、すべての死者について銃殺の日付が特定されていたことだ。長い壁には、三七年の八月八日から三八年の一〇月一九日まで、時計まわりに、日ごとの死者の名がアルファベット順に刻まれている。ひとりしか殺されていない日もあれば、いちどに一〇〇人以上が殺されている日もある。まだ一〇代の少年もいれば、あきらかに外国人とわかる名前もあった。

その長く執拗なまでに正確なリストは、遠くウラル地方の収容所跡で目にした、もうひとつのリストのことを思い出させた。

ロシア中部の都市、ペルミより北東に八〇キロの森林のなかに、「ペルミ36」と呼ばれるソ連時代の収容所跡がある。スターリン時代に巨大収容所システム（グラーグ）の一部として建設され、冷戦崩壊直前まで監獄として機能していたその場所は、いまは博物館になっている。ぼくは数日まえにその地を訪れ、たまたま開催されていた特別展示のなかで、まさに同じ三八年に同じモスクワで制作された、銃殺対象者の長いリスト（複製）を目にしていた。表紙には、スターリンが赤鉛筆で書きなぐった承認の署名が生々しく残されていた。

そのリストで銃殺を宣告された人々が、ブトヴォの記念碑に刻まれた犠牲者のリスト

＊ここで「虐殺」という言葉を用いているが、日本語ではしばしばこの言葉は「大量虐殺」という成語で「ジェノサイド」の訳語として使われる。しかしじつはジェノサイドには厳密な定義があり（それはそもそも一九四〇年代の造語である）、スターリン体制下の政治的抑圧をジェノサイドとみなすかどうかについては複雑な論争がある。詳しくは下記を参照のこと。ノーマン・ネイマーク『スターリンのジェノサイド』根岸隆夫訳、みすず書房、二〇一二年。

に含まれていたかどうかはわからない。けれども、そこでぼくが直感したのは、両者のリストはかぎりなく似ているということだった。そこには同じ精神が流れていた。ソ連は巨大な官僚国家で、当時は同じような銃殺対象者のリストが無数に作成され、タイプされ、回覧されていた。そして、それらが八〇年後のいまにいたるまできちんと保存され、公開されているからこそ、記念碑に刻まれたあの長く正確なリストもまた可能になった（ここは日本とは大きく事情が異なるところだ）。ぼくは、小雪の舞いそうな曇天の下、二万人の死者の名が刻まれた壁を三〇分近くかけてゆっくりと回りながら、その痛切な逆説について考え続けた。銃殺対象者のリストはいっけん固有名に満ちている。けれどもスターリンは、むしろ犠牲者から人生を奪うために、すなわち固有名を剝奪するためにこそ、そのリストを作成していた。かつてソルジェニーツィンが『収容所群島』で記したように、当時のソ連では銃殺の数値目標こそ第一で、だれがなんの罪状で殺されるかはまったくどうでもよいことだった。リストに名前が記載されていても、それは数合わせのエントリーでしかなく、本質的にはいささかも固有の名ではなかった。ところがいまでは、犠牲者の家族たちは、逆に彼らの人生を取り戻すためにこそ、その同じリストを利用している。同じ精神が、銃殺と記念碑をともに可能にしている。抽象化と数値化の精神が。

抽象化と数値化の暴力は、一方で固有名を剝奪し、他方で固有名を回復させる。ぼくたちはそのふたつの力を区別することができない。ぼくたちは死者の名を、リストでしか記憶できない。

おそらくは、だから記念碑は、つねに訪問者に複雑な感情を引き起こすのだろう。記念碑は事件の記憶のために建てられる。にもかかわらず、記念碑は同時に、建てられたことでひとを安心させ、その肝心の事件を忘却に誘う暴力装置のようにも感じられる。かつてソクラテスが文字をめぐって指摘し（『パイドロス』）、デリダが繰り返し立ち返った記憶と記録についての逆説が、記念碑をまえにするとじつにわかりやすく体感できる。とりわけその逆説は、記念碑を権力が設置したときに強く感覚される。権力が設立した記念碑は、その意図やデザインがどのようなものであれ、人々に事件を記憶させるためにではなく、むしろ忘れさせるためにこそ建てられたように感じられるし、実際にそのように機能する。ここにもまた厄介な逆説がある。

ブトヴォの記念碑もまた、正教の管理下であることからわかるとおり、プーチン政権の愛国主義と宗教回帰に密接に結びついている。けれどもそれについては、また稿をあらためて報告することにしよう。

ぼくはしばしば、政治への鈍感さを批判されている。実際にぼくは、だれがどこの党に入って、つぎの選挙ではどこが有利で、といった話題に興味がもてない。デモにも行かない。したがって批判はもっともだが、しかたがないとも感じる。みなさんが大事にしている「政治」なるものの価値が、ぼくはそもそもよくわかっていない。これは病気のようなものなのかもしれない。

ぼくにとって、政治について考えることとは、むしろ抽象化と数値化の暴力について考えることである。そしてその暴力が抱える逆説について考えることである。ぼくたちは政治がなければ生きていけない。けれども政治はぼくたちをかぎりなく残酷にする。その逆説をどう制御するか、その知恵を編みだそうと努力することである。

おそらくはこのような主張は、いまの世のなかでは、端的に非政治的で、現実逃避の冷笑主義だと非難されるのだろう。ぼくはそれを知っている。けれどもぼくは、三七年まえの『悪魔の飽食』との出会いからこちら、ずっと人間の悪についてばかり考えてきた。政治が増幅する悪についてばかり考えてきた。いつかぼくのこのような思考の成果が、世にいわれる「政治」と交差するときが来ればよいと思う。

（「新潮」二〇一九年一月号）

ゲンロンと祖父

　ゲンロンという会社を始めて七年半になる。最初の一年は趣味のサークルに毛が生えたようなものだったが、五反田(ごたんだ)の片隅にオフィスを構え、フルタイムの社員を雇い始めてからも六年半が経(た)っている。起業時に保育園に通っていた娘は、いまや小学校を卒業する年齢だ。

　ゲンロンを始めたとき、ぼくは三八歳だった。いまは四六歳で、あと数年で会社を潰すつもりはないので、四〇代をゲンロンの経営に捧(ささ)げたことになる。大学院に通い、フランス語の哲学書と格闘している二〇代のぼくに、おまえは四〇代になったら中小企業のオヤジ経営者になるぞと言ったら一笑に付しただろう。けれどもぼくはいま、これは運命だったのではないかと感じている。

　あまり記したことがないのだが、ぼくは母方の祖父から大きな影響を受けている。母方の実家は社員数名の内装業者で、自宅と事務所を兼ねた三階建ての小さな社屋が、東京の赤坂、一ツ木通りから旧コロンビア通りに上がる坂道の途中にあった。

一階は事務所で、事務机と簡易な応接セットが並び、机のうえには緑の下敷きつきの透明ビニールのデスクマットが敷かれていた。ビニールのうえには、ボールペンと捺印(なついん)の痕跡が無数に刻まれていて、ぼくはそれを撫(な)でるのが好きだった。事務所奥の倉庫にはカーテンやカーペットが並んでいて、幼いぼくはときおり、そこを迷宮のように見立て、毛糸の匂いを嗅ぎながらひとりかくれんぼをした。二階は祖父と祖母の居室で、三階は、ぼくが物心ついたときにはすでに若い叔父(おじ)たちの個室になっていたけれど、かつては職人の寮となっていた。各階は屋外の階段でつながっていて、階段を最後まであがりきると小さな屋上に出た。屋上には植木鉢に囲まれてひょうたん型の池が置かれ、金魚やフナが泳いでいた。循環ポンプの水音を背景に東を望むと、遠くTBSまで空き地が広がっていた。端には電波塔が立ち、ぼくは長いあいだそれが東京タワーだと信じていた。都心のどまんなかになぜそのような空き地が残されていたのか、理由は定かではない。戦中近衛(このえ)歩兵第三連隊の敷地だったらしいので、そのせいかもしれない。

ぼくの父はサラリーマンで、母は専業主婦だった。妹がひとりいた。自宅は東京郊外、ぼくが幼いころはまだ宅地と畑が半々ほどだった三鷹市の南端にあった。朝七時に朝食を家族四人で取り、父はそのあと出かけ、夕方に帰宅し、夜七時に夕食をまた四人でテレビを観ながら取った。休日には安い国産車でドライブに出かけた。その生活は、のち三鷹市からさらに遠くの郊外に転居し、中学受験の塾通いが始まるまで続いた。

このように記せば昭和の典型的な幸せな家庭ということになるし、実際そうだったように思うが、そこにはひとつ欠けるものがあった。それは大人の世界だった。ぼくは父の勤務先にはほとんど行ったことがなかった。母は家事しかしていなかった。家事が立派な労働であることはたしかだが、少なくとも家庭外の賃労働はしていなかった。郊外の一戸建てには来客もなく、ぼくが見る父と母はつねにぼくたち兄妹を相手にしていた。だから、大人であるとはどのようなことなのか、大人の世界とはどのようなものなのか、幼いぼくはなんのイメージももてなかった。家庭は社会から完全に切り離されていた。それはうちだけの問題ではない。団塊世代の夫婦が作る多くの家庭が、当時は似た問題を抱えていたのではないかと思う。

けれども、祖父の家では家庭と社会は切り離されていなかった。事務所と自宅はつながっていて、家のなかを従業員がうろうろしていた。とりわけ印象に残っているのは、毎年秋、赤坂氷川神社の例大祭の光景だ。

赤坂氷川神社は、いまの東京ミッドタウンとTBSの中間あたりに位置する、一〇〇〇年を超える歴史をもつ大きな神社である。祖父の家はその神社の氏子地域にあり、客商売ということもあり祭事へのかかわりは密だった。そして例大祭では、祖父になんの影響力があったのか、神社を出発し地域を回る神輿のひとつが、なぜかメインコースの一ツ木通りを逸れてわざわざ急坂をのぼり、祖父の家のまえまで来て、また一ツ木通りへと引き返すことになっていた。その日には、六人の息子と娘の全員が、配偶者や孫とともに集められた。そして従業員と家族総出で、神輿の担ぎ手に酒をふるまい、労をねぎらうならわしになっていた。祭りの日は朝からその準備で忙しかった。ぼくも法被を着てはちまきをしめ酒をふるまった。祖父は酒が強かった。いくらでも飲んだ。そして、禿頭の丸顔を真っ赤に染めて、家族に指示を出し、若者に囲まれて笑う祖父のすがたは、郊外の一戸建てではけっして得ることのできない感覚を幼いぼくにもたらした。

そこには地域があり社会があった。なによりも多くのひとがいた。三鷹には四人しかいなかった。ぼくはそんな祖父に憧れていた。

ぼくは祖父に育てられたわけではない。ぼくを育てたのは父と母だ。赤坂に行くのは年に数回だった。

交流が密だったわけでもない。祖父は典型的な中小企業の経営者だった。政治の話はしなかったが、どちらかといえば保守だったろう。従軍経験もあった。乗っていた飛行機が大陸上空で銃撃され、死にかけたエピソードをおもしろおかしく語るのが好きだった。いちど仕事で皇居に入ったことがあり、恩賜のタバコを大切に保存していた。そんな祖父はむしろぼくの将来を訝しんでいた。ぼくは祖父の家で、しばしば出された菓子を断り、かわりに本を買う小遣いをねだることにしていた。五百円札を握りしめて、なんども坂のふもとの本屋に走った。それを見る祖父の口癖は、浩紀はそんなに本ばかり読んでいるとアカになっちゃうぞというものだった。その「アカ」の意味がわかるのは、ずっとのちのことだ。

結局ぼくは、本ばかり読んで、ある意味でアカになった。大学院に進み、外国語の文献を読み、知識人として新聞やテレビで偉そうなコメントを述べる職業についた。二〇代と三〇代の大半はそのように過ぎ、そのあいだ祖父のことはほとんど思い出さなかった。

祖父について考えるようになったのは、ゲンロンを創業してからのことだ。ゲンロンはゲンロンカフェというイベントスペースを運営し、毎年、そこを会場に支援者を集めた大きな忘年会を開いている。深夜まで続くトークイベントが主体だが、途中立食が出て、アートパフォーマンスやクイズ大会などもある。だから親子連れの参加者も少なからずいる。三年まえのその会で、会場を抜け出して事務所に戻ると、同じように喧噪を逃れた娘と幼い子どもの集団が、パフォーマンスを終えたアーティストたちと遊んでいる光景に出くわした。ゲンロンの事務所は、一部がロフト構造の倉庫になっている。子どもたちはそのロフトに続く階段を駆けあがり、小さな隙間に潜りこみ、大人たちにむけて歓声をあげていた。時間は午後一〇時を回り、保護者は苦笑いを浮かべながら帰宅を促していた。そのすがたを見たとき、ぼくは奇妙な目眩に襲われた。そこはまるで祖父の家だった。ロフトはあのカーテンとカーペットが積まれていた倉庫だった。ぼくは祭りのパーティ会場から持ち出したワイングラスを片手に、顔を上気させていた。ぼくは祭りの日の祖父を反復していた。

ぼくはさきほど、二〇代のぼくに、四〇代になったら中小企業の経営者になるぞと言ったら一笑に付しただろうと記した。けれども、だからといって当時将来のヴィジョンがあったのかといえば、そういうわけでもなかった。ぼくは大学院に通っていて、それが教師や研究者の養成を意味することは理解していた。哲学書を読むことは楽しかった。学者は天職のようにも思えた。

けれどもぼくは何歳になっても、大学に勤務し、同僚とつきあい、会議に出て、学生を指導する自分のすがたを想像することができなかった。実際にのち大学に勤務する機会を与えられたときも、すぐに辞めてしまった。それは大学のあれこれが悪いというわけではなかった。ただ単純にぼくのほうに、これは本当の人生ではないという強烈な違和感があった。同じ感覚はほかの仕事でも生じた。論壇誌や文芸誌で原稿を書いても、テレビの討論番組に出演しても、新聞で論壇時評を担当しても、それで多少の名誉や財産が手に入っても、つねにぼくは、これは本当の人生ではない、本当の現実はここにはないと感じていた。そのような仕事をこなしているとき、ぼくのまわりはすべてがふわふわしていて、それはあたかも他人が主人公の映画を見ているかのようで、いつでもすぐにリセットできると感じ、ぼくと現実のあいだにはつねに半透明の薄膜が降りていた。いうまでもなく、それはじつに幼い感覚である。ぼくもそれは自覚していた。しかし幼さを自覚したからといって、その感覚が消えるわけでもなかった。ぼくは二〇代と三〇代の二〇年間、ずっとその幼稚な違和感に悩まされ続けていた。それはゲンロンを始めるまで続いた。

なぜゲンロンをつくったのか。よくそう尋ねられる。ぼくはさまざまな理由を答えている。いわく、大学には限界があるから。いわく、出版には限界があるから。いわく、テレビには限界があるから。いわく、ネットには限界があるから。いわく、こちらのほうが自由だし楽しいから……。それらはすべて嘘ではない。批評は自律を必要としている。しかし大学と出版はもはやそれを助けてくれない。だからいま、ゲンロンのような運動体が現れるのは批評史の必然だと感じている。ぼくはただ、その正解をかたちにしたにすぎない。

けれど人間は、それが論理的にいくら正しくても、その解を現実に選びとるとはかぎらない。だから、ぼくがゲンロンをつくることができたのは、それを正しいと考えたからではない。ぼくがゲンロンをつくることができたのは、おそらくはぼくには祖父がいたからなのだ。そして祖父しかいなかったからなのだ。

ぼくは祖父しか大人を知らなかった。父も母も、大人がどう社会でふるまうか見せてくれなかった。祖父の世界しか大人の世界を知らなかった。だからぼくはおそらくは、無意識ではいまだに、祖父のようにふるまうことでしか、つまりは小さな会社で顔の見える客商売をすることでしか、生活の実感を得られないのだ。ぼくはたしかに学者になった。知識人になった。アカになった。しかしそれでもいまだに、学者であり知識人でありアカであることが現実の生活でなにを意味するのか、まるで理解できていないのだ。

なぜならば、幼いぼくのまわりには、だれひとり学者も知識人もアカもいなかったからだ。それはぼくの限界だ。知識とも努力とも想像力とも関係のない、いわば階級的な限界だ。ぼくは長いあいだ、その限界を限界と意識せずに突破しようと試みていた。そして失敗し続けていた。結局のところ、ぼくは中小企業の経営者になるほかなかった。だからぼくはいま、ゲンロンを運命と感じている。自分の限界を、限界として否定するのではなく、運命として受け入れ、肯定するべきだと感じている。

こんなくだらないことを理解するために、ぼくは四〇年以上も生きなければならなかった。それはじつに滑稽なことだ。しかし、人生とはえてしてそういうものなのかもしれない。

祖父は一〇年以上まえに死んだ。ぼくに娘が生まれた直後だった。ひ孫を見せる機会はなかった。

祖父の家はさらにむかし、二〇年以上まえに解体された。いまは空き地も電波塔も存在しない。かつて祖父の家が建ち、カーペットが積まれ、金魚が泳ぎ、神輿が休んでいた小さな土地は、現在は三菱地所が所有する巨大な高層ビルのエントランスの一部となっている。TBSは改築され、一ツ木通りもすっかり変わってしまった。当時の祖父の年齢を超えた母は、まるで外国のようだと嘆いている。それでもぼくが五百円札を握りしめ通っていた本屋だけは、再開発をぎりぎり逃れ、別の高層ビルの公開空地横に建ち続けている。

祖父は、存命だったとしてもぼくの仕事などまったく理解しなかっただろう。またぼくも、祖父になにも説明しようとは思わなかっただろう。祖父とぼくは直接にはなにも共有していない。けれども祖父の存在は、時代と階級と職業を超えて、ゲンロンの一部をなしている。ぼくはこのような関係を、自分の著作では「郵便的」と呼んでいる。ぼくはいつもそのような関係について考えている。

（「新潮」二〇一八年一月号）

初出一覧　i

坂のまち、東京　「日本経済新聞」夕刊、二〇一八年一月五日
休暇とアクシデント　「日本経済新聞」夕刊、二〇一八年一月一二日
よそものが作る地域アート　「日本経済新聞」夕刊、二〇一八年一月一九日
仮想通貨とゲーム　「日本経済新聞」夕刊、二〇一八年一月二六日
制限時間のないトークショー　「日本経済新聞」夕刊、二〇一八年二月二日
リゾートと安楽　「日本経済新聞」夕刊、二〇一八年二月九日
選択肢は無限にある　「日本経済新聞」夕刊、二〇一八年二月一六日
ペットと家族　「日本経済新聞」夕刊、二〇一八年二月二三日
アマゾンとコンビニ　「日本経済新聞」夕刊、二〇一八年三月二日
天才をひとりにしないこと　「日本経済新聞」夕刊、二〇一八年三月九日
震災と無気力　「日本経済新聞」夕刊、二〇一八年三月一六日
アフタートークの功罪　「日本経済新聞」夕刊、二〇一八年三月二三日
哲学者と批評家　「日本経済新聞」夕刊、二〇一八年三月三〇日
水俣病と博物館　「日本経済新聞」夕刊、二〇一八年四月六日
匿名と責任と年齢　「日本経済新聞」夕刊、二〇一八年四月一三日
育児と反復可能性　「日本経済新聞」夕刊、二〇一八年四月二〇日
演技とアンドロイド　「日本経済新聞」夕刊、二〇一八年四月二七日
GWのヘイトタクシー　「日本経済新聞」夕刊、二〇一八年五月一一日
ソクラテスとポピュリズム　「日本経済新聞」夕刊、二〇一八年五月一八日
ハラスメントと社会の変化　「日本経済新聞」夕刊、二〇一八年五月二五日
美術とマネーゲーム　「日本経済新聞」夕刊、二〇一八年六月一日

歴史とアイデンティティ　「日本経済新聞」夕刊、二〇一八年六月八日
チェルノブイリと観光客　「日本経済新聞」夕刊、二〇一八年六月一五日
事実と価値　「日本経済新聞」夕刊、二〇一八年六月二二日
困難と面倒　「日本経済新聞」夕刊、二〇一八年六月二九日

ii

なんとなく、考える　第一回　全体性について（一）　「文學界」二〇〇八年八月号
なんとなく、考える　第二回　全体性について（二）　「文學界」二〇〇八年九月号
なんとなく、考える　第三回　公共性について（一）　「文學界」二〇〇八年一〇月号
なんとなく、考える　第四回　公共性について（二）　「文學界」二〇〇八年一一月号
なんとなく、考える　第五回　全体性について（三）　「文學界」二〇〇八年一二月号
なんとなく、考える　第六回　現実感について　「文學界」二〇〇九年一月号
なんとなく、考える　第七回　娯楽性について（一）　「文學界」二〇〇九年二月号
なんとなく、考える　第八回　娯楽性について（二）　「文學界」二〇〇九年三月号
なんとなく、考える　第九回　ルソーについて（一）　「文學界」二〇〇九年四月号
なんとなく、考える　第十回　ルソーについて（二）　「文學界」二〇〇九年五月号
なんとなく、考える　第十一回　ルソーについて（三）　「文學界」二〇〇九年六月号
なんとなく、考える　第十二回　アシモフについて　「文學界」二〇〇九年七月号
なんとなく、考える　第十三回　書くことについて　「文學界」二〇〇九年八月号
なんとなく、考える　第十四回　動物化について（1）　「文學界」二〇〇九年九月号
なんとなく、考える　第十五回　書くことについて（2）　「文學界」二〇〇九年一〇月号
なんとなく、考える　第十六回　仕切り直し　「文學界」二〇〇九年一一月号

なんとなく、考える　第十七回　「朝生」について　「文學界」二〇〇九年一二月号
なんとなく、考える　第十八回　ツイッターについて　「文學界」二〇一〇年二月号
なんとなく、考える　第十九回　第二作について　「文學界」二〇一〇年三月号
なんとなく、考える　第二十回　固有名について　「文學界」二〇一〇年四月号

iii

現実はなぜひとつなのだろう　「新潮」二〇一〇年七月号
大島弓子との三つの出会い
　『大島弓子 fan book　ピップ・パップ・ギーととなえたら』青月社、二〇一五年一月
少数派として生きること
　石原千秋責任編集『夏目漱石『こころ』をどう読むか』河出書房新社、二〇一四年五月
（「創る人52人の２０１１年日記リレー」より）　「新潮」二〇一二年三月号
福島第一原発「観光」記　「新潮」二〇一四年三月号
震災は無数のコロを生み出した　「一冊の本」二〇一五年四月号
（「創る人52人の「激動２０１７」日記リレー」より）　「新潮」二〇一八年三月号
悪と記念碑の問題　「新潮」二〇一九年一月号
ゲンロンと祖父　「新潮」二〇一八年一月号

＊本書収録にあたり表題は一部改めましたが、ここではすべて初出時のママとしています。

あとがき

本書は、二〇〇八年から二〇一八年までの一一年間に書かれた原稿のうち、比較的時評性が低く、文学性が高いものを抜粋して編まれたエッセイ集である。最後に書かれた原稿は、初出誌の号表示が二〇一九年になっているが、そちらも実際に書かれ発表されたのは二〇一八年である。本文にはほとんど修正を加えていない。「今年」「今月」などの表現も、初出を見れば起点の時間はわかるので、あえてそのままに残した。

二〇〇八年から二〇一八年というのは、平成に直すとちょうど二〇年から三〇年にあたる。本書はぼくの「平成二〇年代」を集めたエッセイ集でもある。

第一章に収めたのは、二〇一八年の前半、日本経済新聞の夕刊に毎週寄せていた文章である。

同紙の夕刊には、六人の筆者が、それぞれ曜日を変えて、半年のあいだ持ち回りで文章を寄せる「プロムナード」というコラムがある。ぼくはその金曜日の欄を引き受けた。

依頼時の要望は、仕事を終えたサラリーマンや夕食の準備をする主婦あるいは主夫が気楽に読める親しみのもてる原稿、という注文で、ぼくのようなタイプの書き手にはなかなかハードルが高かった。毎週のように苦労して題材を絞り出したが、結果的に、ほどよく間口が広く、かつ哲学的なエッセイ群が生み出されたように思う。機会を与えてくれた日本経済新聞に感謝したい。

第二章に収めたのは、二〇〇八年から二〇一〇年にかけて、『文學界』に毎月連載していた文章である。連載は二〇回まで続き、そこで予告なく中断している。

この連載評論は「なんとなく、考える」と題されているが、じつは最初は「ゆるく考える」というシリーズタイトルを提案していた。編集部の反対で採用されなかったのだが、今回本書を編むにあたり、そのお蔵入りしたタイトルを引っ張り出してくることにした。友と敵の境界をクリアに引かず、「ゆるく」考えることは、最近のぼくにとって大きな課題になっているからである。

したがって、この章は本書の「表題作」ということになる。けれども、率直に言えば、二〇一九年のいま、この章を読まれることには大きな戸惑いがある。そこに書かれた内容は、いまの考えとはずいぶんちがうからである。連載が行なわれていたときから、日本社会もぼくの環境も大きく変わった。震災があり、政権が変わり（連載中にいちどと連載後にいちど）、ヘイトとフェイクニュースの時代が来た。ぼく個人もゲンロンという会社を立ちあげ、経営者になった。その経験を経た地点から振り返ると、そこに記された関心や状況認識は、いかにも幼稚で甘ったるく見える。

にもかかわらず、この章を本書に収めることにしたのは、その甘さが、かならずしもぼく個人のものではなく、広く「震災前」「ゼロ年代」に「批評」を志した若い書き手が陥った困難の反映であり、またそれを通り抜けたからこそいまの仕事があると、そのように思われたからである。

当時のぼくは批評の無力さに絶望していた。そして批評の力を回復するためにはなんでもやるべきだと考えていた。道化と見なされるのも厭わなかった。だからぼくは、小説を書き、若い書き手と交わり、テレビに出演し、ＳＮＳに身を投じた。その戦略は当時、それなりの結果を出していた。ぼくのまわりには新たな才能が集まり、ネットではカリスマと呼ばれ、いつしか「東浩紀の一人勝ち」などと（揶揄が半分だが）評されるようになっていた。ここに収めた文章は、その見かたにしたがえば、ぼくがもっとも「勝っていた」時期の記録ということになる。けれども、震災後、ぼくはそのすべてが虚しいと感じるようになり、生きかたを変えた。いまのぼくの仕事は、その「転向」のうえに成立している。

ゼロ年代はじつに甘い時代だった。まだみながネットの力を信じることができ、若い世代が日本を変えると信じることができた時代だった。第二章には、そんな時代のぼくが見た夢が記録されている。

第三章に収めたのは、二〇一〇年から二〇一八年にかけて、複数の媒体に寄せた文章である。

この時期、ぼくはテレビや新聞などのマスメディアから遠ざかり、ゲンロンの活動へと重心を移すことになる。文章もまた、ゲンロン関連の媒体に寄せるものが多くなるが、かならずしも他社への寄稿をやめたわけではない。この章には、そのなかから九つの原稿を選び出して収録した。

原稿は、時系列順ではなく、内容がゆるやかに連関するように配置されている。最後には『新潮』の二〇一八年新年号に寄せた「ゲンロンと祖父」を置いた。

さきほども記したように、ゼロ年代のぼくは、主観的には悩んでいるつもりになっていたものの、客観的に見ればとても甘えた時間を過ごしていた。一〇年代には、その反省から、ゲンロンを立ちあげ（起業は二〇一〇年四月で、第二章収録の連載が中断したのとほぼ同時にあたる）、まったくべつのかたちで「批評とはなにか」を問う仕事を始めることになる。

哲学や批評を得意とする物書きが経営に乗り出すというのは、ふつうに考えれば無謀で滑稽である。実際いまでも、東さん、なんでゲンロンなんてやっているんですかと問いただすひとはあとをたたない。その問いにはさまざまな答えがありうるが、最後に置いたこの短い文章を読んでもらえれば、それが少なくともぼくにとって「実存的」な必然であったことだけはわかっていただけるのではないかと思う。

ぼくは二一歳で批評家としてデビューし、二七歳で最初の著作を出版した。そのため早熟な書き手と見なされることが多いが、自分では、あらゆる機会に遠回りばかり選んでいる、とても効率の悪い人生なのではないかと感じている。実際、本書でもいくつか例が挙げられているように、ぼくの人生には、「そのあと」につながらなかった水子のようなできごとが無数に取り憑いている。

このエッセイ集は、いわば、そんなぼくが、長い試行錯誤の末、ようやく批評家として「やるべきこと」を発見した、その過程の文章を集めたものだと言える。

最初に記したように、本書にはぼくの「平成二〇年代」が詰まっている。一九七一年の生まれで、高校二年生で平成元年を迎えたぼくは、学問的なキャリアのほぼすべてが平成に重なる「平成の批評家」でもある。平成は、ぼくだけでなく日本全体が試行錯誤を繰り返した迷いの時代だったが、ぼくもまたずっと迷い続けていた。

本書出版の三ヶ月後に、元号が替わる。つぎの時代には、こんどはあまり迷いなく、無駄な遠回りをすることなく、「ゆるい批評家」として世の中を少しでもよい方向に変えることができたらな、と考えている。

最後になったが、本書の企画を立ちあげ、原稿を選び出し、ゲンロンの事情で刊行予定を二転三転させるわがままにも粘り強くつきあい、ぼくをぶじ刊行まで導いてくれた、河出書房新社の伊藤靖氏に深く感謝したい。

伊藤氏はＳＦに強い編集者として知られ、ぼくとの出会いもＳＦ関係の集まりでのことだった。氏がぼくに、批評家としてだけではなく、小説家としての貢献も求めていることはよく自覚している。本書の刊行で、ぼくは氏に大きな借りを作ってしまった。いつか近いうちに、小説執筆にも再挑戦せねばなるまい。

二〇一九年一月二日

東　浩紀

文庫版あとがき

本書は二〇一九年二月に河出書房新社から刊行された単行本の文庫版である。目次はまったく変わっていない。赤字も数ヶ所の表記変更を除いて入れていない。つまり両者は完全に同じ本である。

単行本の刊行からわずか二年しか経っていない。にもかかわらず、今回あらためて読みなおして、ずいぶんとむかしの本のような錯覚を覚えた。

単行本あとがきで記したように、本書には、二〇〇八年から二〇一八年にかけて、おおまかに「平成二〇年代」に重なる一〇年余りのあいだに書かれた文章が収録されている。そのあいだでもぼくの思想や文体は大きく変わっている。単行本出版時に本書第二部に収録された過去の連載を読んだときには、あまりの若々しさと無邪気さに赤面したものだ。

けれども、いま読み返すと、当時は多少成熟したものにみえていた二〇一八年の文章でさえ、まだまだ無邪気だったように感じられる。

あとがきではあえて書かなかったのだが、じつはぼくは単行本版の刊行と前後して、本書内でもいくどか話題になっている会社、ゲンロンの代表を降りている。本書は「ゲンロンと祖父」と題されたエッセイで締められているが、いまではぼくは同社の経営をあるていど他人に譲り渡しているわけだ。

なぜそのようなことになったのか。詳しい経緯は『ゲンロン戦記』（中央公論新社、二〇二〇年）というべつの著作に記したのでここでは繰り返さない。とにもかくにも、二〇一八年の秋から二〇一九年の春にかけて、ぼくは経営において手痛い失敗を経験し、さまざまな点で反省を迫られ、代表の職を辞することになった。その経験は、自分の考えにも、また他人への態度にも決定的な影響を与えている。前記の「錯覚」は、おそらくはその変化の大きさから来たものなのだろう。本書に収録されているのは、いってみれば、「失敗以前」の最後の文章たちなのである。

加えて記せば、二〇二〇年にはコロナ禍がやってきた。人々の生活はがらりと変わってしまった。ぼくたちはいま、会食も旅行も自由にできない時代に生きている。ゲンロンカフェもこの一年まったく客を入れていない。この状況がいつ収まるのか、予想もたっていない。

そんな異常事態のただなかにいるぼくからすれば、本書に納められた文章はじつに呑気で、いっそう無邪気なように感じられる。ぼくは本書のなかで、なんの障害も感じることなく、多くのひとに会い、多くのひとを集め、国境を越えて移動し、そしてその自由が失われる可能性など――あいだに震災と原発事故があったにもかかわらず――まったく想定せずに生きている。ぼくはかつて、自分は震災によって多少とも大人になったと考えていた。単行本あとがきでもそんなことを記している。けれど、二〇二一年のいま当時を振り返り感じるのは、「失敗以前」で「コロナ以前」のぼくはやはりまだなにもわかっていなかったし、そしてきっとぼくはずっとそんな人間で、つまりは最後まで大人になれないまま、肝心のことはわからないままに死んでいくのだろうという少し憂鬱な予感である。

ずいぶんと抽象的な感想になってしまったが、それがいま、ぼくが本書をまえにして思うことだ。批評家として自分が「やるべきこと」がなにかは、たしかにむかしよりわかっている。けれどもそれができるかどうかについては、むかしよりもはるかに自信がない。

本書の単行本版を刊行したとき、ぼくは四七歳だった。いまは四九歳で、この文庫版が刊行されるころには五〇歳になる。

本書には、一〇年まえ、ぼくが四〇歳を迎えたときの誕生日会のようすが収録されている。「日記　二〇一一年」の五月八日の項目である。とても楽しい会だったと記されている。

じっさいそれはとても楽しい会だった。ぼくはその夜のことをいまでも生き生きと思い出すことができる。けれどその楽しさは二度と経験することができない。参加者のなかには、いまでは疎遠になってしまったひと、事情があってけっして会うことがかなわないひとがいる。二次会ではSNSをつかって急遽参加者が集められ、会話のもようが突発で配信されたが、いまならば「炎上」し「ハラスメント」と批判されかねないだろう。そしてなによりも、あのとき五歳だった娘は、もう中学を卒業する年齢になってしまった。

二〇一一年の五月八日、それはまだ震災から二ヶ月も経っていない時期なのに、ぼくは誕生日会を開き、そのもようを配信し、文芸誌への寄稿のなかで誇らしげに紹介していた。楽しいのはけっこうだが、それはおそらくは、当時「若手論客」だったぼくに期待されたふるまいではなかっただろう。ぼくにはそういうところがある。その無邪気さは、ぼくの魅力でもあるが、同時にぼくの社会的な信頼や成功を著しく制限したものでもあった。本書の雑多にみえる文章を根底で規定しているのは、要はそんな無邪気さである。

そんなぼくも、年齢を重ねるにつれて少しずつその無邪気さを失いつつある。本書が遠く感じられるのは、きっとそのためだ。本書はおそらくは、ぼくが無邪気に批評家を名乗り、無邪気に批評の未来を信じ、無邪気に友人たちと楽しく飲んでいた時代の、最後の評論集なのである。

単行本あとがきで、ぼくは、二〇〇八年から二〇一八年にかけて、自分はずっと「迷い続けていた」と記した。

迷い続けていたのは、ぼくが無邪気だったからだ。だからぼくはこの文庫版の解説は、そんなぼくの無邪気さと、無邪気であるがゆえに抱えた困難をよく理解してくれているひとに頼みたいと考えていた。

いまから四半世紀近くまえ、一九九八年の結婚以来、じつに長いあいだ生活をともにし、一〇年まえの誕生日会にも出席していた妻・ほしおさなえ以上に、その任に適したひとはいないだろう。小説の執筆に追われるなか、配偶者の書く評論集の解説という、おそろしく厄介で、そのわりにはたいした得もない依頼を引き受けてくれたことに深く感謝したい。ありがとう。

二〇二一年三月二五日

東 浩紀

解説　つねに考えている

ほしおさなえ

いろんなことがあったなあ。

解説を書くためにこの本を読み直し、まずそう思った。

わたしはこの本の著者の家族であり、二十年以上いっしょに暮らしている。ここにおさめられたエッセイも、新聞や雑誌掲載時にほとんど目を通していると思う。しかし、こうして過ぎ去ってしばらくしてから読むと、そのときとはまたちがった思いを抱く。

たとえばわたしは最近、この本とはまったく関係なく、本書の第ii章の第6回に書かれているシェイクスピア・カントリー・パークのことを突然思い出した。おぼろげな記憶で、ほんとうにそんなところに行ったのかすらあやしく、わたしは東に「むかし千葉のあたりでシェイクスピアのテーマパークみたいなところに行かなかったっけ」と訊いた。すると東は即座に「そんなところあったっけ」と返し、ややあって「いや、なんかそんなことがあったような気も……」と言い、結局うやむやになった。

だが今回本書を読み返してみると、シェイクスピア・カントリー・パークでのできごとが数ページにもわたって書かれているではないか。そのうえ、もっとも印象的なこととして、ボランティアガイドのおじさんとのやりとりがことこまかに記されている。当時幼児だった娘は説明がはじまるとどこかへ逃げ出した、とあるから、おそらくわたしもそれを追いかけて建物のなかを歩いていたはずで、おじさんのことはまったく思い出せない。しかしおじさんのことをこれほど長く書いた東もまたパークのことを忘れており、つまりわたしたちの頭のなかからパークのことは消え去っていた。それが文章としてふたたび目の前にあらわれ、そこにいたときのことがありありと語られていたのである。

そのような感じで、本書全般にわたり、過去のあれこれ（はっきり記憶しているものも、すっかり忘れてしまったものも）にふたたび出会い、そこには、当時は親しかったけれどいまは遠ざかってしまった人たちや、当時悩んでいたこと、当時信じていたもの、当時夢見ていたものなどなどがひしめいており、なんだか頭がくらくらするとともに、いろんなことがあったなあ、と深く思ったのだった。

東の文章はとてもなめらかで、読みやすい。トークで早口なのも有名なので、読者のなかにはこうした文章をすらすらとすごい速さで書いていると思っている人も多いように思うが、暮らしのなかで耳にするかぎり、原稿を書くスピードはあまり速くない。むしろ遅い。長いものを書くときはとくに。まず書きはじめるまでに時間がかかり、関連する本はすべて読むので下調べにも時間がかかる。そして書きはじめる。少しずつしか書けないとぼやき、ある程度たまると今度は書けば書くほど量が減るという謎の時期がやってきて、それからこれでもうだいたい見えた、あと一時間で書きあがる、と言ってから二日くらいかかったりする。

たぶん（想像だが）ひとつひとつの文を書くのは速いんじゃないかと思う。それを組みあげるのに時間がかかっているのではないか。わたしは学者でも批評家でもないし、論文や批評というものの書き方を知らない。だが、東の文章はそういったものとはどこかちがうような気がする。むしろ小説（とくにミステリ）やハリウッド映画（とくに東の好きなマーベル・シネマティック・ユニバース）に似ているように思う。

まず伏線がはりめぐらされ、それが回収されるようにできている。ミステリの伏線は不思議なものである。伏線が回収されると、その伏線自体が作家の作ったものであるにもかかわらず、読者はそれがもっともらしいと信じてしまう。東の文章もそのようにできているように見える。だが、ここでの伏線は、ミステリの伏線とちがって作者の虚構ではなく、すべて現実のできごとと過去の人々の思考でできている。それを伏線だと気づかせないように（だが適度に目につくように）、読者がそれ自体をあたりまえのものとして受け入れてしまうほどなめらかに配置するのはかなり骨の折れることだろう。

そして、展開があり、山場がある。過去の思想のスーパーヒーローたちが召喚され、著者の思考の道筋のなかであらたな形に読み解かれていく。だから学者でも批評の読者でもないわたしでもおもしろく読めるが、研究者や批評の読者にとっては異形のものに見えるのかもしれない、とも思う。

東はずっと同じことについて考えている。今回、比較的いまと近いiだけでなく、十年以上前に書いた第ii章を読んでいてもそう感じた。取りあげる事例がちがっても、思考の方法が似ている。だが同時に、いまと近い第i章を読んでも、全然ちがうようにも感じる。前の解は否定され、そのときごとに少しずつちがう解を見つける。だがとらえ方は通底している。だから、ずっと同じことを言っているように見えるし、言っていることがころころ変わるようにも見える。

日常の会話でもそうだ。自分を揺るがす大きなできごとがあったとき、いろいろ話した最後にたいてい決まって、「このことで俺はまたひとつ、自分がこういう人間であると理解した」というようなことを言う。その言葉を聞くたびに驚く。わたしは自分というものを理解できると思ったことがない。海の波に乗ってぷかぷか漂うクラゲのようなものだ。ところが東はどんな大波にあっても、必ず海底に錨(いかり)を下ろそうとする。

時間的には、例外はあるがおおむね第ii章からiii章、そしてi章と流れていくが、ii章(実際にはiii章の「現実はなぜひとつなのだろう」まで)とiii章ではかなり変化があるように思う。このあいだに震災がある。ii章での思考は豊かで、遊戯的だ。だがそのころに頭のなかで考えていた「複数の現実」は、iii章の途中から外の世界へのアクションに姿を変え「起こったことは元に戻らない。だからこそ想像力が必要である」「自分たちで現実を創らなければならない」という重さを持った形に変化していっているように見える。

東は震災後その意味を問い直し続け、ゲンロンという場所を作った。思想や批評を捨てて実業家になったのではなく、ひとりではなく人とともに考えることを選び、そのための場所が必要だったということだろう。iii章の「ゲンロンと祖父」にそのような考えにいたった経緯が記されている。そしてiii章の「悪と記念碑の問題」は、東にとっての「人とはなにか」という問いの起源だろう。ここからはじまり、ずっと自分がどのようなものか、どうしてそのような人間になったのか、これからどう進むのか、つねに考え続けている。

解説を書け、と言われたが、それはとてもむずかしい。この本自体が、東の仕事の舞台裏を綴(つづ)った、東自身による長い解説のようなものだからだ。著者の日ごろの行きつ戻りつを読むうちに、読者はいつのまにか底の知れない思考の森に迷いこんでいる。

これで「ゆるい」とは。なんとも難儀なことである。

（作家）

本書は二〇一九年二月、河出書房新社より刊行されました。

ゆるく考える

二〇二一年 五 月一〇日　初版印刷
二〇二一年 五 月二〇日　初版発行

著　者　東浩紀
発行者　小野寺優
発行所　株式会社河出書房新社
〒一五一－〇〇五一
東京都渋谷区千駄ヶ谷二－三二－二
電話〇三－三四〇四－八六一一（編集）
〇三－三四〇四－一二〇一（営業）
https://www.kawade.co.jp/

ロゴ・表紙デザイン　粟津潔
本文フォーマット　佐々木暁
本文組版　KAWADE DTP WORKS
印刷・製本　凸版印刷株式会社

Printed in Japan　ISBN978-4-309-41811-7

郵便的不安たちβ　東浩紀アーカイブス1

東浩紀　41076-0

衝撃のデビュー「ソルジェニーツィン試論」、ポストモダン社会と来るべき世界を語る「郵便的不安たち」など、初期の主要な仕事を収録。思想、批評、サブカルを郵便的に横断する闘いは、ここから始まる！

サイバースペースはなぜそう呼ばれるか＋　東浩紀アーカイブス2

東浩紀　41069-2

これまでの情報社会論を大幅に書き換えたタイトル論文を中心に九十年代に東浩紀が切り開いた情報論の核となる論考と、斎藤環、村上隆、法月綸太郎との対談を収録。ポストモダン社会の思想的可能性がここに！

クォンタム・ファミリーズ

東浩紀　41198-9

未来の娘からメールが届いた。ぼくは娘に導かれ、新しい家族が待つ新しい人生に足を踏み入れるのだが……並行世界を行き来する「量子家族」の物語。第二十三回三島由紀夫賞受賞作。

クリュセの魚

東浩紀　41473-7

少女は孤独に未来を夢見た……亡国の民・日本人の末裔のふたりは、出会った。そして、人類第二の故郷・火星の運命は変わる。壮大な物語世界が立ち上がる、渾身の恋愛小説。

キャラクターズ

東浩紀／桜坂洋　41161-3

「文学は魔法も使えないの。不便ねえ」批評家・東浩紀とライトノベル作家・桜坂洋は、東浩紀を主人公に小説の共作を始めるが、主人公・東は分裂し、暴走し……衝撃の問題作、待望の文庫化。解説：中森明夫

小松左京セレクション 1　日本

小松左京　東浩紀〔編〕　41114-9

小松左京生誕八十年記念／追悼出版。代表的短篇、長篇の抜粋、エッセイ、論文を自在に編集し、ＳＦ作家であり思想家であった小松左京の新たな姿に迫る、画期的な傑作選。第一弾のテーマは「日本」。